Amélie GEX

VIEILLES GENS

ET

VIEILLES CHOSES

—— ◆◆ ——

HISTOIRES
de ma rue et de mon village.

⤸❦⤹

PRIX : 1 FR. 50

⤸❦⤹

CHAMBÉRY
IMPRIMERIE C.-P. MÉNARD, RUE JUIVERIE

1885

Amélie GEX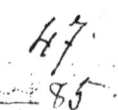

VIEILLES GENS

ET

VIEILLES CHOSES

HISTOIRES

de ma rue et de mon village.

PRIX : 1 FR. 50

CHAMBÉRY

IMPRIMERIE C.-P. MÉNARD, RUE JUIVERIE

1885

TABLE

PRÉFACE

Il y a deux ans, jour pour jour, la Savoie apprenait, avec une émotion douloureuse, la fin prématurée de Mlle Amélie Gex, dont le talent, alors en pleine floraison, faisait espérer une longue succession d'harmonieux poèmes et d'œuvres émouvantes.

Cette mort affligea non seulement les amis des lettres, mais elle eut aussi un écho attristé dans nos villages, où étaient devenues populaires ces poésies et ces chansons patoises de *Dian de la Jeânna*, merveilles de sincérité naïve, dans le cadre desquelles Mlle Amélie Gex a fait entrer, avec un art si discret, les mœurs, les coutumes, les passions, les légendes des populations de notre terroir.

Dans ses poèmes en langue française, la chère morte a eu de puissantes envolées ; son esprit a poursuivi, jusqu'au fond des cieux, l'idéal et, comme un autre poète, elle a pu s'écrier :

J'ai heurté de mon front à la voûte éternelle,
Je suis sanglant, brisé, souffrant pour bien des jours.

Les penseurs, les philosophes à la recherche du grand mystère que cèle l'Univers, se plairont à redire ces strophes poignantes, où palpitent les pensées les plus nobles, les plus élevées, d'où jaillissent, intimement mêlés, des éclats de douleur et des alléluias d'espérance.

Mais au retour de ces audacieux voyages dans l'*au-delà*, qui nous montrent cette pauvre âme avec ses inquiétudes et son inextinguible soif de l'inconnu, Amélie Gex s'apaisait, se rasérénait dans la contemplation et l'étude de la vie rustique, qu'elle savait peindre sous un aspect étonnant de vérité, et cependant délicieusement poétique.

C'est qu'à une imagination riche et prompte, à l'art exquis du poète, dont elle posséda miraculeusement les plus rares ressources, dès qu'il lui plut d'écrire, Mlle Amélie Gex alliait une observation pénétrante et le sens intuitif le plus subtil. Aussi, les personnages qu'elle met en scène se meuvent-ils dans un milieu où rien ne détonne, où chaque chose est à sa place la plus naturelle, où les détails, jamais inutiles, accentuent, sans le forcer, le caractère du tableau, et l'on en a cette impression que l'auteur a vécu dans ses propres récits, a respiré l'air dans lequel flottent ses légendes.

Vieilles gens et vieilles choses, histoires de ma rue et de mon village, est un recueil de nouvelles en proses dans lesquelles Mlle Amélie Gex se révèle avec les plus charmantes qualités du conteur. Des mains pieuses ont rassemblé et mis en ordre les derniers feuillets de ce livre posthume ; ce sont des récits familiers et touchants, embaumés du parfum des souvenirs anciens ; malgré leur simplicité, ils charment et émeuvent invinciblement, ils font ressusciter en nous des sentiments éteints, des impressions dont on avait perdu jusqu'à la mémoire.

Cette œuvre est appelée à un succès durable.

Mlle Amélie Gex n'a laissé, en prose, que ces quelques nouvelles, mais ses poésies inédites sont nombreuses, il en est qui doivent être classées parmi les plus remarquables qui soient sorties de son esprit.

Ces poésies seront prochainement publiées ; elles formeront, croyons-nous, deux volumes : l'un contiendra les poèmes écrits en français, et l'autre, ceux composés en patois, sous ce titre : *lo Contio de la Bovâ.*

Ces œuvres feront regretter davantage encore la perte de Mlle Amélie Gex, qui est descendue dans la tombe à l'heure même où son esprit était le mieux armé pour produire, où son talent, en pleine maturité, eût pu faire le plus d'honneur à son pays, à la Savoie qu'elle adorait.

Chambéry, le 19 juin 1885.

Charles BURDIN.

LA MORT DE LALLO [1]

———⊷⊶⊷———

I.

Oh! qu'il y a longtemps que cette histoire est arrivée! Qu'il y a longtemps que je la garde silen-
cieusement en mon souvenir, ainsi que l'on conserve
l'impression d'une grande terreur ou d'une grande
souffrance!

Nous étions bien petits alors, nous, les bambins
du Chaffard! Gais et lestes comme une bande de
moineaux pillards, nous courions de ci, de là, dès
le matin, par les bois, les champs et les prés, égre-
nant à tous les vents nos rires joyeux, humant à
pleine poitrine l'air âcre et frais de la montagne,
cet air de Savoie qui sent si bon!

---

(1) Lallò — diminutif de Claude, patois des environs de
Chambéry.

Nous nous permettrons d'employer quelquefois des ex-
pressions locales. La première fois qu'elles se rencontrent,
nous les donnons d'abord en italiques, et nous les faisons
suivre de leurs correspondants français quand cela est nécessaire.

Nous étions bien petits quand mourut le pauvre Lallò! Lallò, notre guide, notre conseiller, notre soutien! Lallò qui résumait en lui toute la force, tout le courage et toute la bonté que nous pouvions concevoir !....

Je ne sais trop pourquoi il me prend aujourd'hui fantaisie de vous conter ce lugubre drame, pourquoi mon esprit s'est arrêté sur ce terrible souvenir; mais ce que je puis dire, c'est qu'il a tant de fois occupé mes songes et mes rêveries qu'il me sera facile de vous le retracer vrai, simple, horrible, comme je l'ai vu, comme il s'est passé.

De Sainte-Ombre à Chacuzard, nul garçon ne fut jamais si beau, si doux, si fort que Lallò. Il était l'idole de toutes les mères de notre commune et la pensée intime de toutes les jeunes filles. A dix-neuf ans, il avait encore sa chevelure noire bouclée, comme celle des petits anges que l'on voyait aux quatre coins de l'autel de la paroisse. Sous sa veste de serge, ses guêtres grises, son gilet à carreaux bruns et rouges, il donnait des distractions même à la prieure de la confrérie des filles, Mᵘ⁾ Mion, la nièce de Mᵐᵉ Sadoux, notre voisine à l'église.

Lallò était savant : il savait lire dans tous les livres; il aurait certainement pu déchiffrer les pattes de mouche de M. Ritton, le notaire, ou les barres entremêlées de M. Michalet, le maître d'école. Il écrivait aussi quelquefois, le dimanche, sur une belle ardoise qu'il avait polie lui-même, et Mᵐᵉ Tissot, *la regrattière* (buraliste) avait eu recours à lui pour régler un compte où personne n'avait rien compris jusque-là.

Vous voyez qu'on avait bien raison au Chaffard d'aimer Lallò et d'en être fier pour tout l'honneur qu'il promettait au pays.

Nous, les petits, nous l'aimions, et partant nous le tourmentions. Il était toujours de corvée : c'était lui qui allait nous chercher à la cime des grands peupliers les nids de pie ou de corbeau que nous convoitions en vain ; c'était lui qui nous faisait nos arcs, nos fifres, nos lacets, nos fouets, nos frondes ; lui qui nous cueillait des cerises, lui qui nous abattait les premières noix et les premières pommes de la saison.

Aussi, comme nous l'avons tous pleuré ! Comme le village fut morne et triste pendant son agonie, et que de fois, durant ces terribles heures, nous avons joint nos petites mains pour demander à Dieu de nous le conserver ! Tout fut vain, il mourût ! et pendant un grand mois, nous allâmes tous les jours porter sur cette terre froide et dure qui le recouvrait, des fleurs et des fruits qui, dans notre croyance enfantine, devaient lui faire compagnie.

II.

Lallò était l'aîné d'une famille nombreuse. Son père, Pierre Descolaz, tenait depuis vingt-deux ans la ferme de M. le juge-mage Paturel qui était un homme si riche qu'il ne connaissait pas sa fortune. C'était là du moins l'opinion de toutes les commères de l'endroit.

Pierre avait élevé son fils dans l'idée qu'il devait lui succéder dans la direction de la ferme ; aussi en avait-il fait un laboureur fini. Les vieux qui longeaient les terres du château, en allant à la messe le dimanche, regardaient avec admiration ces beaux champs de blé *unis comme une carte,* où chaque grain de froment semblait avoir été semé à la distance voulue, où le haut maïs et les pommes de terre buttées et sarclées avec soin, croissaient verts et drus, promettant des récoltes à remplir les greniers et les caveaux.

— « Celle qui prendra ce garçon-là pour mari, disaient-ils, fera une bonne poignée ! » — Et chacun pensait qu'il serait le bienvenu dans sa maison, le jour où il en demanderait l'entrée. Mais Lallò avait déjà fait son choix, au grand déplaisir de la Jeanne, sa mère.

Celle que le jeune homme aimait, c'était sa cousine Marianne Desait, la plus belle fille de tout le mandement. Ah ! qu'elle était jolie Marianne ! Comme elle était rieuse et gaie ! On connaissait dans la commune bien des têtes de vingt ans qu'elle avait mises à l'envers. Marianne avait dix-sept ans ; elle était blonde, aussi blonde que Lallò était brun. Dans la paroisse, on lui avait donné le surnom de *Quinsonnet* (petit pinson). Elle ne l'avait pas volé, certes ; jamais sa bouche n'était close : ou le rire ou la

chanson, toujours sa voix se faisait entendre pure,
fraîche, argentine, au fond de *la taillée* (le taillis)
où elle suivait son père à la coupe des bois, dans
les champs parmi les moissonneurs, dans les vignes
au temps des vendanges.

Lallô passait bien des veillées d'hiver auprès du
tour de Marianne; et les soirs d'automne, quand
filles et garçons allaient s'asseoir en rond dans les
grands vergers fauchés, toujours les deux amoureux savaient se ménager une place isolée, plus
abritée, moins en vue, pour s'y blottir. Que se disaient-ils lorsque, penchés l'un vers l'autre, ils oubliaient de tiller leur fagot de chanvre ou laissaient
les jeunes couples chanter une ronde ou une complainte? Que se disaient-ils? Nous étions bien petits pour le savoir, — mais autour d'eux, les vieil-
lards souriaient, et quelques femmes, hors de cause
en ces matières, murmuraient d'un ton bon enfant:
« La jolie paire! »

III.

Je vous ai dit que Jeanne Descolaz voyait d'un
mauvais œil son fils courtiser sa cousine. C'est que
cette femme-là était une vaillante travailleuse, une
de ces natures dures à elles-mêmes et sévères sur
la question des devoirs. Elle avait élevé huit enfants, et nourri trois des fils de son maître; elle savait ce que c'était que la peine, et loin de la craindre, elle la recherchait, ne s'épargnant jamais. Sa

voix était la première qui se faisait entendre après le chant du coq, son pas était le dernier bruit qui résonnait, le soir, dans la maison. Elle aimait toute cette famille qu'elle avait portée, allaitée, bercée et nourrie de son travail et de ses privations. Elle l'aimait de toute la force de son âme, mais jamais parole de louange n'était sortie de ses lèvres à l'adresse de l'un des siens. Son mari, qu'elle avait épousé à dix-neuf ans, était pour elle comme un maître : il la tutoyait, elle lui disait *vous;* jamais je ne l'ai vue assise à la table commune. Pendant les repas où les enfants semblaient oublier un peu la rigidité du père, Jeanne avait toujours quelque chose à faire. Après avoir réparé toutes les omissions, toutes les négligences, et donné à chacun sa part, elle s'éclipsait, allait de l'écurie au fenil, du jardin au poulailler, puis revenait desservir et relaver les ustensiles de ménage, au moment où les travailleurs repartaient pour les champs.

Sa fille aînée, la filleule de Mme Paturel et la sœur de lait du petit Monsieur Gustave, promettait de lui ressembler, ce qui la comblait de joie ; joie mal contenue qui se trahissait par un mot d'approbation pour son œuvre chaque fois qu'il était question des compagnes de Fanny. Mais s'agissait-il de Marianne, sa nièce, elle n'en parlait jamais sans ajouter qu'elle était heureuse que sa fille n'eût point le même caractère. « — Celle-là, disait-elle d'un ton nuancé de pitié, aurait bien dû venir au monde chez des messieurs; elle aurait au moins su porter le parasol des dames mieux qu'un fagot de buis de la montagne ou une corbeille de pommes au marché. »

Il est clair qu'avec de tels sentiments, la pauvre mère ne voyait pas avec plaisir son fils, son orgueil et sa préférence, devenir amoureux du «*Quinsonnet.*»

Les remontrances n'avaient pas manqué au jeune homme : « Que feras-tu, disait-elle parfois, d'une fille qui ne peut pas seulement porter trois *cartans* de blé au moulin ? La vois-tu *à l'herbe* avant le soleil levant ? Est-ce elle qui dépense beaucoup d'huile pour la veillée du samedi ? Va, va ce n'est pas avec des chansons que l'on élève une famille, que l'on paye une *cense* (fermage) et que l'on se met quatre sous de côté. Il ne te manque pas de quoi mieux choisir ici et ailleurs, si tu veux prendre femme — ce qui ne presse pas encore, Dieu merci ! »

Mais Lallò laissait gronder sa mère, et retournait toujours, malgré lui, rôder autour de la jolie paysanne. Dans le pays, on ne trouvait pas qu'il fît bien, et nombre de bonnes langues disaient que cela tournerait mal. Nous qui ne savions pas, au fond, ce que c'était que l'amour, et à quoi ces allées et venues de Lallò devaient aboutir, nous prenions fait et cause pour Marianne : elle était si jolie, et nous amusait tant !

Dans nos courses à travers les villages de la commune, nous trouvions toujours le temps de nous arrêter chez les Desait. Souvent, nous étions

porteurs de messages amoureux de la part de l'un
ou de l'autre, et il fallait voir comme celui de nous
qui en était spécialement chargé, s'en acquittait sérieusement et avec fierté ! Il semblait qu'il grandissait dans sa propre estime. — Marianne, Lallô
te fait dire que, dimanche, il va à Saint Jeoire après
vêpres ; il faut être chez toi, il y passera en revenant. — Ou bien, c'était Marianne qui réclamait son
cousin pour la veillée suivante ou pour une *vogue*
prochaine (1).

La guerre que la mère Jeanne leur faisait, gênait
un peu leurs amours ; c'est pourquoi ils employaient
toutes les ruses et tous les moyens pour se voir et
passer quelques heures ensemble.

Un des grands griefs de la fermière, c'était la
coquetterie qu'elle reprochait à Marianne. La jeune
fille aimait les froufrous, non point qu'en ce temps-
là on en fît grand usage, mais la vanité de la fillette
savait lui suggérer les moyens de se faire belle à
peu de frais. Nulle paysanne ne savait porter aussi
bien qu'elle la coiffe à la folle, se chausser de bas
mieux tirés ; elle avait peu à peu ajouté à son fichu
de laine des franges d'abord, une petite collerette
ensuite ; son cou paraissait plus blanc depuis qu'elle
nouait sa croix d'argent avec un large velours noir,
dont les bouts longs et bouclés retombaient négli-
gemment sur ses épaules ; puis, sa chevelure re-
belle au peigne avait des ébouriffements si gracieux,

(1) *Vogue* — fête annuelle d'un village.

si naturels qu'on lui pardonnait de la friser un peu
le dimanche. Ses compagnes l'enviaient, et la criti-
quaient ; mais ce qui consolait Marianne, c'est que
toutes essayaient de l'imiter. Elles perdaient leur
temps et leurs peines ; cela, bien entendu, redoublait le ressentiment qu'elles en éprouvaient.

Les résultats de cette sourde animosité étaient
quelques vertes semonces que Mlle Mion faisait subir
à Marianne dans les réunions de la confrérie. Le
pauvre *Quinsonnet* vivait avec la menace, sans
cesse renouvelée de se voir enlever *le voile*, punition
dont tremblait d'effroi toute la jeunesse féminine de
la paroisse ; mais Marianne était incorrigible. A
chaque grande fête de l'année, elle étrennait une
robe ou une coiffe neuve, sans se préoccuper des
conséquences. Il est vrai qu'elle savait que cela faisait plaisir à Lallò, lequel avait la faiblesse de la
vouloir plus jolie et mieux mise que toutes les
autres filles de son âge.

IV.

On était à la veille de la vogue de Bassens — la
Saint-Barthélemy, à laquelle filles et garçons
pensaient depuis trois mois. Chacun, en allant
au travail ou en expédiant la besogne pressée du
samedi, se faisait part de ses projets pour le lendemain. Les uns porteraient leur goûter pour le
manger à l'ombre des pommiers ou des saules ;
d'autres invitaient leur *bonne amie* pour une con-

tre-danse ; tous se promettaient de l'entrain et des *bombances* inusitées.

Marianne nous avait donné une commission pour Lallò : c'était la recommandation de ne point manquer d'aller chez elle ce soir-là, ayant, disait-elle, quelque chose de très-important à lui dire, quelque chose qui ne pouvait pas être remise. Nous allâmes, tout courants, le dire à notre ami. Il était fort occupé en ce moment-là ; par une coïncidence qui le contrariait beaucoup, il se trouvait que c'était les Descolaz qui devaient offrir le pain bénit à la messe du jour suivant.

C'était alors un événement dans une maison, lorsque le *tour* du pain bénit arrivait. Les parents, les amis, voire même un peu les ennemis ou ceux avec qui l'on avait eu quelques petites chicanes, se réunissaient à la table de famille. On allait très-loin dans les dépenses quelquefois : il était convenu qu'en cette circonstance tout devait *se mettre par les écuelles* (1). On tenait à si bien faire les choses qu'il n'était point rare de voir apparaître au commencement du repas une belle tête de veau blanchie ou une dinde hors d'âge.

Pierre Descolaz, fermier d'un homme de justice, conseiller délégué et chantre de paroisse, était un personnage trop important pour ne pas vouloir garder tout le décorum obligé. Aussi, depuis trois jours, était-on sur les dents à la ferme.

_____

(1) Se ruiner en festins.

Les préparatifs culinaires occupaient *la* Jeanne
depuis le matin ; elle avait eu à pétrir du pain
blanc et des gâteaux ; des rissoles se confection-
naient sur la grande table de cuisine, et les voisines
avaient entendu les derniers cris d'un coq engraissé
de longue main pour servir de pièce de résistance.
Lallò préparait le bois pour activer la cuisson de toute la victuaille, et restait chargé en outre
des courses à faire.

Le pain bénit commandé à Chambéry ne pouvait
être prêt que le dimanche matin. C'était encore sur
le jeune homme que l'on comptait pour l'aller
quérir ; comme aussi, c'était lui qui devait le distri-
buer le lendemain à l'église, cérémonie qui intimi-
dait les plus hardis de nos garçons.

En apprenant que sa cousine demandait à le voir,
Lallò parut légèrement contrarié ; cependant il répondit qu'il ne manquerait pas d'aller chez son
oncle, aussitôt la nuit venue. Nous le laissâmes
donc à son ouvrage pour courir à de nouvelles
distractions, et, surtout, nous préparer au grand
plaisir du lendemain.

V.

C'était un beau dimanche d'août, celui-là, clair
et chaud, dès le matin. Les collines de la Ravoire,
de Saint-Baldoph et de Montagnole semblaient vê-
tues de gaze rose, pendant que la crête sévère du Granier s'élevait droite et raide dans le
ciel d'un bleu pâle.

Nous aimions le dimanche, nous autres, bambins, il y avait autour de nous un mouvement, une allure de fête qui plaisait à notre nature turbulente. Dès que les volées de la grande cloche se faisaient entendre, nous courions nous appeler et savoir qui garderait la maison ou qui nous accompagnerait aux offices.

En ce beau temps-là, malgré que le paysan fût plus humble, plus simple et moins instruit que maintenant, il vivait plus cordialement avec ses maîtres ou les messieurs de son entourage. Tout en se sentant profondément inférieur à eux, il n'en gardait pas moins les façons franches et pleines de bonhomie de l'être content de son état. L'égoïsme n'avait pas encore gâté ces natures honnêtes. Tous étaient pauvres, tous acceptaient l'avenir de peine et de travail qui leur était réservé, mais tous savaient se faire un bonheur relatif avec les modestes ressources qu'ils possédaient. Nous vivions au milieu de ces paysans simples et bons, comme si nous étions de leur famille. Leurs enfants partageaient nos jeux, et souvent il arrivait que nous échangions contre leur pain noir les tartines de miel ou de confitures de notre goûter.

Nous nous étions éveillés, ce matin-là, plus tôt que de coutume. L'espoir d'aller à Bassens avait écourté notre sommeil, et longtemps avant que le soleil eût doré les rocs de *Bellavarda,* nous courions joyeux et bruyants à travers le village.

La curiosité nous prit d'aller voir les préparatifs

du gala chez Pierre Descolaz ; nous devions passer
devant chez lui pour nous rendre à l'église. Il fallait
une bonne heure pour arriver au village, et c'était
notre habitude de nous *embarquer* de suite après
notre déjeûner, pour être à temps *aux trois coups*
de la messe.

Il y avait tant à faire et à voir le long de cette
route ombreuse que nous suivions ! Les noisettes et
les mûres nous attardaient si souvent ! Puis, nous
nous arrêtions devant chaque nouvelle maison,
pour appeler les retardataires ou donner un
bonjour à ceux qui faisaient le dîner.

En arrivant à la ferme du château, nous appe-
lâmes de loin Lallô. Un des petits frères répondit
qu'il n'était pas encore de retour de Chambéry, où
il était allé avec Fanny, sa grande sœur, chercher
le pain bénit. La mère Jeanne, qui allait et venait
dans la maison, une cuillère à la main, nous invita
à repasser chez elle après la messe pour manger
un morceau de *crochon* (grignon) qu'elle nous
garderait. Nous promîmes avec enthousiasme, et
nous reprîmes notre volée.

VI.

Les derniers coups de cloche, annonçant le commencement de l'office, venaient de se faire entendre,
comme nous franchissions l'escalier de l'église.
Une odeur enivrante d'encens parfumait l'air chaud
et lourd.

Je me souviendrai toujours de l'émotion indicible

qui me serrait le cœur chaque fois que j'entrais
dans cette petite église de village simple et nue,
mais pleine pour moi de la présence invisible de ce
Dieu que l'on m'apprenait moins à craindre qu'à
aimer.

Je n'ai jamais aussi bien prié que là, et je donnerais bien gros pour retrouver,à cette heure,une de
ces naïves et profondes adorations de mon enfance.

Le prêtre était à l'autel; l'*asperges me* était dit,
mais sur la table sainte manquait encore le pain
bénit qui devrait être offert. C'était un événement;
on se regardait avec anxiété ; quelques sourires à
double entente se dessinaient sur les lèvres minces
des commères jalouses. « Comment pouvait-on
faire attendre ainsi Monsieur le curé ?... »

Enfin, au grand soulagement de tous, Fanny entra portant un superbe pain safrané, capable de
fournir cinq ou six fois à la distribution ordinaire.
Lallò n'accompagnait point sa sœur, et la jeune
fille rouge et essoufflée paraissait avoir porté seule
la charge depuis la ville. Elle dit un mot bas à
l'oreille du clerc,et sortit un instant pour se donner
le temps de remettre un peu d'ordre à sa toilette.

La messe s'acheva sans que notre ami parût.
Une autre circonstance bien faite pour exciter la
curiosité, ce fut l'absence de Marianne ; fait aussi
remarqué que possible, dans ce milieu si étroit et si
formaliste, si enclin surtout à créer des torts à la
jeune fille.

Ce n'était certes pas dans les habitudes du

« *Quinsonnet* » de manquer une occasion de se montrer dans de nouveaux atours, et tout le monde savait que Marianne se préparait, dès longtemps, à briller à la célèbre *vogue*. Pourquoi donc était-elle demeurée à la maison ? Ce fut là l'objet des commentaires sans fin des villageois et villageoises, au retour de l'église.

Pressés de savoir à quoi nous en tenir et aussi de recevoir notre part du *crochon* promis, toute notre jeune bande prit par la *dressière* (1) de « *vire avà* » (tourne en bas) pour arriver plus tôt chez les Descolaz. Là, grandes furent notre surprise et notre peine d'entendre à l'intérieur de la maison une violente dispute dans laquelle tantôt les voix de Pierre Descolaz et de la mère Jeanne s'élevaient grondeuses et menaçantes, tantôt celle de notre ami Lallô reprenait contenue et irritée tout à la fois.

Pris de peur, nous déguerpîmes sans mot dire, en ayant, toutefois, assez saisi de la discussion pour comprendre que le père et la mère reprochaient à leur fils d'avoir manqué l'office de la paroisse, pour quelque commission ou quelque fantaisie de sa cousine ; et la Jeanne, à bout de patience, avait fini par cette phrase qui nous terrifiait : « Va, Lallô, Dieu te punira, c'est moi qui te le dis ; tu ne veux pas nous écouter, mais la Marianne fera ton malheur ! »

Sur cette terrible menace les voix s'étaient tues, et nous nous étions éloignés.

---

(1) Sentier de traverse sur une côte rapide.

VII.

Ah! la belle vogue que celle de la Saint-Barthélemy, il y a trente ans! Une si belle vogue qu'elle
aurait pu lutter de gaîté, d'entrain et de bruit avec
les plus fameuses kermesses du pays flamand.
Comme toutes les fêtes populaires, celle-ci avait sa
légende. On racontait que deux de nos rois avaient
voulu jadis visiter Bassens, ce jour-là. D'abord Vic-
tor-Emmanuel Ier, en 1817, puis Charles-Félix plus
tard. Le peuple gardait souvenir de ces deux
dates, de la dernière surtout, grâce à une anecdote
restée dans la mémoire des villageois. Un des vieux
du pays, enhardi par l'air bienveillant du roi, s'était
approché du monarque, et tout en s'informant de la
santé royale, avait fait dans son patois cette remarque insolite à sa très-gracieuse majesté :
« *Sire le rêy, vo-s-ai bien fé de n'amenâ pas*
« *v'tra fenna diên v'tron viazo, car le fenne, mêy*
« *d'y sé bin, y est to d'long on fottù êmbiarro!* (1)»
Donc, Bassens était en fête : la foule endiman-
chée emplissait les chemins de rires et de chansons.
Le pré de vogue, entouré de tentes blanches
aites avec des pieux et des draps de lit, était en
outre couvert de groupes de promeneurs venus de
a ville et des communes environnantes. Aux deux

---

(1) Sire le Roi, vous avez bien fait de n'amener pas votre
femme dans votre voyage, car les femmes, moi je le sais
bien, c'est toujours un fameux embarras.

extrémités du verger immense, sous de larges pommiers branchus, des violons criards et des tambours d'occasion, marquaient la mesure aux dan-
seurs qui avaient quitté veste et gilet pour être
plus à l'aise.

Toute cette jeunesse s'en donnait à cœur joie;
mais le couple le plus admiré, celui qui, au dire
des connaisseurs, s'en tirait le mieux et avec le plus
de grâce, c'étaient nos amoureux, Marianne et Lallò.

Aucun souvenir de la scène du matin ne paraissait troubler la quiétude des deux jeunes gens.
Marianne resplendissait dans sa toilette fraîche et
gracieuse; Lallò paraissait oublier tout ce qui l'entourait pour le bonheur de passer le bras autour de
la taille de la belle jeune fille.

Nous allions, nous, d'un groupe à l'autre, ouvrant
de grands yeux devant les étalages de sifflets d'un
sou, admirant les tours de force des saltimbanques
invitant les badauds à entrer dans leur baraque
branlante, et grignotant à belles dents les *vogues*
et les *chéretons* (1) que l'on nous avait achetés en
arrivant.

Au bout de quelques heures de ce plaisir fait de
vacarme et de mouvement, les promeneurs devinrent plus rares; chacun songeait au retour. Nous
dûmes partir les premiers, bien à regret, et non
sans nous être fait prier longtemps. L'autorité maternelle nous contraignit, en fin de compte, à re-

_____

(1) Sorte de gâteaux safranés.

prendre le chemin du Chaffard, où nous arrivâmes
à la grande nuit, dormant d'un œil et tirant d'une
jambe, la tête bourdonnante encore de musique, de
cris, de rires et de chansons.

Bientôt après, nous dormions tous sans entendre
la voix lointaine des *vogueurs* attardés sur les
grandes routes, chantant quelques-unes de ces
complaintes dont le rhythme triste et doux s'har-
monisait avec le silence et le recueillement d'une
nuit d'été.

Les deux semaines qui suivirent ce dimanche-là,
se passèrent sans incidents. L'ouvrage pressait ;
la fin de la moisson, très en retard cette année-là,
et le fauchage des regains occupaient tous les bras.
C'était un grand entrain à la ferme et partout.

Comme nous aimions ces temps de moisson et de
fenaison ! Partis, dès le matin, avec une troupe quelconque d'ouvriers, choisissant de préférence la plus
nombreuse, nous écoutions avec un plaisir indicible
les contes, les chansons, les mille cancans bavards
des travailleurs insouciants. C'était là que se ré-
pandaient tous les bruits, toutes les médisances, les
nouvelles du canton ; chacun apportait sa part de
réflexions malignes, et les rires payaient amplement la peine des conteurs.

Puis, le dîner sous les arbres, au bord des
champs d'épis mûrs, l'eau que l'on allait puiser à
la fontaine, les mets que l'on se partageait sans façons, le bon sommeil que l'on faisait pendant les
chaudes heures du jour, sur les gerbes empilées ou

sur les tas de foin odorant, tout cela nous enchantait, nous petits citadins habitués à la réserve et à la contrainte d'une éducation plus élevée.

Ce fut dans une de ces réunions de bonnes langues que nous apprîmes les motifs de l'altercation qui avait eu lieu entre Lallò et ses parents : il s'agissait, en effet, d'une fantaisie de coquetterie de Marianne.

Sachant que son cousin devait aller à la ville, le dimanche matin, pour des commissions pressées, elle l'avait chargé de lui rapporter une coiffe neuve commandée en vue de la *vogue*, où elle se promettait de briller au bras du beau garçon. Cette coiffe, elle l'avait rêvée bien belle, bien riche, capable de faire rager Marie Guédioz et Rosalie Vitton, capable d'exciter la sainte colère de la prieure et l'envie de toutes ses compagnes. Aussi était-ce un secret que cette commande. Lallò seul devait être mis dans la confidence, car seul, il avait assez d'amour pour pardonner cette faiblesse. Donc, c'était entendu : son cousin laisserait partir Fanny avec le pain bénit, et s'en irait bien en cachette chez la marchande, laquelle avait juré solennellement que tout serait prêt à l'heure.

Mais on sait ce qu'est un serment de modiste. Quand Lallò vint lui réclamer la coiffe promise, c'est à peine si elle l'avait commencée.

L'amoureux, sachant ce qui l'attendait au retour s'il arrivait les mains vides, déclara qu'il ne partirait pas sans avoir le bonnet. Bien lui en prit :

une heure après, il repassait au pas de course le
pont de la Garatte en emportant le précieux paquet.
Mais le temps s'était écoulé, et Marianne n'avait pu
se rendre à la messe ce jour-là.

Après l'événement, étaient venus les commentaires. Toutes celles que la toilette du « *Quinsonnet* »
avait éblouies ou écrasées, ne tarissaient pas de
propos malveillants : — Le bon Dieu ne pouvait point
bénir une fille qui avait le cœur de danser un jour
où elle avait manqué aux offices....... Et on verrait
bien..., et cela ne finirait pas ainsi...

Enfin, tout le monde la déchirait à belles dents.

Elle, pendant ce temps, travaillait à la ferme avec
la famille Descolaz. Lallò, le plus fort et presque le
chef de l'exploitation, tenait à tout. Lui, le rude ouvrier toujours prêt à lever un fardeau, à décharger
une voiture, à lier des gerbes ou à les transporter,
n'avait guère le temps de prendre du repos ; pourtant, depuis deux jours, il boitait d'une jambe ;
c'était là un accident sur lequel il refusait de s'expliquer.

IX.

Un soir, à l'heure où grand'mère et moi nous faisions la prière à haute voix, on frappa violemment
à notre porte. La domestique se leva pour ouvrir, en
demandant qui était là.

— Moi, moi, Pierre Descolaz, ouvrez vite, notre
Lallò est presque mourant chez nous !...

Vous jugez de la stupeur qui accueillit ces paroles, dites d'une voix haletante et oppressée.

Le fermier entra ; il était ruisselant de sueur.

— Ah! pauvre dame, à notre secours ! mon garçon est perdu ! cria-t-il en joignant les mains.

Grand'mère effarée le pressait de questions, mais il paraissait hors d'état de s'expliquer.

— Qu'est-ce donc, mon pauvre Pierre ? Que faut-il ? Qu'est-il arrivé ? Est-il tombé ? Mon Dieu, mon Dieu, dites donc vite !...

Toutes ces interrogations étaient faites sans suite, entremêlées des lamentations de Josette, notre cuisinière, et d'exclamations de ma part.

Le vieux fermier fit un effort violent, comme s'il s'arrachait les mots de la poitrine :

— Dame ! exclama-t-il, je vous dis qu'il est perdu ! il est enragé !...

Grand'mère jeta un cri d'effroi. Josette se signa.

— Enragé, Pierre !... Oh ! ce n'est pas possible ! Je l'ai vu hier matin encore. Enragé ! mais comment, comment cela est-il arrivé ?

Pierre pleurait ; il ne pouvait plus parler, sa voix expirait dans sa gorge. Cependant nous comprimes que le mal de jambe dont souffrait Lallò provenait d'une morsure qu'il avait reçue, le fameux dimanche de la *vogue,* lorsqu'il revenait de Chambéry. Le jeune homme, froissé des reproches qu'il avait eu à subir de la part de ses parents, s'était tu sur cette circonstance que, d'ailleurs, il croyait sans gravité.

Il fallut se contenter de ces explications sommai·
res. Pierre n'y teuait plus d'inquiétude.

— Ah ! pauvre dame du bon Dieu, reprit-il, venez vite avec quelque chose !... Il est comme fou
depuis deux heures : *il déparle*, il crie, il écume...
Oh ! si vous voyiez, si vous voyiez !...

— J'y vais, j'y vais ! disait grand'mère, en ouvrant tiroirs et placards ; et prenant à la hâte des
fioles et des paquets de je ne sais quelles dro-
gues, elle sortit avec le paysan.

Josette et moi, nous restâmes à la maison, bien
en peine et bien désolées. J'aurais donné tout au
monde pour voir mon cher Lallò que j'aimais
tant, pour savoir ce que c'était que la rage et aussi
ce que c'était que mourir, mais je dus me résigner
à me mettre au lit. Josette s'installa avec son tricot dans ma chambre, car j'étais trop effrayée pour
demeurer seule. Je me fis raconter toutes les histoires de chiens enragés qu'elle pouvait connaître.
Je mourais de peur en écoutant ces récits, mais
pas moyen de me décider à fermer les yeux ! Pauvre Lallò ! il allait mourir !... et nous ne le verrions
plus ! C'était toute la conclusion que je pouvais
tirer de nos interminables divagations sur la rage,
et cette certitude me faisait verser toutes les larmes
de mon cœur.

X.

Le lendemain, la sinistre nouvelle courait partout : chacun la colportait en la commentant.

C'est qu'il y a trente ans ce mot de rage avait une expression plus terrifiante encore que de nos jours.

A cette époque, où presque jamais un médecin ne pénétrait sous le toit d'un paysan, où toute la science de guérir consistait à employer quelques remèdes secrets conservés mystérieusement dans une ou deux familles, et légués comme une partie du patrimoine, être atteint de la rage était une chose horrible. La croyance que l'on devait impitoyablement étouffer les malheureux malades dès les premiers symptômes du mal, subsistait encore vivace dans tous les esprits ; si bien que personne dans notre village ne doutait que l'on en fît autant pour le jeune homme, s'il était prouvé qu'il fût vraiment enragé. Cela faisait frémir les plus durs et les plus insensibles.

Dans toutes les cours, dans tous les chemins, sur tous les seuils, des groupes se formaient en conciliabules ; il se débitait là des contes de toutes couleurs. Les uns émettaient l'avis que c'était la malédiction de la Jeanne sa mère qui devait être *tombée en rage* sur le pauvre Lallò ; d'autres faisaient le récit des scènes qui s'étaient passées pendant la nuit à la ferme, comment la dame avait envoyé chercher un médecin et aussi M. le curé, et comment,

après s'être bien *consultés tous deux*, l'un était re-
parti en branlant la tête, et l'autre avait promis de
revenir au matin.

Puis, c'était le tour des remèdes, des guérisons
miraculeuses, le récit de tous les «*mâ baillà* » (maux
donnés) et de toutes les « *dégrâces* » (disgrâces)
dont s'était débarrassée chacune des personnes
présentes. Les commères indiquaient force recettes
pour les maux de jambe et les rages de dents;
on discutait sur la vertu du bouillon de vipère ou
sur l'efficacité de crapauds fendus et appliqués vivants sur la morsure; quelques-uns penchaient
pour l'eau bénite bouillie à la chaleur du cierge
pascal. Bref, tout le savoir médical des habitants se
fit jour en cette circonstance.

Ce qui nous faisait le plus trembler, nous autres
enfants, c'était cette sentence qui revenait à chaque
instant dans la bouche des plus vieux et des plus
expérimentés :

— Vous verrez qu'il faudra l'étrangler, si le médecin ne revient pas pour lui donner le bouillon
d'onze heures !..... — Et ces paroles, accompa-
gnées d'un clignement d'œil particulier, laissaient
sous-entendre à nos imaginations échauffées de
terribles choses qu'apparemment nous devions
ignorer.

Je brûlais du désir d'aller à la ferme et de voir
tout ce qu'il en était. Du reste, je ne manquais pas
de prétextes pour m'y rendre, malgré les observa-
tions de Josette. Grand'mère n'avait point reparu

depuis la veille au soir ; plusieurs fois déjà on était venu la demander pour un motif ou pour un autre. Je saisis donc l'occasion de l'aller chercher pour courir chez les Descolaz. Cinq ou six de mes petits camarades m'accompagnaient, espérant se faufiler après moi dans la maison et voir.... voir quoi ? Nous ne le savions vraiment pas, mais une curiosité intense nous poussait, et nous eûmes vite franchi les huit ou neuf cents mètres qui séparaient le Chaffard de la maison de Lallò.

XI.

Nous allions entrer dans la maison des Descolaz, quand nous vîmes venir à nous par le chemin du grand village une foule silencieuse et recueillie comme une procession.

En tête marchait M. le curé, revêtu d'un surplis et d'une étole ; il portait serré contre sa poitrine un objet entouré d'une étoffe de soie brodée d'or. Sur le même rang marchait le clerc François Chenallet, tenant élevé au-dessus de la tête du prêtre un large parapluie rouge en limoge, comme ceux des plus riches paysans du pays. De l'autre main restée libre, le clerc agitait de temps en temps une grosse sonnette qui avait un son sourd et voilé.

Tout cela, nous ne l'avions jamais vu ; aussi la bande de marmots qui m'avait suivie, s'arrêta-t-elle interdite, cherchant quelque trou de haie pour disparaître. Une vieille femme se trouvait dans la cour en ce moment :

— Mettez-vous à genoux, petits, nous cria-t elle, le bon Dieu va passer.

Ces mots me bourdonnèrent à l'oreille, comme la trompette du jugement dernier. Nous nous agenouillâmes dans la poussière et sur les cailloux, en baissant la tête. Je tremblais comme une feuille. Je m'attendais à voir ou à sentir quelque chose d'extraordinaire. M. le curé passa, les gens du village passèrent, je ne vis rien, je ne sentis rien ! Mes compagnons se relevèrent, et s'enfuirent ; moi, je restai, et en me faufilant au milieu de la foule, je parvins à entrer dans la maison.

Des pleurs, un murmure sourd de prières dites à voix basse, voilà tout ce que j'entendis au premier moment.

Il y avait tant de monde dans cette première pièce que je ne pouvais voir ce qui s'y faisait ; seulement, de temps à autre, les gémissements du pauvre Lallò arrivaient jusqu'à nous par la porte entr'ouverte de la chambre.

On attendit quelques minutes ; puis, la voix grave de Monsieur le curé commanda de faire retirer tous ceux qni n'étaient pas de la famille, l'état du malade ne permettant pas de l'administrer pour le moment. La maison se vida en peu d'instants. Bien des femmes en sortant tenaient leur tablier sur leurs yeux, bien des hommes avaient la manche de leur habit mouillée.

C'était affreux en effet d'entendre crier Lallò : sa voix d'ordinaire vibrante et claire avait des sons sourds et détonnants, comme ceux d'une cloche fêlée.

N'osant point m'avancer davantage, je m'étais mise, après le départ de la foule, dans un coin obscur où se trouvaient deux des petits frères ; ceux-là pleuraient franchement. Fanny, assise sur un banc, la tête appuyée sur le pétrin, demeurait silencieuse et immobile. Le gros Benoît, frère aîné de Pierre Descolaz, remuait distraitement les bûches presqu'éteintes qui garnissaient le foyer, où une marmite grondait sourdemeut sur les braises qui l'entouraient. Il y avait encore quelqu'un dans cette cuisine : c'était une femme, non pas à genoux, mais pliée et ramassée sur elle-même, à moitié cachée par un grand buffet mis en travers de la pièce. Son corps, dont je ne voyais que la partie inférieure, semblait secoué par un frisson continuel ; de temps en temps, lorsque Lallô râlait plus fort, le tremblement qui l'agitait redoublait, et j'entendais un bruit qui passait entre ses dents serrées.

J'avais si peur que mon front était tout mouillé de sueur.

XII

De la place où j'étais, je voyais à peu près un tiers de la chambre où couchaient d'habitude les époux Descolaz et les plus jeunes des enfants.

En ce temps là, comme maintenant encore, les

grands garçons avaient leur lit sur le fenil en été,
dans l'écurie en hiver. Il était rare qu'il y eût deux
chambres à coucher dans une maison de paysans.
Si quelqu'un de la famille tombait malade, il prenait la place du père et de la mère ; ceux-ci s'ar-
rangeaient comme ils pouvaient : le mari dormait
à la grange, et la femme avec ses filles.

Lallò devait donc être dans le lit paternel, mais
je ne le voyais pas. Les seules personnes que je
pusse apercevoir, étaient Monsieur le Curé, qui
priait les mains jointes, la figure contractée, et
François, le clerc, debout à côté de lui, les yeux
tout mouillés de larmes.

Je vous l'ai dit, j'avais bien peur ; ce qui surtout m'impressionnait le plus, c'était d'entendre mon
pauvre ami. Ses phrases sans suite n'avaient aucun
rapport avec la situation présente : il appelait ses
compagnons de travail, grondait ses frères, gour-
mandait ses bœufs ; tout cela s'entrecoupait de cris
subits et de silences plus effrayants encore. Je ne
savais pas ce que c'était que le délire, et je ne pouvais comprendre comment il disait tant de choses
qui n'étaient pas vraies.

Cela ne faisait qu'augmenter le désir que j'avais
de le voir, et ma curiosité l'emportant sur mes hé-
sitations, je m'avançai sur le seuil de la chambre,
en passant ma tête par l'entre-bâillement de la
porte. Le tableau qui frappa mes regards est tellement resté présent à ma pensée, que je n'ai qu'à
fermer les yeux pour le revoir vivant et affreux.

Dans un angle de cette pièce éclairée seulement par une étroite fenêtre grillée, juste en face de moi, couché sur le lit, les jambes liées avec une corde, le haut du corps retenu de même, le pauvre mourant que nous avions connu si beau et si alerte se tordait dans des convulsions atroces.

De son chevet, Pierre Descolaz aussi pâle, aussi raide que les statues que j'avais vues dans la chapelle de Lémenc, les bras entourés de linges roulés, regardait droit devant lui. De l'autre côté, François Fluttaz, leur voisin, les mains enveloppées de même, fixait le malade avec des yeux hagards. Au pied du lit, la Jeanne courbée en deux, la tête cachée dans son tablier, tremblait et sanglotait à la fois. Grand'mère, agenouillée, lisait à mi-voix dans un livre de prières.

Moi, je regardais surtout Lallò. Je ne pouvais croire que ce fut lui, tant il était affreux. Sa tête allait et venait, comme celle d'un enfant que l'on berce trop fort ; les cordes qui l'attachaient au lit, l'empêchaient de se soulever ; cependant je distinguais très-bien ses traits. Il était tout bouffi, tout enflé ; son nez et ses lèvres avaient grossi, son cou était gonflé ; par moments, il ouvrait la bouche toute grande pour aspirer l'air ; ses dents claquaient ; sa respiration montait en sifflant de son gosier que l'on eût dit être devenu trop étroit.

Oh ! mon Dieu, qu'il était terrible à voir, surtout lorsque, dans le paroxysme d'une crise, il invoquait

la mort, et priait les assistants d'en finir par pitié
pour ses souffrances!

—Monsieur le curé, criait-il, en fixant ses yeux
rouges et enflammés, Monsieur le curé, faites une
prière au bon Dieu pour qu'il me fasse *définir* !....
Puisqu'il faut que je m'en aille, qu'il me prenne
tout de suite! Pardon, pardon, mon Dieu, je souffre trop, je brûle, je brûle ! — Oh ! si j'ai fait des
péchés, j'ai bien fait mon enfer, depuis hier !

—Mère, reprenait-il d'une voix qu'il essayait d'a-
doucir, mère, vous m'avez bien pardonné tous mes
manquements, n'est-ce pas? Dites-moi que vous
n'en voudrez pas à ..... vous savez bien qui je veux
dire.

Elle n'en peut pas mais, voyez-vous !..... C'est le
bon Dieu qui l'a permis comme ça..... Que je souffre, Seigneur ! Que j'ai chaud dans la poitrine !..
Mère, vous m'embrasserez quand je serai mort. Oh !
pardonnez-moi, s'il vous plaît, je suis votre garçon,
votre enfant, votre Lallò..... Ah ! si j'avais des
étoupes dans la bouche, elle ne serait pas plus
sèche !..... Comme ça me ferait plaisir, si je pouvais tous vous embrasser avant de mourir !.....
mais je ne puis pas..... je suis enragé, enragé !.....
Oh ! tuez-moi, tuez-moi, père, tuez-moi !..... Monsieur le curé est là, il vous pardonnera tout de
suite..... Ce n'est pas un péché d'*achever* quelqu'un comme moi..... Pitié, mon Dieu, pitié !.....
J'ai trop de mal !..... »

Puis le délire ou l'assoupissement succédait à

ces terribles crises. Dans ses rêves, le pauvre malheureux luttait tantôt contre des ours, des chiens,
des serpents, tantôt contre des fantômes ; parfois,
il appelait Marianne. Alors il devenait doux et tendre, essayait de répéter quelques-uns des refrains
qu'ils avaient chantés jadis ensemble :

> « Je t'en donnerai une robe,
> Un cotillon fait z'à la mode ;
> Un petit corset de velours
> Sera pour porter tous les jours..... »

Oh ! que cela fendait le cœur de l'entendre chanter ainsi !

De temps en temps, Pierre lui essuyait le front
et la Jeanne, s'approchant de ses jambes, lui embrassait les genoux, l'appelant de tous les mots les
plus caressants comme s'il avait encore été tout
petit. Personne ne prenait garde à moi ; je restais
debout sur le seuil de la porte, la main sur la bouche pour ne pas pleurer trop fort : il me semblait
que mes pieds tenaient à la pierre ; et que jamais
plus je ne bougerais de là.....

Un instant, le malade se calma ; on crut que c'é-
tait la mort qui venait. Grand'mère dit quelques
mots bas à la Jeanne, celle-ci se leva doucement
et vint se pencher sur le lit pour écouter la respiration courte et haletante de son fils.... Puis, approchant ses lèvres du visage de l'agonisant :

« Tiens, tiens, mon Lallô, dit-elle, je ne veux pas
que tu partes comme ça... Je veux que tu sois em-

brassé par ta mère avant de mourir !.. Seigneur !
sanglota la pauvre femme, quand sa bouche eut
touché le front de son enfant, c'est comme un charbon rouge ! Pauvre petit ! pauvre petit ! que le bon
Dieu le prenne tout de suite pour qu'il ne souffre
plus ! »

Et, se tordant les mains de désespoir, la mère retomba à genoux.

XIII.

Lallò avait senti, dans sa torpeur, le baiser maternel ; il avait entendu cette prière, il essaya malgré
ses liens de bondir en avant.

François Fluttaz étendit le bras pour le retenir; il
n'en était pas besoin, les cordes étaient solides ; la
tête du moribond retomba en arrière, mais le repos
d'un instant avait cessé, une crise affreuse recommença.

« A mon secours ! à mon secours ! râla-t-il d'une
voix sourde, éraillée, pleine de hoquets et de sanglots. Mère, je brûle, j'ai du feu partout, je veux
qu'on me tue, je veux qu'on m'assomme !..... Père,
ayez pitié de moi ! Oh ! si je pouvais me briser la
tête moi-même, comme ce serait vite fait !..... Père,
c'est bien fini tout de même ... une heure de plus,
une heure de moins, pour vous autres, cela ne fait
rien, et moi, je n'en puis plus ! plus ! ! ! »

Alors il se passa dans cette chambre une scène
dont je frémis encore après tant d'années écoulées.

On entendit comme un hurlement de loup ou un beuglement de taureau irrité sortir de la poitrine de Pierre Descolaz. Il regarda farouchement autour de lui, et se dirigeant d'un pas lourd vers un des angles de la chambre, il se baissa, prit un objet que je ne pouvais voir, et revint vers le lit. Il était terrible : sur sa tête nue, ses cheveux gris semblaient s'être hérissés tout d'un coup ; ses lèvres entr'ouvertes paraissaient rire malgré elles, pendant qu'un ruisseau de larmes coulaient sur ses joues blafardes et ridées.

« Monsieur le Curé, dit-il en levant sa main armée d'un marteau de tailleur de pierre, c'est assez comme ça, n'est-ce pas ? Si le bon Dieu ne veut pas le prendre, moi, je vais lui donner..... »

Le marteau était juste au-dessus du front de Lallô qui le regardait de ses grands yeux fixes et rouges. Le bras du père allait retomber..... mais, prompt comme la pensée, le prêtre s'élança en retenant la main du malheureux égaré.

« Arrêtez ! arrêtez, Pierre ! cria-t-il, vous seriez un assassin ! Cette vie appartient à Dieu, seul il connaît la minute où l'âme de votre fils doit paraître devant lui !..... »

« Alors, million de tonnerres !... qu'il la fasse sonner vite !... » rugit le paysan, et, pris d'un vertige subit, le pauvre homme chancela un instant comme font ces grands arbres que l'on abat, puis son corps s'en alla rouler devant le lit où râlait son enfant.

Malgré la vivacité de mes souvenirs, je ne saurais dépeindre l'horreur d'un tel moment.

Il y eut beaucoup de mouvement dans la chambre.

On secourut Pierre ; Benoit et Fanny le transportèrent devant le foyer. Les enfants accoururent en pleurant. La mère Jeanne poussait des cris à s'ouvrir la poitrine. Grand'mère et le prêtre récitaient à haute voix les prières pour la recommandation de l'âme, car cette fois c'était bien l'agonie qui commençait pour Lallò.

Brisé sans doute par cette dernière émotion, il avait fermé les yeux : un souffle toujours plus oppressé passait à travers ses lèvres contractées; sa figure avait pris une expression étrange; dans quelque minutes il avait vieilli de dix ans; ses membres se détendaient, comme s'ils eussent été écrasés par un poids énorme. Il resta bien longtemps ainsi ; la respiration devint toujours plus insensible, toujours plus distante. Enfin, Monsieur le curé s'approcha, étendit la main, fit un grand signe de croix sur ce corps qui ne bougeait pas et dit d'une voix basse et étouffée :

« Remerciez Dieu, Jeanne, votre fils ne souffre plus! » C'était fini, Lallò était mort; il avait dix-neuf ans et sept mois.

XVI

Personne n'avait répondu au prêtre dans cette lugubre chambre; personne n'avait bougé. Il me semblait que tout le monde était mort autour de

moi. J'eus peur, si peur que je me retournai sou-
dainement pour m'enfuir. Derrière moi, je vis Marianne, les mains cramponnées au battant de la
porte. Son regard était égaré, sa bouche ouverte
n'avait plus de cris, sa poitrine plus de sanglots ;
on eût dit qu'elle était en pierre.

Je compris que c'était elle que j'avais aperçue
dans le coin obscur de la cuisine, lors de mon en-
rée dans la maison. La pauvre créature avait assisté, invisible, à toute cette atroce agonie de sont
bien-aimé Lallò. Sans doute, le désir de revoir le
cher mort l'avait poussée vers cette chambre où
elle n'osait entrer de crainte de rencontrer le regard de la mère désespérée.

Tout cela, je l'ai pensé depuis, mais alors j'é-
tais trop jeune pour me rendre compte d'un sentiment. Je ne voyais que les faits, et j'en fus si effrayée
que je sortis en courant de cette demeure déso-
lée sans oser me retourner. J'arrivai à la maison
pleurant et tremblant tout à la fois. Josette me
gronda, me dit que j'avais la fièvre, que je mourrais
comme Lallò en punition de ma désobéissance,
et cent choses aussi terrifiantes, puis elle finir
par me coucher, en continuant à maugréer.

Depuis ce moment-là, je perds complétement
souvenir de ce qui se passa. On m'a dit que j'avais
été malade pendant plusieurs jours, que grand'mère
avait beaucoup pleuré, mais de tout cela, je n'en
puis rien dire par moi-même, si ce n'est que pendant bien des mois je ne pus m'endormir, le soir,

sans que quelqu'un restât près de mon lit. Voilà
pour ce qui me concerne.

Maintenant, si vous tenez à savoir ce que sont devenus les personnages de cette histoire, je puis vous
le dire en peu de mots.

Tous les vieux sont morts ; un à un, ils sont allés se ranger sous les croix noires du petit cimetière où dort aussi, depuis bien des années, la chère
et sainte femme qui fut ma grand'mère.

Le prêtre qui avait assisté aux derniers moments
du jeune homme existe encore, je crois. Il y a
quelques mois, je le vis passer sous mes fenêtres,
blanchi et courbé par l'âge, mais toujours doux et
triste, comme je l'avais connu dans mon enfance

La ferme de M. Paturel est tenue par Etienne.
Descolaz, le cadet de toute la famille. Daudon est
mort à l'attaque de la tour de Solférino, en 1859 ;
·Fanny est mariée à B***, près Chambéry ; elle a de
beaux enfants dont l'un, m'a-t-on dit, ressemble à
son oncle Lallò.

Et Marianne?..... Ah ! Marianne, c'est le côté sombre et poignant de ce souvenir que j'ai évoqué pour
vous. Bien peu de personnes dans la commune, où
elle est née, et où elle vit encore, savent ce qu'a été
cette grande vieille fille maigre, pâle et triste, qui
chaque matin et chaque soir de l'été, passe en rasant
les haies du village, menant paître ses deux vaches
dans les marais communaux. Les enfants ne
l'aiment pas, ils en ont peur.

Jamais elle ne rit, jamais elle ne s'arrête en che-

min, jamais on ne la voit aux foires, aux *vogues,*
ni aux marchés des environs. Elle vit seule, toute
seule, travaille beaucoup, et donne presque tout ce
qu'elle gagne aux pauvres du Chaffard. On m'a
dit, car je ne l'ai pas vue depuis vingt ans au moins,
que sa chevelure si blonde et si bouclée, est maintenant toute blanche !.....

Pauvre Marianne ! qui donc autre que moi se
souvient que tu as été si rieuse et si jolie?

Qui se souvient là-bas, dans ce petit hameau tout
rebâti à neuf, des amours de Lallò et du Quinsonnet ?.....

FIN.

MA VIE DE BOHÈME

Lorsque, en me repliant sur moi-même, je relis
page à page le livre de mon cœur, je retrouve, à
côté de feuillets trempés de larmes, d'autres qui
semblent encore garder un vague reflet des jours
ensoleillés de mon enfance. C'est une de ces feuilles
roses et parfumées que je veux détacher aujour-
d'hui pour vous du lourd in-folio où la destinée a
écrit ma vie, et où dorment pêle-mêle les souvenirs
joyeux ou tristes du temps passé.

Tout enfant, j'ai senti le besoin de vie et le désir
d'indépendance. Comme pour donner un démenti
aux sinistres prédictions de ceux qui m'entouraient'
j'avais, quoique malingre et souffreteuse, une dose
d'énergie rare chez une fillette de mon âge. Toujours en tête de la troupe de marmots qui partageait mes jeux, c'était moi que la confiance aveu-
gle de mes compagnons chargeait d'organiser les
expéditions lointaines à travers les bois de Barby
ou sur les rocs dénudés de Bellavarda. Y avait-il
quelque part un nid de merle à dénicher, des

fleurs à cueillir, des fruits à dérober ? Je savais
indiquer le sentier le plus court, le pré le plus
fleuri, l'arbre le plus chargé. Nous passait il par
la tête une de ces fantaisies enfantines dont
tremblent les mères même lorsque le danger est
éloigné ? pour sûr c'était moi qui l'avais rêvée, qui
en préparais l'exécution et qui, au besoin, rele-
vais les défaillances peureuses de nos complices.

En dehors des escapades habituelles et, passez-
moi l'expression, normales dont nous nous ren-
dions journellement coupab'es, je nourrissais inté-
rieurement un désir inconscient de voir plus loin
et plus grand, de respirer un autre air que celui de
notre petit village dont je connaissais chaque pierre, chaque buisson, chaque angle de verger ou de
Jardinet.

Aussi c'était tous les jours de nouvelles courses
entreprises, de nouveaux coins explorés. J'étais
sans cesse attirée vers un autre horizon, vers cet
inconnu que mes rêves d'enfant décoraient de toutes les splendeurs de leurs illusions dorées. Je n'aimais pas les montagnes, je n'aimais pas les bois
sombres, les rideaux d'arbres touffus et ombreux ;
tout cela était pour moi des obstacles que je ne
pouvais ni briser, ni franchir ; mais j'adorais le
grand ciel bleu dont je n'avais jamais pu compter
toutes les étoiles, les longues routes blanches et
unies dont les lointaines extrémités se perdaient
dans la brume vaporeuse du matin ou dans le pou-
dreux rayonnement d'un beau coucher de soleil.

J'avais des instincts d'oiseau voyageur : je voulais pour un temps quitter mon nid, afin de connaitre où conduisaient ces chemins sur lesquels passaient rapides et tapageuses les lourdes chaises de poste trainées par des chevaux robustes et conduites par des postillons pimpants et alertes comme ces belles marionnettes que j'avais vues danser sur des fils de soie, — ces routes où cheminaient lentement, jour et nuit, cette interminable file de carrioles escortées de rouliers ivres ou chantant quelques refrains d'un pays que je ne connaissais point.

Ce besoin inné de mouvement et de liberté tourmentait fort cette chère grand'mère qui m'adorait. A chaque instant je lui échappais, et notre vieille Josette employait, certes, plus d'heures à ma recherche qu'elle n'en passait à son potager. Pourtant, grâce aux prescriptions d'un médecin pessimiste à qui je vote ici de tardifs, mais très-sincères remercîments, je jouissais d'un droit presque illimité de vagabondage, et, sauf à l'heure des repas et les jours de pluie battante, on me trouvait rarement à la maison.

De temps en temps, la pauvre femme, saisie d'un remords passager à propos des leçons que je n'étudiais pas, et des pages que j'oubliais d'écrire, se prenait à être sévère ; mais je devenais si pâle en face d'un livre de lecture, j'avais de telles inquiétudes nerveuses en traçant les barres ou les déliés d'un modèle de calligraphie, que toutes ses belles résolutions s'évanouissaient subitement, et

que je reprenais bien vite le cours de mes pérégri-
nations interrompues.

— On ne pouvait pourtant pas forcer une enfant
de sept ans à demeurer tranquille par un si beau soleil; la santé avant tout !... Et voilà comment se terminaient habituellement ces tentatives de précoce éducation.

J'en viens à mon histoire dont, par distraction, je
ne vous ai pas encore dit le premier mot.

A l'époque dont je parle, notre commune recevait périodiquement la visite des bandes nombreuses de Bohémiens qui traversaient notre pays
pour se rendre en France, en Suisse ou en Italie,
suivant la saison. Ces vagabonds éternels dont
jamais le pied ne se fixe nulle part, qui côtoient
dédaigneusement une civilisation qu'ils ne veulent
point accepter, étaient un objet d'épouvante et de
répulsion pour tous les habitants de nos paisibles
villages. Quand une de ces tribus pillardes s'abattait sur nos hameaux, les portes se fermaient, les
enfants s'éclipsaient derrière les murs, les haies
ou les meules de foin les plus proches, et ce n'était
qu'à pas furtifs et la mine effarée qu'ils reprenaient
le chemin de la maison. C'est que toute sorte de
mauvais bruits couraient sur ces créatures sales,
déguenillées, bronzées par les vents et les soleils
de toutes les latitudes.

On disait qu'*ils* mangaient les petits enfants au-
dessous de quatre ans, après les avoir fait griller
sur un grand feu de copeaux ; que les femmes li-

saient dans la main l'avenir de la personne qui
les interrogeait ; que les hommes avaient le pouvoir
de faire grêler sur les récoltes, d'arrêter la foudre
d'un mot ou d'un signe, de faire apparaître le dé-
mon sous toutes les formes, de changer en chiens,
en pourceaux, en renards ou en corbeaux ceux qui
ne leur faisaient pas une aumône suffisante ; enfin,
qu'ils avaient tous le don de charmer les enfants,
d'enchanter les jeunes filles dont ils voulaient
s'emparer.

Je ne sais trop comment vous prendrez l'aveu que
je vais vous faire, mais je dois à la vérité de décla-
rer qu'instinctivement je ne partageais point la
frayeur et l'é'oignement des villageois pour les
bohèmes. D'abord, rien n'était jamais venu confir-
mer les dires malveillants des commères sur leur
compte ; jamais un enfant n'avait manqué, jamais
une transformation insolite n'avait eu lieu, malgré
les rebuffades très-accentuées que les vieilles *zin-
gare* essuyaient de la part des ménagères écono-
mes ou des paysans bourrus. Si le diable ou quelque fanôme était apparu, la nuit, au carrefour
d'un chemin ou dans un sentier désert, rien ne
prouvait qu'il y fût venu à la voix d'un chef irrité
ou d'une femme vindicative.

Donc, je trouvais dans mon petit raisonnement
qu'il ne fallait pas leur en vouloir puisqu'ils ne faisaient aucun mal, ni les rebuter parce qu'ils étaient
laids, malpropres et déchirés. N'étaient-ils pas
bien malheureux de n'avoir point de maison pour

s'abriter dans les jours froids et mauvais, point de
lit bien chaud et bien douillet pour se reposer la
nuit,point de table où sur la nappe blanche se pres-
sassent les mets succulents auxquels j'étais habituée ? Sans doute, je ne savais pas pourquoi ils
étaient privés de ces bienfaits qui m'avaient été oc-
troyés bénévolement sans les avoir cherchés ni
mérités... C'était probablement déjà un rudiment de
question sociale qui s'agitait confusément en moi.

Ce qui surtout m'attirait vers ces êtres étranges,
c'est qu'ils venaient de loin pour s'en aller plus loin
encore peut-être. Ils gardaient sur leurs joues bru-
nies un souvenir des chauds soleils d'Italie et des
froides bises des forêts du Nord ; sur leurs pieds
s'étaient amassées la poussière de tous les chemins
parcourus, la fange de toutes les villes traversées.
On pouvait lire dans leurs grands yeux noirs les
impressions fugitives de tableaux sans cesse re-
nouvelés. Ils savaient un mot de toutes les langues humaines, ils avaient mangé le pain de toutes
les nations Voilà ce que j'aimais chez ces pauvres
déshérités que personne n'invitait à s'asseoir à la
table de famille, que nul ne saluait d'un geste ou
d'un sourire.

Il y avait près du grand château, au lieu dit les
Trois Sentiers, une place qu'affectionnaient, je ne
sais trop pourquoi , les caravanes de Bohèmes qui
s'arrêtaient chez nous. Deux ou trois fois par an, ce
carrefour s'encombrait de chariots détraqués,
de voitures rouges ou bleues dont les peintures sa-

lies par la boue des chemins s'écaillaient en vingt
endroits, de chevaux échappés au couteau de l'é-
quarrisseur, d'ânes hors d'âge usant leurs dernières forces à traîner ces baraques vermoulues dans
lesquelles s'entassaient pêle-mêle pour dormir des
hommes, des femmes et des enfants.

Dans un des angles du rond-point s'élevait un
chêne énorme prêtant complaisamment son ombre
et son abri aux gens et aux bêtes. D'un côté, une
haie de buis géants ; de l'autre, des poteaux mobiles
et des cordes en treillis servaient de fermeture à
ce campement provisoire. Quand cette installation
sommaire était faite, femmes et enfants se répan-
daient dans les villages environnants, les uns quê-
tant d'une voix nasillarde et traînante *un p'tit
peu d'beurre, un p'tit peu d'farine, un p'tit peu de
pain, d'légumes, d'lard,* et généralement tout ce
qui leur manquait pour improviser un repas ; les
autres pour piller çà et là le bois nécessaire à la
cuisson de cette victuaille.

J'avais souvent assisté de loin aux apprêts de ces
dîners champêtres, moins à dédaigner qu'on pourrait le croire. Il se confectionnait là de ces soupes
dont le bouillon doré et l'odeur appétissante faisaient venir l'eau à la bouche. Toutes les provisions extorquées à grand renfort d'éloquence à la
faiblesse peureuse des paysans concouraient au
festin, lequel se prolongeait ou s'écourtait suivant
l'importance de la récolte du jour. Pendant que
pères, mères et enfants se restauraient, les animaux

de la tribu mâchonnaient quelques bouchées de foin dérobées aux meules d'alentour ou se régalaient de quelques poignées d'herbes fraîches coupées le long du grand chemin.

Eh bien! cette vie ne m'effrayait point : je leur voyais faire de si bons sommeils, couchés sur le dos le long des fossés des routes ! Les petits Bohémiens étaient si gais, si rieurs, si étourdis entre eux ! Ils grimpaient si drôlement aux arbres, ils savaient tant de jolis tours d'acrobates ! Danser sur des cordes tendues, *faire les gruaux,* la roue, le moulinet, contrefaire le cri de tous les oiseaux et de toutes les bêtes que je connaissais ; ils savaient dire *papa, maman, bonjour,* dans cinq ou six langues différentes ; quelques-uns avaient vu Madrid, une grande ville d'Espagne dont mon livre de géographie disait le plus grand bien ; d'autres s'en allaient à Paris !... Paris, ce mot aussi beau, aussi magique pour nous que celui de Paradis ! Paris où les voitutes ne s'arrêtaient jamais, où le roi de France demeurait, où les marchandes de Chambéry allaient deux fois par an chercher les robes, les chapeaux, les fleurs, les plumes que toutes les grandes dames portaient !... Paris, où j'avais déjà deux amis : Joseph B*** et Noël Ringuet, le fils de notre menuisier !... Ne pensez-vous pas que je devais trouver bien heureux ces petits va-nu pieds qui, sans payer un sou, en baguenaudant, pour ainsi dire, tout le long de la route, s'éveilleraient un jour dans la grande ville, dont tout le monde parlait ?...

Ces pensées, je dois le dire, sommeillaient en moi, et ce n'était que de loin en loin, dans mes rêveries enfantines, que je formulais le désir de partager cette vie que je ne connaissais que par ce que je croyais être son beau côté.

Un matin de septembre, à l'heure où les troupeaux partaient pour le pâturage, toute la bande de bergers longeait le chemin du grand village en riant, criant, se bousculant, chassant à grands coups de fouet devant elle les grosses vaches brunes, les bouvillons indociles et les moutons têtus; pendant que nous les petits messieurs, race parfaitement inutile à cet âge, nous dépouillions les buissons et les haies des mûres noires qui pendaient en bouquets serrés au-dessus des hautes herbes des fossés. C'était un moment charmant pour les courses lointaines; nous avions de longues heures à dépenser en flânerie avant de penser au retour. Qu'il était bon de partir ainsi sans but et sans autre boussole que notre fantaisie, comme de jeunes oiseaux à la volée, picorant deci, delà, des noix, des pommes, des raisins, jusqu'à ce qu'une faim sérieuse nous ramenât à la bonne table de famille !

Donc, ce jour là, il faisait beau temps, et nous étions en maraude. Tout d'un coup l'un de nous s'écrie : Les Bohémiens ! Les Bohémiens !... Ah ! quelle aubaine ! Une nouvelle à répandre... quelque chose à voir et à raconter; c'était plus qu'il n'en fallait pour faire frétiller nos cœurs de plaisir!

En effet, une tribu entière de *zingari* s'avançait

sur la route conduisant aux Trois-Sentiers, mais cette fois nous avions une chance de plus : ces Bohémiens paraissaient être des bateleurs.

Deux grandes voitures jaunes et bleues, tirées par un attelage poussif, aidé par quatre ou cinq grands gaillards à chevelure flottante, vêtus de lambeaux d'étoffes rapiécées, roulaient péniblement sur les graviers aigus de la voie. Ces voitures, grandes comme quelques-unes des maisons de notre village, étaient percées de plusieurs fenêtres d'où sortaient ébouriffées et noiraudes les têtes de six ou sept petits drôles, filles ou garçons, c'était ce que nous n'approfondîmes point au premier abord. Mais ce qui nous fit bondir de joie, nous jeta dans un véritable ravissement, c'est que nous aperçûmes, juché sur l'impériale de la première des baraques, un singe !... oui, vraiment, un affreux petit singe que je trouvais, moi, d'une beauté surprenante, étant donné le costume mirobolant qu'il portait.

Courir de toutes nos forces au-devant de la caravane, l'entourer, nous hausser tant que faire se pouvait sur nos pieds pour voir dans l'intérieur de ces maisons roulantes, fut pour nous l'affaire d'un instant. On entendait là-dedans un tel remue-ménage, un tel mélange de grognements de bêtes de cris d'enfants, de jacasseries de poules et de voix nasillardes, que nous pensâmes que l'on avait rebâti l'arche de Noé à notre intention. Cinq chevaux, plutôt cinq rosses maigres, tristes et galeuses, avaient charge de traîner les deux véhicules ; un âne, trop jeune encore pour pareille besogne trottait en serre-file le long du chemin montueux. Trois vieilles venaient ensuite, portant dans des hottes peut-être des chiffons, peut-être autre chose.

Enfin, derrière toute cette interminable procession arrivait, comme appoint, une carriole minuscule, à laquelle était attelée une petite vache rousse osseuse, étroite, essoufflée, roulant ses gros yeux mélancoliques sous des paupières rougies par la poussière que les voitures soulevaient devant ses pas. J'ai su depuis beaucoup de particularités sur cette bête si résignée ! elle se nommait Miouck et était née en Pologne. Voyez-vous d'ici le joli ruban de route que cette pauvre vache avait dû faire pour venir échouer un jour au Chaffard ?... Oh ! ce que c'est que la destinée !...

Bref, toute cette foule suante et piaillante finit par s'arrêter au carrefour des Trois-Sentiers. Je me suis quelquefois demandé par quelle intuition ces bohèmes savaient qu'il existait là une place pour camper. N'ayant rien trouvé à me répondre, j'ai laissé courir l'idée ; aussi bien cela n'ajoute rien à l'intérêt du récit, si tant est qu'il en ait.

Pour toute conclusion donc, je vous ai dit que les chevaux firent halte. Soudain, un bataillon de petits moricauds sortit des baraques, aussi peu vêtus que possible ; trois surtout qui, certes, ne devaient pas d'arriéré à leur tailleur. Au moment où ils dégringolaient par l'escalier de leur demeure

leurs mères, pour raison de convenances pobable-
ment, les reprirent quelque part par derrière, et les
envoyèrent un peu vivement rouler au milieu des
marmites de la communauté. Cela me fit, je l'a-
voue, réfléchir sur les mauvais moments de l'existence des petits Bohémiens. Ce ne fut pourtant que
passager, j'avais tant de choses à voir !

Quand le brouhaha des marmots se fut apaisé,
je vis sortir de la carriole une ravissante petite
fille brune comme un pruneau, mais gracieuse et leste
comme une de ces mouches aux ailes dorées auxquelles nous faisions la chasse sur le bord des ruisseaux.
Son premier pas fut une pirouette, son premier
mot un couplet de chanson.

Que cette petite était jolie ! Elle portait un reste
de costume pailleté qui avait dû coûter bien de
l'argent au temps où la couturière l'avait livré ;
pour le moment, il restait çà et là une étoile d'or
sur un fond vert-tendre agrémenté d'une bordure
de velours un peu roussie par l'usage, mais faisant
encore assez d'effet pour nous ravir d'admiration.
Un vieux maillot de coton rose serrait ses jambes
fines ; quelques mailles sautées laissaient apercevoir la peau brune de la fillette. Elle avait une
forêt de cheveux noirs tombant en grandes boucles
sur ses épaules ; un cordon doré serrait son front,
et se nouait derrière la tête sur ses cheveux.

Dès qu'elle eût chanté et pirouetté, le singe, auquel nous ne pensions plus, fit mille contorsions
pour attirer son attention. Voyant que cela ne suf-

fisait point, il se mit en devoir de descendre de
l'impériale où il était juché, en faisant entendre un
bruit sec produit, sans doute, avec ses mâchoires
dont les dents blanches craquaient, comme si elles
se fussent broyées. En trois culbutes il fut en bas,
et d'un saut s'installa sur l'épaule de la petite Bohémienne. Alors commença un colloque entre l'animal et l'enfant, tous deux très-amis, à ce qu'il nous
parut, et très-aises de se revoir.

Vous pouvez penser qu'en présence de ces deux créatures étranges, tout le reste du spectacle pâlissait à
nos yeux. Si bien que l'installation était terminée, les
voitures rangées le long de la haie ; les chevaux,
l'âne, la vache et divers autres animaux dont je
n'ai plus souvenir étaient entravés ou attachés à
des pieux, sans que nous eussions pensé à détour-
ner nos regards du petit groupe que formaient les
deux amis. Un peu par coquetterie, je pense, ils
nous avaient tous deux donné un échantillon de
leur savoir-faire. La petite brunette, tantôt caressant, tantôt grondant, faisait exécuter au singillon ses plus jolis tours : *En avant deux, cavalier seul,* ou la *toupie vivante,* il savait tout faire à
la perfection. Au moindre signe, il changeait d'exercice, allait, venait, se couchait, dormait, et mille autres drôleries qui nous enchantaient.

En fin de compte, et probablement las tous deux
de cette exhibition, le singe, au commandement
énergique de sa maîtresse, remonta sur la voiture,

et se tint majestueusement coi, comme un juge à l'audience.

Il y avait déjà longtemps que je ruminais en moi-même de quelle façon je pourrais lier conversation avec cette fillette pour laquelle je me sentais pleine de bons sentiments.

Je n'étais pas précisément timide dans les grandes occasions ; aussi après avoir fait mon petit thème, prenant délibérément mon parti, je lui lançai hardiment cette question :

« Dis, petite, comment t'appelles-tu ? »

Certainement mes camarades ne s'attendaient point à tant d'audace, car tous levèrent le nez avec effroi, persuadés que j'allais être punie de mon indiscrétion. Mais la jolie enfant, au lieu de se courroucer, jugeant sans doute sur ma mine de mes bonnes intentions à son égard, me sourit amicalement et répondit, à notre stupéfaction, dans un français arrangé à sa façon :

« Z'ai moi le nom Sta. »

Soit que ce nom leur parut insolite, soit que l'accent étranger de la Bohémienne les eût mis en gaîté, un éclat de rire intempestif de mes compagnons couvrit sa voix câline, et accueillit sa réponse. Elle rougit, et nous fit la moue. Pour mon compte, je n'avais point ri ; je démontrai même très vivement aux insolents mon indignation de leur mauvais procédé.

Nous n'avions pas l'habitude de prendre des gants pour nous exprimer notre façon de penser.

Je fus emportée ; ils furent grossiers ; les coups étaient proches... Etre seule de mon opinion et la soutenir quand même était une chose qui ne m'effrayait point. Je me rangeai contre la haie, faisant face à la troupe de mes adversaires, composée d'une petite fille, excellente et paisible mère de famille aujourd'hui, et de trois petits garçons qui ont, je crois, très-pacifiquement fait, plus tard, leur chemin dans le monde. Garantie de toute traîtreuse attaque de leur part, je leur jetai fièrement ce mot comme un sanglant défi :—Malhonnêtes! Ah! dame! cela devint chaud ! Les pierres s'en mêlèrent ; ils étaient quatre, j'étais seule ; l'inégalité était flagrante. Malgré mon courage, j'allais succomber... quand un renfort inespéré m'arriva. Sta, ma nouvelle amie, — car je sentais que nous allions nous aimer, — fit un geste, poussa un cri, et, prompt comme l'éclair, son singe quitta sa mine béate, fit deux bonds, une cabriole, et se trouva droit comme un I devant la Bohémienne, prêt à exécuter ses ordres, avant que nous fussions revenus de notre ébahissement. Du doigt, Sta montra mes agresseurs, en faisant claquer sa langue contre son palais. Ah ! quelle déroute ! quelle reculade ! Je vous assure que j'en ris encore aux larmes en y pensant. L'animal, excité par la petite fille, courut sus aux bambins en montrant les dents d'une façon terrible, accompagnant cette grimace peu rassurante de la pantomime la plus expressive. S'armant de cailloux, de branchages desséchés et autres projectiles à sa portée, il les lança très-adroitement contre les imprudents, qui, du reste, je dois le dire, vidèrent assez lestement les lieux pour ne rien craindre de sa fureur.

Quand ils eurent disparu à l'horizon, c'est-à-dire au détour du chemin, la vaillante bête, sans s'enorgueillir plus qu'il ne convenait de son facile triomphe, s'en revint modestement demander à Sta une récompense qui ne se fit point attendre.

Ici, je me sens prise d'un scrupule de délicatesse que l'on comprendra : je ne voudrais point dépoétiser mon héros en révélant ses faiblesses, et je conçois qu'il serait utile pour sa réputation de ne point dire en quoi consistait la rémunération de ses exploits ; mais la vérité est là, elle sera toujours là, tandis qu'il y a beau temps que le singe se moque de ce qu'on pourrait penser de lui. Donc, voici le fait. La Bohémienne appela les marmots qui se vautraient dans la poussière, comme de jeunes porcs dans un fossé : quatre ou cinq accoururent. Sta montra au singe leur tête, et l'animal joyeux, sautant d'une épaule à l'autre, se mit en chasse dans la chevelure graisseuse et crépue de chacun d'eux.

Je dois dire que le contentement paraissait égal des deux côtés : la complaisance des moricauds et la dextérité du singillon produisirent des résultats très-appréciables ; mais comme il ne faut abuser de rien, Sta donna le signal de la retraite au vorace quadrumane qui, bien à regret, aban-

donna le champ de carnage pour reprendre sa position mélancolique sur le haut de la baraque.

C'en était fait : la glace était rompue entre la petite danseuse et moi. Les amitiés d'enfants, pour
être spontanées, n'en sont que plus vives. Au bout
d'un quart d'heure, nous n'avions plus de secrets
l'une pour l'autre.

Je lui avais dit mon nom ; elle savait que je
possédais trois poupées, dont une que je ne pouvais
souffrir parce qu'elle avait les yeux tournés en-de-
dans. Elle savait que j'avais une grand'mère qui
me gâtait beaucoup ; que j'allais à l'école l'hiver
dans une grande chambre noire où je m'ennuyais
tout le jour ; qu'il y avait là une chatte qui se nommait Mademoiselle, une bien désagréable bête,
vous griffant sans pitié lorsque vous lui tiriez la queue
Elle savait, elle savait..... tout ce que j'avais eu le
temps de lui raconter en me pressant un peu.

De mon côté, j'avais appris qu'elle venait de
Marseille, et qu'elle allait à Naples. Elle me dit
avoir vu déjà quatre fois la mer, que c'était tout
plat et plus grand que le ciel que nous avions sur
nos têtes. Je sus aussi que le petit singe se nommait Pruk, qu'il était âgé de quatre ans ; qu'elle,
Sta, avait cinq frères, trois sœurs et beaucoup de
cousins, parmi lesquels il y en avait un, nommé
Titzo, qu'elle aimait plus que tous les autres. Ce
cousin n'avait que quatorze ans, mais il était assez fort pour se battre avec un homme. Sta me
dit encore que la moitié de la bande était demeu-

rée à Chambéry pour y donner des représentations. Les Bohémiens que je voyais devaient attendre leurs compagnons pour repartir tous ensemble, mais elle ignorait combien de jours ils camperaient aux Trois-Sentiers.

Ces choses, Sta mé les disait dans un langage pittoresque, émaillé de mots de toutes les consonnances et de tous les dialectes. Au fond, nous avions bien un peu de mal à nous comprendre, mais je n'en étais pas moins enchantée de ma nouvelle connaissance, et certes je n'eusse point encore interrompu l'entretien si, tout d'un coup, je n'avais vu apparaître à trente pas la figure rouge et renfrognée de Josette, qui, probablement avertie par les fuyards de ma présence au camp des Bohémiens, venait tout droit m'y relancer. Il fallut quitter mon amie, non sans lui avoir fait promettre de me rendre très-prochainement visite, en compagnie de Pruk, bien entendu.

Je suivis donc Josette, laquelle me gronda tout le long du chemin, m'assurant en outre que je n'en serais pas quitte pour cela..... — Si ce n'était pas des abominations !..... Avoir battu mes compagnons..... les avoir mis en fuite, à l'aide d'une sorcière de bête, que c'était peut être venimeux..... cela méritait une punition dont mes oreilles garderaient longtemps un cuisant souvenir....

A mesure que j'avançais, ma faute prenait, même à mes yeux, des proportions d'une gravité inquiétante. J'allais avoir à répondre de mon délit devant

toute l'assemblée des parents de mes ex-amis. Cependant, comme je n'en étais pas à mon coup d'essai là-dessus, ce fut l'âme point trop troublée que
je rentrais chez grand'mère. Mes camarades avaient
passé par-là, cela se voyait de reste.

J'eus deux fables à étudier, quatre pages de barres à confectionner, et comme œuvre expiatoire,
deux écheveaux de coton à dévider !..... Vous voyez
que bonne-maman savait rattraper la sévérité perdue quand elle faisait tant que de s'y mettre.

Oh ! vous tous gens raisonnables d'à-présent,
vous, mes contemporains, hommes et femmes, qui
perdez un instant à me lire, vous souvient-il du
profond désespoir dans lequel vous a plongés jadis une situation pareille à celle que je décris ?
Vous souvenez-vous d'avoir pleuré toutes les larmes de votre cœur pour une de ces peccadilles que
les moutards d'aujourd'hui dédaignent de commettre ? Vous souvient-il de ces appels farouches et désespérés à la miséricorde céleste pour vous délivrer des corrections paternelles?...Vous en souvient-
il, dites, vous en souvient-il ?... Je pleurai, je ra-
geai ; je pris les chaises et la pendule à témoin de
mon affliction et de mon courroux. Puis, comme
adoucissement à ma peine, je jetai le malencon-
treux fabuliste sous une commode, bien décidée à
l'y laisser à jamais.

Grand'mère, en femme de précautions, était allée
passer l'après-dîner chez la vieille Mme B***, afin
de n'avoir pas l'occasion de s'attendrir. Josette,

s'étant constituée ma gardienne, tricotait assise en travers de la porte d'entrée. Je n'avais donc rien à espérer ; rien autre à faire qu'à me désoler,puisque je n'admettais ni les barres, ni les fables, encore moins le coton à dévider. Je m'en donnai à plaisir. Les heures se succédèrent bien lentement ce jour-là.

Accoudée sur le rebord de la fenêtre, je regardais passer dans le ciel les grands nuages blancs qui ressemblaient à des maisons à roulettes ; plus bas, les hirondelles, filant comme des flèches d'un bout de l'horizon à l'autre, les moineaux voletant sur le toit des granges, les papillons visitant les unes après les autres les fleurs de notre jardin, les abeilles regagnant leur logis, les moucherons dansant une farandole effrénée autour d'un rayon de soleil et les mouches venant bourdonner jusqu'à mes oreilles la joyeuse chanson de la liberté !... Oui, tout cela se mouvait, volait, chantait, tout s'abreuvait d'air frais, de soleil et de bonheur insouciant, tous étaient libres... sauf moi ! moi qui sanglotais, moi qui devais m'instruire, et n'avoir jamais d'ailes !...

Ah ! mon Dieu, que j'ai pleuré cette fois-là !... Je pensais au singe, à Sta, aux petits bohémiens qui se roulaient dans l'herbe, voire même à l'ânon qui n'avait, présumai-je, qu'une mission en ce monde, celle de trotter sur le bord des routes... Et je me disais : « Qu'ils sont heureux ceux-là ! Ils vivent à leur fantaisie, sans souci des livres et des

cahiers d'écriture. Ils ne doivent pas être, comme
moi, une demoiselle bien élevée, sage, tranquille et
ne parlant que lorsqu'on l'interroge... Oh ! qu'ils
sont heureux, et que je voudrais être à leur place !... »

. . . .

Tout passe, nous le savons bien maintenant,
n'est-ce pas ?... Le plaisir et la peine se succèdent
tour à tour, et le rire revient vite aux lèvres de
l'enfant.

La journée s'acheva. Je fus pardonnée. La Fontaine s'en revint de son voyage sous la commode, et
le coton se dévida, grâce au concours précieux et
assidu de cette chère grand'mère qui, je le crois,
sans l'avoir jamais su positivement cependant,
avait le cœur aussi gros que le mien de la punition
que j'avais failli faire.

J'avais signé un nouveau traité de paix avec mes
quatre adversaires, et dès le lendemain de mon em-
prisonnement, nous avions repris nos jeux, nos
promenades. Pourtant, je l'avoue, je laissais bien
souvent mes camarades se créer des distractions
nouvelles ou faire des courses lointaines pour écouter les interminables récits de la jolie danseuse.

J'avais obtenu que Sta et Pruk pourraient venir
dans la journée s'installer dans la cour de la ferme,
située sous les fenêtres de la chambre où grand'-
mère travaillait. De cette façon, j'étais surveillée
sans être privée de la présence de mes amis. Que
d'heures nous avons passées assises toutes deux

sous le grand mûrier ombrageant la cour, Sta me
contant tout ce qu'elle avait vu, moi l'écoutant les
yeux grands ouverts et la bouche béante, pendant
que le singe, suspendu aux branches de l'arbre, se
gorgeait de mûres déjà flétries !

C'est que c'était bien beau ce qu'elle savait et ce
qu'elle avait vu, la *zingarella* ! La mer surtout, ce
mot qui, tout petit qu'il est à l'oreille, me représentait une chose aussi vaste que tout ce que je pouvais imaginer !

Et les palais tout en marbre blanc, comme la cheminée de notre salon de Chambéry ! Et les églises si
hautes, si hautes que l'on ne voyait plus les oiseaux
qui se perchaient au sommet de leurs clochers...
Les jardins tout plantés de roses, les bois où gran-
dissaient des arbres portant des oranges, des ci-
trons, des dattes, des figues, que j'avais toujours
cru être nés tout uniment, chez les confiseurs...
Que ce devait être admirable, ces chemins bordés
de haies toujours fleuries, ces champs où croissaient
pour tout le monde les fruits qu'ici l'on payait si
cher !

Par exemple, un détail qui me refroidissait un
peu, c'était que ce paradis terrestre était habité
par d'affreuses petites bêtes que l'on trouvait partout : les *zanzares* (moustiques) qui vous empêchaient de dormir, les scorpions se collant aux murs
et pénétrant jusque dans votre lit, les tarentules
qui pouvaient faire mourir d'une piqûre ; puis
quelquefois les sauterelles, arrivant tout-à-coup

dans le ciel comme un grand nuage noir, se jetant
sur les prés, les vignes, les jardins, rongeant tout
ce qui se trouvait devant elles, comme des chèvres brouteraient des salades.

Comme notre pays me semblait petit, laid et
mesquin auprès de ces contrées enchantées !
Est-ce que cela valait la peine d'y demeurer ?
Qu'était-ce qu'un endroit où l'on ne trouvait que
des pommes, des raisins, des cerises !... Qui est-ce
qui n'en mangeait pas de ces fruits-là ?... Qui
est-ce qui ne savait pas comment cela était fait ?
Il y en avait dans toutes les vignes, dans tous les
jardins... C'était vraiment honteux d'avoir un pays
aussi vulgaire, hérissé de montagnes qui tenaient
toute la place !...

Puis, chez nous on ne parlait que français et patois... Il y avait bien encore le piémontais pour
quelques-uns, mais cela ne comptait pas, on n'y
comprenait rien !...

Oh ! que je me trouvais malheureuse au Chaffard,
et que j'aurais voulu être à la place de Sta !...

Au reste, je n'étais plus seule à nourrir le désir de
voyager: Alexandre V., le fils d'un de nos voisins de
campagne, mon meilleur camarade, mon ami le
plus intime, s'était pris, lui aussi, d'enthousiasme
pour la vie nomade des bohèmes. C'était un charmant blondin, vif comme la poudre, bon comme le
pain et ne rêvant que batailles et aventures. Il
avait huit ans, je n'en avais que sept, mais cette
supériorité d'âge ne le rendait point plus méchant

compagnon. Le voisinage de nos parents et les bonnes relations d'amitié qui les unissaient nous permettaient de vivre pour ainsi dire comme frère et sœur. Toujours d'accord en principe, ce n'était que sur les détails que nous nous disputions quelquefois. Il connaissait toutes mes escapades, je savais toutes ses sottises, et grâce à cette entente, nous pouvions souvent éluder les punitions méritées.

Je l'avais mis dans la confidence de mes secrètes aspirations. Il se trouva qu'il les partageait avec d'autant plus de vivacité que le métier d'acrobate lui paraissait primer de beaucoup tous les autres.

Nous avions d'ailleurs la tête encore fort montée du spectacle que venaient de donner les compagnons de Sta, sur la grande place de la commune.

Comme tous les assistants accourus des quatre coins de la paroisse, nous avions admiré ensemble les tours d'adresse des uns, les jongleries des autres, la science précoce d'un roquet noir jouant aux dés, et le talent musical de Pruk marquant la cadence en frappant sur un tambour gros comme un melon de poche, pendant que cette petite fée de Sta exécutait la danse de la plume, sorte de valse vertigineuse dont la seule vue coupait la respiration.

Il est certain qu'une pareille représentation devait achever de mettre nos petites cervelles à l'envers, si bien que, de retour à la maison, nous employâmes de longues heures à nous disloquer bras

et jambes, afin de juger par nous-mêmes de notre
degré d'aptitude à exécuter le saut périlleux, la
turbine horizontale ou le télégraphe aérien. A dire
vrai, l'exercice me paraissait peu agréable, mais
Alexandre me persuada qu'on se faisait à tout, et
qu'à la fin on était plus à son aise sur une corde
tendue qu'une carpe au milieu d'un lac.

Il se peut cependant que nous fussions peu à peu
revenus de cette toquade si les projets d'émancipa-
tion, dont nous avions fait part à notre amie Sta, n'eussent servi à souhait les mauvais desseins du chef
de la troupe. La petite fille, bien stylée par lui et
par sa méchante mère, nous promit monts et merveilles si nous voulions l'acccompagner seulement
jusqu'à Turin.

D'abord, il était entendu que nous voyagerions
dans la petite carriole que traînait Miouck, la vache polonaise ; puis Sta me ferait cadeau de Pruk,
le joli petit singe ; Titzo donnerait à Alexandre le
roquet savant, et ce qui acheva de nous séduire, ce
fut qu'ils nous promirent de nous laisser ramener
nos chères bêtes avec nous à notre retour en Savoie,
car notre intention n'était certes pas de ne plus revenir à la maison. Seulement, dans notre insou-
cieuse ignorance de la vie pratique, il nous semblait très simple d'aller à Turin, où d'ailleurs mon
petit camarade avait un oncle qui, à l'entendre,
serait ravi de le recevoir. Sans doute, il se mettrait
en quatre pour nous montrer les merveilles de la
ville... Nous verrions le roi !... J'en sautais de bon-

heur, moi qui ne pouvais m'imaginer quelle forme précise avait une majesté... Alexandre, plus positif, réservait son admiration pour le régiment des gardes du corps, pour les beaux équipages et les chevaux couverts d'or et d'argent. Enfin Turin nous apparaissait dans le lointain comme ces villes enchantées des contes arabes que nous lisions ensemble...

Quant au retour, il était tacitement convenu que l'oncle y pourvoirait, et nous ne pensions pas à nous inquiéter des voies et des moyens de l'effectuer.

Quoi qu'il en soit de ces folles idées d'enfants, j'ai hâte d'arriver au dénouement d'une aventure que je vous ai peut-être déjà trop contée par le menu.

En ce temps-là, grand'mère avait un procès qui lui donnait bien du tourment et, surtout, la forçait à faire de nombreuses courses à Chambéry, où parfois elle couchait. Dans ces circonstances, outre Josette à qui j'étais spécialement confiée, bonne-maman s'en remettait à la gracieuse obligeance de madame V., la mère d'Alexandre, certainement la meilleure femme que la terre eût portée, laquelle se chargeait de remplir auprès de moi le rôle de maman.

Oh ! cher bon temps d'autrefois, où les voisins ne faisaient souvent qu'une même famille, où le couvert des enfants était toujours mis, quelle que fût la table à laquelle ils vinssent s'asseoir !... Chère hospitalité savoyarde si large et si simple à la fois,

qui donc t'as bannie de nos mœurs?... Ces relations
si cordiales qui donc les a brisées?... Alors, pères
et mères voyaient, sans souci de l'avenir, croître
autour d'eux leurs enfants, fillettes et garçons, dont
leurs juvéniles amitiés promettaient de continuer
les traditions de la famille et du foyer... Rien ne
divisait ces cœurs destinés à vivre sur le même
sol, à se nourrir des mêmes idées et des mêmes
exemples... Aujourd'hui...

Mais, voyez un peu où s'en va courir ma plume,
à propos d'une escapade de deux bambins!...

Je reprends bien vite mon récit pour ne plus l'in-
terrompre.

Donc, par suite d'une convocation imprévue, un
matin grand'mère, après avoir revêtu sa robe de
cérémonie et mis son chapeau à fleurs, me dit qu'é-
tant obligée d'aller en ville et peut-être d'y coucher
le soir, j'irais passer la journée chez madame V.,
qu'elle avait priée de me garder pendant son absence. Je promis, comme de coutume, d'être bien
sage et *bien honnête*, et la chère femme partit tout-
à-fait rassurée.

J'aimais beaucoup à dîner dans la maison de nos
amis. Gasparde, la cuisinière, connaissait à fond le
répertoire des friandises agréables aux enfants.
Puis il y avait tant de bonnes choses dans le grand
placard de la salle à manger et dans le fruitier où
l'excellente Mme V. nous mettait en prison quelquefois!... Et le jardin si beau et si grand, le verger
avec ses longues allées sablées, le labyrinthe où

nous jouions à cache-cache ! Vraiment, il faisait bon vivre dans cette maison, et, en temps ordinaire, nous y passions très-bien nos journées sans ennuis ; mais avec les nouvelles idées qui nous trottaient en tête, il est certain que ce jour-là Alexandre et moi nous trouvâmes, dès le matin, les heures trop longues. Si bien que, sous le premier prétexte venu, nous nous échappâmes pour aller rôder à travers le village en compagnie des petits paysans inoccupés et de nos autres camarades de jeu.

Là nous apprîmes une grande nouvelle : les bohémiens allaient probablement partir, parce qu'on les avait vus ployer les toiles de leurs tentes et faire tous les préparatifs de la levée du camp.

Ces détails nous jetèrent tous deux dans une grande perplexité. Est-ce que Sta ne viendrait pas nous avertir comme elle l'avait promis ?... Est-ce que nous n'irions plus à Turin ? Est-ce que Pruk et le petit chien ne seraient plus à nous ?... Je sentais mon cœur se gonfler à ces amères pensées... et j'aurais donné bien gros pour savoir à quoi m'en tenir. Ce fut encore Alexandre qui me réconforta : « Ecoute, me dit-il, je suis bien sûr que les bohémiens ne partiront pas avant midi ; nous irons les voir tout de suite après dîner ; mais n'en dis rien, rien à personne, parce que nous ne pourrions plus partir. » Je me tus donc, malgré la bonne envie que je sentais de crier bien haut que j'allais voir Turin.

Il était écrit que cette fois-là tout devait con courr

à l'accomplissement de nos désirs... Des convives inattendus arrivèrent dans la matinée chez Mme V. Les embarras de la réception occupèrent assez la maîtresse de maison pour lui enlever le loisir d'une surveillance que nous étions habitués, du reste, à éluder.

Le dîner, quelque peu retardé, se prolongeant plus que de coutume, il nous fut permis de quitter la table dès que le dessert eût été servi. Mme V. bourra nos poches de fruits et de friandises, et nous envoya jouer dans le verger avec les recommandations d'usage. Alexandre promit tout ; pour moi, depuis quelques instants, je me sentais en proie à un malaise intérieur dont je ne me rendais pas compte et que je tâchais de dissimuler devant mon complice, inaccessible à la faiblesse lorsqu'il s'agissait de contenter une de ses fantaisies. Je ne pourrais peindre mieux mes sentiments intimes qu'en disant que j'aurais voulu être déjà de retour de Turin. C'est avouer que, tout en n'abandonnant pas l'idée du voyage, j'éprouvais un vague ennui de l'entreprendre ; mais avec un compagnon aussi décidé que l'était Alexandre, il n'y avait plus à reculer. Ce fut donc soutenue et entraînée par la crânerie de mon ami que je m'éclipsai, comme lui, derrière la haie de charmille qui séparait le clos du grand chemin et que je le suivis dans sa course vers le chêne des *Trois-Sentiers.*

Un peu avant d'y arriver, nous vîmes venir à nous Sta rouge et essoufflée, un doigt sur la bouche, nous faisant signe de ne pas lui parler avant d'être près d'elle. Nous nous approchâmes en lui demandant s'il était vrai qu'elle allait partir. « *Si*, nous dit Sta, *nous partir le zour de ce soir. Le cef a dit à moi aller prendre toi et toi*, continua-t-elle en nous désignant l'un et l'autre, *sans point de paroles pour les autres.* »

La fillette faisait tant de gestes, savait si bien tirer parti de ses regards et d'une petite moue mignonne de sa jolie bouche, qu'il nous était devenu très-facile de la comprendre, malgré le décousu de ses phrases.

J'ai eu souvent l'occasion depuis de constater la merveilleuse aptitude qu'ont les enfants à saisir mutuellement le sens de leurs pensées, quelle que soit la difficulté qu'ils éprouvent à s'énoncer. Nous comprîmes donc très-bien toutes les recommandations de la petite danseuse qui, sans doute, avait reçu du chef des instructions très-précises à cet égard.

Ces indications tendaient à dissimuler la part que les bohémiens avaient prise à notre fuite et à tâcher que surtout celle-ci ne fût pas remarquée. Il s'agissait pour cela qu'Alexandre et moi nous prissions les devants en allant attendre au-delà du village toute la troupe, bientôt prête à partir. Là seulement nous monterions en voiture avec Sta.

Ces précautions et ces cachotteries ne pouvaient inspirer aucune défiance à des enfants de huit ans accoutumés à compter sur la loyauté d'autrui et ne

comprenant point quel bénéfice ces *zingari* pouvaient retirer de notre enlèvement. C'est pourquoi
nous promîmes à notre amie tout ce qu'elle voulut,
et, la laissant retourner seule vers la bande occupée des apprêts du départ, nous coupâmes à travers
champs pour rejoindre plus vite la route qu'on
apercevait dans le lointain.

Il faisait un temps superbe : le soleil encore haut
sur l'horizon mettait sa joyeuse lumière sur tout ce
qui nous entourait. C'était le moment du fanage
des regains, et les vendanges étaient proches. Partout, dans les grands prés, le long des sentiers que
nous parcourions, on voyait des troupes nombreuses de travailleurs. Ici des faucheurs couchant les
andains d'herbes fleuries, là des bandes de filles
et de garçons occupés à mettre en meule le four-
rage déjà sec. Leurs rires et leurs chansons faisaient dans l'air un bruit plein de gaieté et d'entrain. Çà et là les troupeaux de vaches et de brebis,
prenant possession des vergers nouvellement fauchés, paissaient tranquilles sous la garde inatten-
tive de quelques petits bergers joufflus et frisés.

Ces gens, nous les connaissions tous. Ils nous
voyaient journellement arpenter dans tous les
sens bois, champs et broussailles pour revenir le
soir, les bras chargés d'un butin quelconque enlevé aux haies fleuries, aux ceps allourdis par le
poids des grappes mûres ou aux branches des
pommiers, dont les fruits entraînaient les rameaux
jusqu'à terre.

Ils nous aimaient tous, ces rudes paysans, dont nos parents étaient les amis, en même temps que les maîtres. Ils savaient qu'à l'heure du partage des récoltes on leur rendrait de bonne grâce la part que les petits messieurs s'étaient un peu trop prématurément adjugée.

Nous avions donc, comme l'on dit vulgairement, *les pieds blancs*, ce qui nous permettait de ne pas suivre bien strictement les sentiers battus. Ce jour-là, nous abusâmes un peu de la permission : piquant droit devant nous, sans répondre aux bonjours des uns, à l'appel lointain des autres, nous passions rapides à travers les champs d'*étroublons* (1) et de blé noir, ne tenant compte ni des obstacles à franchir, ni des dégâts que nous pouvions commettre. Enfin, après un quart d'heure de cette course à la diable, la poitrine oppressée et le visage ruisselant de sueur, nous atteignîmes la grande route sur laquelle nous devions bientôt cheminer en compagnie des bohèmes.

Pendant que j'avais couru, la pensée que nous allions quitter le pays, que ce soir-là je ne verrais pas grand'mère, que mon petit lit dans le coin de la chambre resterait vide, et que je devrais passer la nuit en voyage, couchée dans la carriole, à côté de Sta et du singe, cette pensée, dis-je, ne m'était pas venue.

---

(1) *Etroublons* : champ de blé dont on a coupé seulement la partie supérieure de la tige afin de conserver le semis de trèfles fait au printemps.

Tout était si joyeux, si vivant autour de nous !
Les hauts rochers de Bellavarda gris et sombres
les jours de pluie, maintenant baignés de soleil,
ressémblaient à d'énormes blocs d'or s'encadrant
dans un ciel limpide et bleu. Il y avait dans l'air,
attiédi par l'approche du soir, des parfums de sain-
foin qui montaient à la tête. Rien n'était silencieux,
rien n'était triste. A nos pieds le criquet, sur nos
têtes l'alouette ; tout bourdonnait et chantait. Comment n'aurions-nous pas été heureux de nous sentir vivre en pleine liberté, nous les êtres ignorants
et insoucieux par l'âge, dont le cerveau était rempli de la vision féerique des pays inconnus que
nous allions voir ?... Oui, je l'avoue, tout cela m'a-
vait enivrée un instant ; mais lorsque, assise sur le
bord du fossé de la route, j'eus repris haleine,
j'éprouvai la même émotion inconsciente que
j'avais sentie déjà m'étreindre le cœur. Je regardais mon compagnon, un peu embarrassée et hon-
teuse d'avoir envie de m'en retourner vers la petite maison rose que je voyais là-bas, là-bas sur le
coteau verdoyant du Chaffard. Mais Alexandre
paraissait si gai, si tranquille, que je n'osais rien
lui dire de ce que je pensais.

Nous attendîmes ainsi près d'une heure, et plus
d'une fois la patience faillit nous échapper. Alexandre allait et venait, regardant de tous ses yeux
du côté par où devaient arriver les voitures. Peu de
personnes passaient à ces heures sur la grande
route : quelques charrettes, dont les conducteurs

étendus tout de leur long sur les sacs ou les tonneaux de leur chargement, dormaient insoucieux,
confiants dans la sagacité des chevaux de
l'attelage ; de rares voitures de maître amenant
à Chambéry une société de touristes ou de bour-
geois de retour d'une partie de campagne. Personne parmi ces gens ne s'inquiétait de ce que
faisaient là deux enfants tous seuls, ayant d'ailleurs
l'air d'habiter dans le voisinage.

Enfin, après longtemps, Alexandre s'écria en
frappant des mains : « Les voilà ! Les voilà ! » On
apercevait en effet, à cent mètres plus bas, les
deux grandes baraques bleues et jaunes quitter
le chemin communal et déboucher sur la route où
nous attendions. Je crois que toute la tribu faisait
à pied cette première étape, car nous voyions de
loin un fourmillement de monde entourer les deux
énormes véhicules ; mais nous eûmes beau regarder, nous ne vîmes point la petite vache et la carriole dans laquelle nous devions voyager.

« Oh ! me dit Alexandre, Miouck a de trop
petites jambes, elle ne peut aller aussi vite que les
chevaux ; elle arrivera dans un moment. » Il me
parlait encore lorsque tout d'un coup nous aperçûmes la petite tête frisée de Sta à la lucarne de la
première voiture. Elle nous fit signe en riant ; nous
courûmes vers elle...

— Et Miouck, lui demandai je ?

La danseuse me répondit avec volubilité :

« *Le carretto est pas bon pour venir, lui est*

Aott (1). *Toi et toi, monte ici*, » continua-t-elle en nous ouvrant la porte de la baraque.

Mais tous deux nous éprouvions quelque répugnance à entrer dans cette voiture sombre que nous ne connaissions point. Alexandre ne bougeait pas ; moi non plus ; cependant les chevaux s'étaient arrêtés ; les conducteurs, deux grands garçons noirs et mal peignés, attendaient. Le chef, qui probablement surveillait les retardataires de la bande, arriva. Il dit quatre mots à Sta dans cette langue qui leur était habituelle, et que nous ne comprenions pas ; la petite fit un signe d'obéissance, et reprit en s'adressant à nous : « *Monte, monte tous deux ; on va à Turin vite, vite.* »

Hélas ! ce mot de Turin nous tenta une fois encore, et sans plus hésiter, Alexandre, aidé par le chef, enjamba les trois marches d'escalier et pénétra le premier dans la voiture ; deux secondes après, j'étais auprès de lui ; puis nous sentîmes la lourde machine s'ébranler, pendant que la porte se refermait brusquement. C'en était fait, nous étions chez les bohémiens, et en route pour l'Italie.

Nous fûmes tellement étourdis de nous trouver enfermés dans cette boîte noire et puante, au lieu d'être commodément assis sur la banquette du petit chariot, que nous restâmes quelques instants debout, silencieux, sans songer à regarder autour de nous. Sta, pourtant semblait rayonner d'aise de nous voir là : elle pirouettait sur elle-même, frappait des

(1) Cassé.

mains, et répétait à satiété : « *Oh ! contente moi !*
contente moi!... »

Mon camarade, agacé sans doute par cette explosion d'un bonheur qu'il ne partageait que mé-
diocrement, retrouva le premier sa langue :

— « Oh ! que ta maison est vilaine ! » dit-il en
faisant une grimace de dégoût.

— « Il fait trop chaud, et ça sent bien mauvais
ici ! » ajoutai-je, enhardie par la franchise d'A-
lexandre.

La danseuse arrêta brusquement ses pirouettes,
et, d'un air boudeur, murmura quelques mots dans
son idiome incompréhensible.

C'était pourtant vrai, de reste, ce que nous
avions dit, et je puis vous assurer que, malgré que
je fusse encore bien jeune, je n'ai rien oublié de
l'affreux tableau que j'ai eu sous les yeux. Ces im-
pressions-là ne sauraient s'effacer de la mémoire.

La maison de Sta, comme la nommait mon ami,
était une grande boîte en planches partagée dans
le milieu par une cloison plus haute que moi, et
percée de quatre trous étroits et carrés servant de
fenêtres. Je ne pouvais voir que la partie dans laquelle on nous avait fait monter ; c'était probablement un des dortoirs de la tribu. L'autre compar-
timent devait être une cuisine, car on apercevait
un morceau de tuyau de poêle qui trouait le plafond tout noirci par la fumée. Pas la moindre trace
de meubles dans le coin où nous étions ; seulement de larges banquettes, fixées à la paroi par de

gros clous, remplaçaient les lits absents. Sur ces espèces de rayons d'armoire étaient étendues quelques nippes sales, des couvertures en loques, une limousine de roulier et nombre d'autres guenilles multicolores. Dans les angles, des épluchures de légumes, de la paille moisie, des chaussures de rebut.

Mais ce qui achevait de donner à ce taudis un aspect repoussant, c'est que tout le dessous des banquettes était habité par une population de poules, de lapins, voire même de cochons de mer occupant, famille par famille, des cases grillées et exhalant une odeur impossible à définir. Oh ! que je me souviens, que je me souviens avec dégoût de toutes ces choses !

Nous n'étions pas seuls dans ce bouge. Outre Sta, Alexandre et moi, il y avait encore une vieille *Zingara* se tenant courbée et ramassée sur elle-même comme un chat qui fait son ronron. Sans doute elle était infirme et ne bougeait jamais de cet antre de sorcière, car je ne me souvenais pas l'avoir vue sous les tentes avec les autres femmes de la bande. Lorsque la porte s'était refermée sur nous, elle s'était redressée en grognant comme un vieux chien en colère ; puis, se pelotonnant de nouveau, elle redevint immobile et silencieuse.

Quand Alexandre et moi nous eûmes assez examiné les objets qui nous entouraient en formulant, de temps à autre, des réflexions tout autres qu'élogieuses, il nous prit fantaisie de regarder par

les fenêtres ce qui ce passait à l'extérieur. Pour
moi, le temps me durait déjà du soleil. Les lucarnes étaient placées tout au haut de la baraque, il
nous fallait donc monter sur les lits pour y atteindre. Alexandre se mit en devoir de se hisser sur
le tas d'habits, mais Sta le retint : « *Cef veut
pas !* » dit-elle d'une façon péremptoire.

Mon pauvre ami eut un mouvement d'étonnement si prompt qu'il dégringola de la banquette
où il était déjà debout.

« Pourquoi ? demanda-t-il vivement.

« — *Z'ai moi dit: Cef veut pas, cef veut pas, et
plus rien !*» et Sta reprit le bras du petit garçon
en le serrant plus fort. Mais lui n'était pas de
trempe à céder aussi facilement.

« Je veux voir dehors ! je veux ! je veux ! » cria-
t-il en se débattant.

En voyant mon petit camarade ainsi molesté, je
me mêlai à l'action.

« Tu es une méchante, Sta ! dis-je, grossissant
ma voix autant que je le pouvais. Laisse-le regarder, ou bien nous te battrons ! Tu verras ! tu
verras ! »

Hélas ! c'est nous qui dûmes constater que
nos menaces étaient dérisoires !... La petite
bohème, en face de notre rébellion, fit entendre
le fameux clapement bien connu de Pruk, et
avant que nous eussions su de quel endroit le
singillon était sorti, nous le vîmes se dresser irrité et menaçant sur l'épaule de sa maîtresse.

Celle-ci lui montra la lucarne en dessous de laquelle nous étions ; l'animal, s'élançant d'un bond sur le rebord de la planchette, s'y installa en nous faisant d'affreuses grimaces. Qu'il était laid, et comme il nous effrayait ! Ce n'était plus là le joli petit singe que j'avais connu et aimé tout d'abord : on lui avait enlevé son superbe costume rouge et or, sa toque à grelots qu'il portait si gaillardement. Maintenant, nous n'avions devant les yeux qu'une bête rousse et velue montrant sous ses babines larges et flasques une double rangée de dents qui donnaient à réfléchir...

Cependant Alexandre était entêté, et, de mon côté, je n'étais point sans avoir du courage quand il le fallait. Tous deux, d'un commun accord, nous essayâmes d'arriver à l'autre croisée ; mais, plus prompt que l'éclair, Pruk nous y avait devancés, et pendant deux ou trois minutes, ce fut entre lui et nous une lutte de vitesse à qui arriverait avant l'autre à ces bienheureuses lucarnes par lesquelles passait la seule lumière qui pénétrait dans la baraque.

Il est entendu que nous renonçâmes les premiers à vaincre l'obstination de notre adversaire, excité par les encouragements de sa maîtresse qui s'en donnait à cœur-joie du plaisir de nous voir nous démener ainsi inutilement.

Alors, exaspérés, honteux, essoufflés, hors de nous, criant, pleurant, frappant du pied, nous nous jetâmes tous deux sur la petite bohème pour nous venger de sa méchanceté.

« Je veux m'en aller tout de suite, tout de suite, disait mon camarade... Je ne veux plus aller à Turin avec toi... tu es trop méchante... c'est trop vilain chez toi... Je ne veux pas rester avec toi : tu es une bohémienne ! une pauvre !... Je veux m'en aller ! je veux m'en aller !!!... »

Ah ! que de fois nous avons répété tous deux cette phrase désespérée, en l'accentuant de coups de pied et de coups de poing lancés un peu au hasard, soit sur les épaules de Sta, soit sur les planches des cloisons qui n'en pouvaient mais.

Nous en aller !... ce n'était plus possible ! Pour sortir de là, il eût fallu pouvoir ouvrir la portière, ou bien passer par une fenêtre ou briser une des parois de la baraque. Aucun de ces moyens n'était à notre disposition.

Sta, plus âgée et plus forte que nous, non seulement se défendait contre nos faibles attaques, mais elle avait encore pour auxiliaire, outre le singe qui grondait sourdement, n'attendant qu'un ordre pour nous planter ses griffes quelque part, l'affreuse vieille qui, pendant la bagarre, s'était roulée jusque vers la porte et semblait garder cette issue avec la féroce vigilance d'un dogue hargneux.

Au bruit de notre lutte et de nos cris de colère venaient s'ajouter les piaulements effarés de la volaille, coqs, poules et poussins se bousculant dans leurs cages étroites, les bonds des lapins cognant le grillage dans un tohu-bohu indescriptible. C'était à ne plus s'entendre, et malgré cet étrange vacarme, les conducteurs de la voiture ne se montrèrent jamais pour en connaître la cause, ce qui m'a toujours donné à penser que certainement l'homme qui nous avait tendu le piége, auquel notre étourderie et notre crédulité s'étaient laissées prendre, ne devait pas en être à son coup d'essai.

Sta obéissait, sans doute, à des ordres très-précis et très-détaillés, car rien ne paraissait la toucher, ni l'embarrasser, tout semblait avoir été prévu d'avance : nos emportements, nos larmes, les folles menaces que nous arrachait l'inutile fureur dont nous étions animés, les promesses que nous prodiguions à tort et à travers de lui faire acheter par nos mamans de belles robes toutes dorées avec des dentelles hautes comme ça — des colliers, des bagues, tout ce qu'elle voudrait enfin, pourvu qu'elle nous ouvrît la porte, car c'était bien en ce moment notre désir le plus intense : retourner chez nous — malgré la longueur du trajet, malgré la nuit qui nous prendrait en route, malgré même les terribles punitions que nous étions sûrs de nous voir infliger.

Pourtant, nous avançions toujours, les cahots de la voiture nous permettaient du moins de le croire. Alexandre, épuisé de fatigue et de larmes, avait fini par s'asseoir sur le bord d'une des banquettes et regardait obstinément ce petit carré de ciel bleu qui, de moment en moment, se faisait plus sombre.

Sa figure rouge et mouillée de pleurs avait une expression de désespoir impuissant qui me rendait plus triste encore.

De temps en temps, un bruit passager de grelots ébranlait l'air. Sans doute, c'était une charrette de roulier s'en allant à Montmélian, à Grenoble ou revenant sur Chambéry. A chaque fois, mon cœur battait bien fort ! il me semblait, en écoutant ce tintement si connu, que nous étions moins seuls et moins abandonnés ; peu à peu le grincement des roues sur les cailloux se faisait plus sourd, le son se perdait dans le lointain, le silence revenait lourd et menaçant, et moi je recommençais à pleurer...

Oh ! pauvre bonne maman, où était-elle à cette heure où je me sentais si malheureuse ? Que faisait-on dans cette maison que j'avais volontairement quittée ? Ma chère, chère petite maison, je la voyais telle qu'elle devait être en ce moment : la cuisine déjà sombre s'illuminant tout d'un coup du reflet rouge de la flamme montant droite et claire dans la grande cheminée ; Josette allant et venant, affairée, de la table au buffet ; le vieux chat gris accroupi sur le chenet, fixant de ses yeux jaunes la marmite où cuit notre souper... La soupe ! la bonne soupe chaude et fumante ! je ne la mangerais pas ce soir, ni demain, ni jamais plus peut-être !... Oh ! que je pleurais en pensant à tout cela !...

Un instant, probablement en traversant Saint-Jeoire, des cris d'enfants, des aboiements de chiens, des exclamations d'étonnement frappèrent nos oreilles. Alexandre se redressa et se mit à appeler de toutes ses forces ; mais des coups de fouet répétés, la voix des conducteurs excitant les chevaux poussifs couvrirent ses faibles clameurs, et de nouveau tout s'apaisa autour de nous.....

Près d'un quart d'heure s'écoula ainsi ; nous ne pleurions même plus ; un morne abattement nous enveloppait tous deux, nous enlevant toute force et toute pensée. C'était comme un invincible besoin de dormir, paralysant même notre chagrin, et, sans doute, le sommeil nous aurait gagnés si tout d'un coup nous n'eussions été tirés de cette torpeur par l'allure plus vive des chevaux et par les jurements réitérés des bohèmes qui les conduisaient. D'autres voix encore se mêlaient aux leurs : des intonations de colère, des mots brefs comme des ordres, des exclamations subites se croisaient rapidement. Que se passait-il au dehors ?... Nous ne le savions ni l'un ni l'autre, ne pouvant rien saisir de ce maudit langage ; mais, dès les premières paroles, Sta qui, depuis notre lutte, s'était tenue à l'écart, jouant avec Pruk, tout en jetant de temps en temps un regard courroucé sur nous, Sta, dis je, semblait effrayée et agitée. Par deux fois, elle avait mis sa tête à la fenêtre, prononçant des mots qui résonnaient à nos oreilles comme des interrogations. Alexandre lui ayant demandé la cause de son trouble, la rusée petite créature lui avait répondu tout autre chose que la vérité.

Subitement, la baraque tourna à droite, quittant

la grande route pour prendre une direction opposée. Le chef, prévoyant que notre disparition, une
fois constatée, mettrait à sa poursuite les gens du
pays, avait probablement pris ce moyen pour égarer les recherches. Je sus, en effet, plus tard que
cette première voiture dans laquelle nous étions
enfermés, était de beaucoup en avance sur l'autre.
On le voit, nous avions affaire à forte partie. Où
nous conduisait-on maintenant ?... Qu'allions-nous
devenir ?... Les roues ne faisaient presque plus de
bruit en tournant, la voiture allait plus lentement ;
qu'est-ce que tout cela voulait dire ?... Ce brusque
changement dont j'étais loin de soupçonner la cause
acheva de me terrifier. Je me jetai au cou de mon
petit ami et me mis à crier, affolée de peur : « A-
lexandre, Alexandre, ils vont nous mener perdre
dans les bois !... Nous allons mourir tous les
deux !!!... » Le pauvre enfant tremblait aussi fort
que moi, mais il eut cependant le courage de répondre : « Non, non. Va ! n'aie pas peur, ils n'ose-
ront pas nous faire du mal : mon papa est juge, il
les ferait pendre !... » Etait-ce là une raison bien
convaincante ? Je ne le trouve pas maintenant ;
alors elle me suffit et me calma quelque peu.

Cependant, malgré que nous eussions abandonné
la route depuis un instant déjà, le bruit et le mouvement ne cessaient point au dehors. Des cris éloignés, des appels d'abord lointains, puis peu à peu
se rapprochant de l'endroit où nous étions, attirè-
rent notre attention ; enfin, au milieu d'un brouhaha

de disputes et de menaces, nous finîmes par distinguer nos deux noms lancés vigoureusement par des voix qui nous étaient bien connues.

« Oh! c'est Paul!... c'est Benoît qui viennent nous chercher! » criai-je hors de moi.

« Paul! Paul! ici! ici!... » Je riais, je pleurais ; Alexandre poussait des clameurs aiguës entremêlées de mots sans suite. Nos cœurs battaient à se rompre dans nos poitrines déjà si oppressées. Nous allions être délivrés !...

Mais à ce moment, Sta qui d'abord suffoquée par l'étonnement et par la crainte, nous avait laissé crier à notre aise, excitée par l'épouvantable vieille à laquelle nous ne pensions plus, se jeta sur nous et de ses pieds, de ses dents, de ses ongles, nous mit à tous deux la figure et les mains en sang. Pruk l'aidait ; la vieille nous tirait les jambes, essayant de nous couvrir avec tout le linge et les loques à sa portée, probablement pour étouffer nos cris. Je ne sais ce qui serait advenu de nous si nos braves paysans ne fussent parvenus à ouvrir la porte et à nous arracher à ces furies.

Peut-être croyez-vous que j'exagère à plaisir toutes les péripéties de cette aventure pour augmenter l'intérêt du récit. S'il en était ainsi, j'en serais fâchée, car je me sentirais moins à l'aise pour continuer, et surtout pour vous décrire l'immense joie que nous éprouvâmes à respirer de nouveau l'air pur, à revoir le ciel tout entier, la terre, les arbres, tout ce qui nous manquait enfin dans cette infecte prison d'où nous venions de sortir.

Au premier moment, je ne vis rien qu'une foule irritée et menaçante, une ou deux femmes qui s'empressaient autour de nous, essuyant avec leur tablier les pleurs et le sang dont nous étions couverts.

La voiture était arrêtée au milieu d'un grand pré ; une vingtaine de personnes, hommes, jeunes gens et enfants, se bousculaient à l'entour, gesticulant et injuriant les bohémiens, lesquels se défendaient de leur mieux à l'aide de leurs fouets dont ils se servaient avec une dextérité supérieure.

Les paysans s'irritaient de ne pouvoir châtier d'une façon exemplaire nos ravisseurs ; les plus échauffés parlaient d'étrangler sur place toute cette vermine ; d'autres voulaient brûler les baraques, les plus raisonnables conseillaient d'aller chercher la justice. Mais comme la discussion se prolongeait sans résultats, Paul Berthier et Benoît Porraz, nos deux fermiers, prirent les devants avec nous. Commodément installés à califourchon sur les épaules robustes de nos sauveurs, entourés de femmes et de marmots, nous fîmes notre entrée triomphale à Saint-Jeoire où tout le monde était déjà sens dessus dessous par l'annonce de l'événement. L'alerte avait été si chaude pour tous, nous avions tant besoin de respirer un peu librement, et, de leur côté, Paul et Benoit, qui n'avaient cessé de courir depuis le Chaffard, étaient si mouillés de sueur qu'ils jugèrent bon d'accepter l'invitation du père Satin, le maître de l'auberge du *Grand-Saint-Georges*, le-

quel leur offrit à boire un *tarrat du bon*, pendant
que les petits se reposeraient un brin.

Ceux qui, par le privilége de l'âge, ont le droit
de se souvenir et de regretter, peut-être, les insti-
tutions du passé, auront sans doute souri en re-
trouvant ce vieux nom du père Satin dans ces pages, consacrées tout entières aux choses mortes
et aux traditions oubliées. L'auberge du Grand-
Saint-Georges, il y a trente-cinq ans !.., N'est-ce pas
qu'en vous la rappelant vous revoyez d'ici l'encom-
brement de chaises de poste, de charrettes, de voi-
turins, de diligences, de chars-à-bancs se croisant,
se pressant, se heurtant dans la vaste cour où les
chevaux mangent, en reniflant, le picotin d'avoine
réglementaire? Et la carriole du *coquettier* à côté de
la guimbarde du coureur de foires, et tout ce va-et-
vient continuel de valets d'écurie, de postillons, de
courriers, de conducteurs de diligences riant
ou s'injuriant, suivant l'humeur du moment ? Et
cette cohue de dîneurs emplissant la salle basse
du bruit assourdissant des fourchettes, du tintement des verres, de querelles ou de chansons ?...
N'est-ce pas que vous entendez le piaffement des chevaux, le clic-clac joyeux du fouet de ceux qui ar-
rivent, les appels, les ordres, les adieux de ceux
qui partent, tout ce tintamarre enfin qui consti-
tuait jadis la vie mouvementée d'un relai de
poste ?..

Aujourd'hui que le progrès, à l'instar de l'Esprit-
Saint, « a renouvelé la face de la terre, » tout ce

monde s'est dispersé, tout cet entrain s'est apaisé, tout ce vacarme s'est tu. La vieille auberge garde encore ses portes grandes ouvertes pour les rares voyageurs qui suivent l'ancienne route de Chambéry à Turin. Mais les vieux sont morts, mais la vaste remise est vide, la grande cuisine est silencieuse. Deux ou trois fois par jour, là-bas dans la plaine, passe rapide comme la pensée le monstre à la gueule de fer, crachant sa fumée noire, jetant comme un ricanement le cri strident de la vapeur qui s'échappe de ses flancs. Et comme une protestation inutile, le grincement de l'enseigne oubliée répond de loin à l'insulte de la locomotive triomphante...

. . . .

La nuit tombait lorsque nous entrâmes dans l'auberge. La cuisine resplendissait d'un feu clair devant lequel trois marmites et un coquemar bouillaient à grandes ondes. Une odeur de gigot braisé, de sauce à l'ail et d'oignons frits me fit penser de suite que j'avais faim.

La brave mère Satin avait quitté poêle et casseroles à notre arrivée, et, tout en poussant des hélas! réitérés, nous prodiguait des caresses et des soins presque maternels.

— Oh! les pauvres anges du bon Dieu! comme ils sont *martilisés*! Pauvres petits *fenons*, va!... je vas vous faire prendre un bouillon bien conditionné, allez!... Oh! si c'est Dieu possible de voir des

abominations comme ça... prendre des petits que
ça ne sait pas encore se défendre !... Mettez-vous
là bien tranquilles, mes petits choux. Voyez... voilà
déjà pour un... A l'autre à présent ! Eh ! ça pauvre
petit qui a le front tout en sang... Ouh ! les vau-
riens ! les canailles ! qu'il en revienne par chez nous
de ces voleurs d'enfants !... Allons, mange, ma petite ; est-ce trop chaud ?... est ce qu'il n'y a pas assez de fromage ?... Oh ! moi qui connais tant ta
bonne-maman, une si brave dame !... Pense comme
je ne vous soignerai pas ! Je vais vous donner encore un bout de *quéque* chose, après le bouillon,
n'est-ce pas ?...

Et la bonne hôtesse se trémoussait dans la cuisine, interrompant son monologue à notre adresse
pour retourner sa friture, arroser ses rôtis, trem-
per un bouillon à un arrivant, et surtout gourman-
der ses deux servantes qui, trop curieuses, oubliaient
leur besogne pour écouter Paul raconter au père
Satin comment il avait été averti que nous man-
quions au Chaffard, et comment la moitié du
village s'était mise à la poursuite des bohé-
mes.

Ils avaient d'abord rencontré la carriole et la petite
vache ; Titzo avait fait semblant de ne point comprendre leurs questions. Poursuivant alors leur chemin,
ils étaient arrivés jusqu'à la seconde voiture, entourée de tous les bambins, des femmes et des
jeunes garçons de la bande. Là, ils s'étaient encore

informés ; même silence à notre propos. Un bohémien alla jusqu'à ouvrir la voiture pour bien prouver que nous n'étions point caché là.

Cependant, en s'informant de tous côtés, nos fermiers avaient appris que l'on nous avait aperçus jouer longtemps sur le bord de la route, et que nous avions disparu seulement depuis le passage des baraques. Ils continuèrent donc la poursuite, guidés d'ailleurs par les indications qu'ils recevaient des passants et par les renseignements qu'ils recueillirent à Saint-Jeoire. On sait le reste : comment ils virent de loin la voiture prendre une autre direction, comment ils entendirent nos pleurs et nos cris, et finalement comment ils nous avaient repris des mains de ces brigands.

— Maintenant, ce qui presse le plus, continua le paysan, c'est de ramener ces petits au Chaffard. Les dames là-bas sont sens dessus-dessous. La *grand'* de la petite est justement revenue de Chambéry comme nous filions... Oh! las! ça faisait quelque chose de la voir pleurer !... Mais à l'heure qu'il est, Jean Piattet ne doit pas être loin de chez nous. Il s'est mis en avant pour tirer tout le monde de peine.

Allons, les petits messieurs, reprit Paul en s'adressant à Alexandre et à moi, nous montrant ses colossales épaules, est-on prêt à remonter en carrosse ?... Pour sûr, vous serez mieux là que chez ces satans de bohèmes !... Ah! leur affaire est toute

réglée ; pas besoin de juge pour avoir reçu la *ra-
clée* qu'ils méritaient !...

Allons, à tous bonsoir ! Merci bien, madame Satin et la compagnie. Vous savez comme on dit : On
est bien toujours bon pour se revoir, n'est-ce
pas ?..

Nous joignîmes nos remercîments à ceux du fermier. La brave aubergiste nous embrassa, me char-
geant de tous ses compliments pour ma grand'mère,
et, malgré nos refus, voulut mettre encore dans
nos poches deux pommes et trois biscotins comme
provisions de voyage. Enfin, bien lestés et tant
soit peu remis de nos émotions, nous reprîmes
position sur le dos des deux paysans.

Je serais, certes, bien en peine pour vous donner
des détails sur notre retour, attendu qu'au bout
d'un quart d'heure, soit la fatigue de notre journée,
soit les deux doigts de vin pur que je venais de
boire, je me sentis envahir par un sommeil qui
dura jusqu'à notre arrivée.

Ce ne fut que lorsque Josette me reçut des bras
de Paul que je rouvris les yeux. Un instant, j'en-
trevis le visage de bonne-maman tout gonflé et
rougi par les larmes. Pauvre femme ! elle s'effor-
çait de conserver un maintien sévère et glacial à
mon égard, et moi, malgré la frayeur et le chagrin
que j'en éprouvais, je ne pus parvenir à m'éveiller
complétement. Aussi fut-ce le plus tranquillement
du monde que je passais ma nuit dans ce bon petit
lit que je croyais ne plus revoir

Le lendemain, huit heures sonnaient à la grande
horloge de la cuisine, que je dormais encore. Le
bruit m'éveilla.

Oh! les bons réveils de mon enfance! Lorsque
le reflet rose des montagnes ensoleillées illuminait toute notre chambre d'une joyeuse lumière!... lorsque mon regard, encore indécis et rempli des fantastiques visions des rêves de la nuit, cherchait dans l'angle de la fenêtre la chère et douce
figure de grand'mère occupée à ravauder des bas
ou à raccommoder quelque accroc que j'avais fait
la veille!... C'était mon premier plaisir—son baiser
répondant à mon bonjour ! C'était aussi la première
marque de son contentement ! Puis venait le déjeuner qu'elle allait me chercher dès que j'avais les
yeux ouverts, la grande tasse de bon lait crémeux
dont j'étais si friande !...

Ce matin-là, j'eus beau regarder autour de moi,
il n'y avait personne devant la petite table de travail...Tous les souvenirs de la veille me revinrent à
l'esprit !... Bonne-maman était fâchée... Je ne l'em-
brasserais pas, moi qui en avais tant besoin !...
Tristement, je m'assis sur mon lit, et j'appelai...
Josette entra, portant mon déjeuner.

Cette seule circonstance me confirma dans l'idée
que mon expiation commençait... et je puis vous
assurer qu'elle fut dure !... Je pleurais bien moins
du long séjour que je fis dans la cave à charbon
que du profond repentir d'avoir tant chagriné
bonne-maman !...

Aussi, quand revint l'heure si douce du pardon,
que je sentis de nouveau sur mon front le baiser
maternel, ce fut de tout mon cœur que je remerciai
Dieu de n'avoir exaucé qu'à moitié le vœu étourdi
que j'avais formé de connaître et de partager quelque temps la vie aventureuse des bohémiens.

FIN.

LA MAISON PANISSOT

Nous habitions, en 1842, une des plus vieilles maisons de l'ancien Chambéry.

C'était une immense construction comprenant trois corps de logis de cinq étages, sans compter les mansardes. Ce bâtiment avait sans doute subi de nombreuses modifications, au gré des propriétaires successifs auxquels il avait appartenu. Tout y était étrange, sans style et sans régularité : les fenêtres basses et étroites distribuaient parcimonieusement l'air et la lumière à de grandes pièces, dont les portes en arcades avaient de faux airs d'entrées de sacristie. En outre, chaque appartement contenait tant d'alcôves dissimulées, de cabinets noirs, de soupentes superposées, de recoins mystérieux et de portes dérobées que j'incline à croire que la maison avait été bâtie par quelque conspirateur ou par quelque croquemitaine des vieux temps.

Il me prenait parfois des terreurs sans nom quand je traversais les longs couloirs intérieurs sur lesquels pouvaient s'ouvrir instantanément quatre ou cinq portes, d'où mon imagination voyait par avance surgir des fantômes de toutes couleurs et de toutes dimensions.

Ce n'était au reste pas sans motifs plausibles que mon esprit évoquait ces sinistres apparitions. J'avais ouï conter de lugubres histoires touchant notre logis. Des prêtres traqués par les révolutionnaires s'étaient réfugiés dans cette maison, et l'on disait que l'un d'eux était mort de faim dans un des cabinets noirs où nous logions notre charbon. Plus tard, les Autrichiens, l'épouvante de mon enfance, occupèrent quelque temps cette habitation. Enfin, que sais-je encore ?... Tant il y a que j'avais bien peur lorsque la nuit tombait, et que, malgré le feu clair de la cheminée et la lueur des lampes à verres dépolis, le grand salon rouge gardait des coins mal éclairés.

Cependant, quels que fussent ses inconvénients, la maison Panissot était du haut en bas bondée de monde, et quelle variété de locataires! Il y en avait de toutes conditions, de tous rangs, de tous caractères : commerçants, rentiers, gens d'affaires, ouvriers, riches, pauvres, vieux, jeunes, grincheux ou gais, mariés ou célibataires, une vraie fourmillière.

Tout ce monde vivant côte à côte, se connaissant, se coudoyant, échangeait un salut respectueux ou amical, un bonjour affectueux. Voisins et voisines s'intéressaient les uns aux autres. On savait que le petit *dernier* de la blanchisseuse du cinquième avait la coqueluche, que la chatte de la propriétaire s'était cassée la patte, que le fils du confiseur avait eu trois prix au collège, et cent autres nouvelles toutes aussi palpitantes d'actualité.

Quelle simplicité et quelle bonhomie dans les rapports entre tant de gens divers ! Chacun, tout en gardant son rang, savait s'élever ou s'abaisser à propos pour prêter son aide et donner un conseil à celui qui en avait besoin.

Sans connaître, même de nom, les doctrines républicaines que certains écrivains prônent actuellement, presque tous les vieux Savoyards d'alors pratiquaient ces principes de solidarité morale, base de la seule égalité possible et durable.

Ce qui plus que toute chose contribuait à la conservation de cette harmonie générale, c'était l'absence de luxe extérieur de la part de la classe aisée. Le pauvre n'avait que bien rarement à s'écarter de sa route pour laisser passer un équipage fringant ou un couple enrubanné. L'enfant de l'ouvrier ne perdait pas des heures entières à couver envieusement du regard les devantures des magasins à la mode, et les gentilles ouvrières en robe d'indienne et bonnet blanc ne suivaient pas encore les grandes dames pour essayer de s'incruster dans la mémoire le relevage d'une jupe ou le savant échafaudage d'une coiffure excentrique. Alors, nos mères étaient simples et gardaient toute leur sollicitude et leurs préoccupations pour le bien-être intérieur. Il y avait telle maison où l'on aurait pu tenir cheval et voiture, où femmes et jeunes filles eussent pu se vêtir de velours tous les jours de l'année, qui n'achetait pas pour deux cents francs par an de pâtisseries et de gibier. Mais, en revanche, comme les grandes armoires étaient remplies de beau linge, comme le caveau était garni de bouteilles poudreuses, et quelle plantureuse hospitalité on offrait aux amis, non pas à des intervalles de plus en plus rares, mais à tout venant, mais toujours !

Et sur ces tables abondamment servies, si l'on ne voyait pas comme aujourd'hui cette recherche du clinquant, ce souci de *l'esbrouffe*, on savait au moins que la vieille argenterie, quelque peu noircie et bossuée, ne contenait pas un atome d'alliage et surtout ne devait rien à personne.

Parmi les vingt-huit ménages de la maison Panissot, grand'mère s'était formé un cercle d'intimes au milieu duquel nous vivions à l'aise et sans cérémonie. J'avais trouvé peu de compagnons de jeu dans ces familles presque toutes composées de personnes d'un âge plus que respectable, mais je n'en menais pas moins l'existence la plus libre et la plus émaillée de distractions de toutes sortes.

C'était à qui m'inviterait à déjeuner ou à souper, à qui m'emmènerait le dimanche à la campagne ou me garderait pour la soirée, et je me plaisais infiniment avec ces vieilles bonnes gens, me bourrant l'estomac de friandises et l'esprit d'histoires amusantes. Puis je cumulais un nombre infini de fonctions volontaires auprès d'elles. C'était moi qui tenais les écheveaux de laine, de coton ou de soie que l'on avait à dévider, qui faisais verbalement les commissions d'un étage à l'autre, qui cherchais les lunettes égarées, qui me glissais sous les meubles à la poursuite d'un dé ou d'une bobine, qui ouvrais la porte au chat et au chien ; moi qui disais si la rue était déserte ou peuplée, de quel côté s'en allaient les nuages, s'il ventait ou pleuvait ; en un mot, j'étais sans cesse de quelque utilité à tous. On me pardonnait ainsi nombre d'espiègleries commises un peu par-ci, un peu par-là, et on se hâtait de les excuser auprès de grand'mère, laquelle ne demandait qu'à être autorisée à l'indulgence.

Je ne sais si, malgré la bonne envie que j'en ai, je saurai vous peindre telles qu'elles revivent en mon souvenir ces chères figures amies si bieveillantes pour moi, si simples, si sincères même dans leurs petits travers et dans leurs idées surannées. J'essaierai, et ceux de mes lecteurs pour qui j'écris ces pages, toutes empreintes de la mémoire du passé, me pardonneront les lacunes de mon récit, en faveur du sentiment qui le dicte.

Notre plus proche voisine était Madame Théodo-
rine Panissot, la propriétaire de l'immeuble, comme
disait M° Antoine Crozat, le procureur logeant
vis-à-vis de nous, dans l'aile gauche de la maison.

Madame Panissot avait alors assurément cin-
quante-huit ans bien sonnés ; mais comme tout le
monde savait lui-faire plaisir et que d'ailleurs cela
ne nuisait à personne, on ne lui en accordait que
quarante-sept. Elle possédait, du reste, un tel savoir-faire pour harmoniser sa mise avec ses prétentions juvéniles qu'il y avait tels jours où l'on
aurait juré qu'elle disait vrai.

C'était une ex-brune au teint bilieux, au regard
encore vif et au nez aquilin. Sa bouche un peu large
avait des coins très-accusés, et, malheureusement,
quelques dents absentes accentuaient encore la dé-
formation de ses lèvres d'un rouge peu naturel.
Elle était grande, maigre, tant soit peu voûtée
déjà, parlait très-vite et en bredouillant.

C'était toute une histoire que la vie de Madame
Panissot. J'étais bien jeune pour comprendre la
portée des confidences, d'ailleurs très-gazées, qu'elle
faisait à grand'mère, le soir en tricotant au
coin du feu ou pendant les longues après-dinées
qu'elle passait avec nous. Cependant, j'ai gardé
souvenir des plaintes amères formulées contre
Monsieur Janus Panissot, son mari, viveur, joueur
et... (je n'ai jamais pu saisir le reste de la nomen-
clature de ses défauts)... qui depuis dix-sept ans

vivait séparé de sa femme, dans une propriété
qu'il possédait près d'Evian.

Oh ! que de larmes le récit de ses méfaits amoureux
arrachait à la sensible dame ! Lorsqu'elle ouvrait son
cœur à grand'mère, et cela arrivait neuf fois la semaine, elle en avait pour deux heures à parler, tantôt bas si j'étais là, tantôt avec des notes aigres et
irritées ressemblant au grincement monotone et
intermittent d'une porte roulant sur un gond rouillé.

Le principal grief de Madame Panissot contre
son volage époux était de ne l'avoir jamais com-
prise. Elle avait dû, disait-elle, refouler sans cesse
les trésors d'affection dont son cœur était plein, afin
de s'éviter les sarcasmes grossiers de cette âme
vulgaire... C'était là un de ces crimes conjugaux
qu'une femme ne pardonne pas, et la bonne dame
moins que toute autre.

Pour employer cette force aimante restée longtemps inactive, l'excellente créature émiettait çà et
là, sur les gens, les bêtes et les choses cette passion rentrée dont elle ne savait que faire. Son appartement, par exemple, était une vraie ménagerie.
Toute une population miaulante et piaulante y faisait
de l'aube à la nuit un tintamarre à ne pas s'entendre. J'étais moi-même l'objet d'une de ses toquades
sentimentales et j'occupais un rang très-honorable
dans ses affections : elle m'aimait un peu moins
que Friponne la chatte blanche, mais beaucoup plus
que Grincheuse la belle perruche américaine.

Oh ! que de friandises je lui coûtais ! Volontiers

elle ne m'eût nourrie que de nougat ou de chocolat vanillé, si bonne-maman n'y avait mis bon ordre.

Pauvre femme ! elle ne savait à quoi dépenser son temps et son argent. C'était une véritable âme en peine conservant partout et toujours la mémoire de l'infidèle ; elle y revenait à tout propos, et nourrissait son chagrin de toutes les bribes de souvenirs qu'elle retrouvait. Sa chambre était un musée en raccourci où j'aspirais des semaines à pénétrer. Sur chaque meuble se voyait un alignement de petits coffrets, de portefeuilles, de bourses fanées, de mille riens enfin, portant tous sur une étiquette des notes hiéroglyphiques rappelant une date heureuse ou triste du temps passé. Lorsque, par faveur spéciale, j'étais admise à accompagner bonne-maman dans cette sorte de sanctuaire, je regardais curieusement de loin ces choses sans signification pour moi, que la pseudo-veuve embrassait parfois avec transport, comme aussi, dans ses accès de rancune rétrospective, menaçait de jeter en bloc dans la cheminée.

Grand'mère, avec sa haute raison et sa patience d'ange, calmait souvent par de bonnes paroles l'effervescence de ces sentiments opposés, et rendait un peu de calme à ce cœur tourmenté.

Tout auprès de nous encore vivait la famille Saucaz, gens riches et bien placés dans la bourgeoisie de la ville. C'était un curieux ménage que celui des Saucaz. Le père, ancien inspecteur de l'insinuation, était mort il y avait longtemps.

Son fils, Monsieur Edouard, était un avocat sérieux
comme un juge-mage. La mère Saucaz, sourde et
impotente, n'en prétendait pas moins conserver
le manche de la poêle, comme l'on dit vulgairement. Ce désir, contrecarré sans cesse par l'humeur autoritaire de Zalie, sa fille cadette, donnait
lieu à des guerres intestines se traduisant en tem-
pêtes toujours apaisées par l'ange de la maison :
Mademoiselle l'aînée.

Cette dernière était une manière de sainte, vivant complétement en dehors de la société et presque à l'écart dans sa propre famille. Elle se nommait Philomène, était longue, maigre et jaune à
faire peur. Ses lèvres, qu'elle n'ouvrait que rarement pour parler, remuaient toujours, débitant à
tous les saints du paradis, y compris peut-être aussi
le Bon Dieu, de temps en temps, une kyrielle d'o-
raisons auxquelles personne ne comprenait rien.

Lorsqu'à propos d'une friture ou d'un flan de
semoule, Zalie et sa mère *s'esbrouffaient* la bile,
on voyait arriver du fond d'un corridor une grande
ombre pâle et extatique qui, les mains jointes et les
yeux perdus au plafond, nazillait un verset d'épître
ou d'évangile, comme reproche ou exhortation,
puis attendait impassible l'effet certain de sa sainte
intervention. Je ne crois pas qu'il y eût jamais
d'exemple de résistance de la part des deux femmes
dominées par l'influence mystique de la dévote.

Vis-à-vis de Monsieur Edouard, Philomène conservait le même prestige : il suffisait d'un signe,

d'un soupir, d'un départ précipité pour que le jeune
homme contint son impatience ou réprimât sa fur-
tive gaîté. Et du haut en bas des cinq étages de la
maison il en était de même : tout le monde chantait les louanges de la bigote, on se racontait ses
prières interminables, ses macérations, ses extases;
on se disait tout bas qu'elle avait des visions et
tout haut qu'elle faisait des miracles ; que si
ceux-ci n'avaient point l'éclat et le retentissement
de ceux des saintes d'un autre âge, la faute en était
au peu de foi et à l'aveuglement des chrétiens
modernes. Au reste, on ne pouvait contester à ces
prodiges une utilité très appréciable : ainsi Colline,
la servante, soutenait que si *Mademoiselle* faisait le
signe de la croix sur la bassine où cuisait la provision
de beurre, celui-ci se calmait incontinent, quelle que
fût la force de l'ébullition. Un fait d'ailleurs bien
avéré, c'est que Philomène Saucaz possédait le don
d'arrêter les saignements de nez opiniâtres, le hoquet
convulsif et les corizas naissants, à l'aide d'un
flacon d'eau bénite dans laquelle infusait une dent
de saint Concors.

Vous pouvez penser si cette réputation et ces
priviléges lui valaient des demandes de prières et
d'assistance au moindre bobo des commères du
quartier. Il y avait des jours où sa chambre ne
désemplissait pas. Elle recevait tout ce monde
avec l'air austère et tranquille d'une personne
sûre de son pouvoir surnaturel, tout en renvoyant à
Dieu la gloire des guérisons obtenues par ses
prières.

Sa santé, fortement ébranlée par les jeûnes outrés, donnait à chacun des inquiétudes ; on tremblait à l'idée que cette sainte personne pouvait manquer tout d'un coup aux malades et aux affligés dont elle était la providence. Une fois, je me souviens que pour un refroidissement, on pensa la perdre ; ce fut un brouhaha subit dans le clan des rats d'église : il y eut des neuvaines aux Capucins, des Triduum à Saint-Benoît et des cierges allumés dans toutes les chapelles. Nous allâmes trois fois à la messe et deux fois au Chemin de croix chez les Jésuites à cette occasion. Enfin, elle reprit son petit train de vie au grand soulagement de tous ; pour ma part, je ne pouvais plus prier.

Donc, au demeurant, l'ange de la maison menait une excellente vie et ne pouvait s'en prendre qu'à elle de sa maigreur diaphane et de son teint de citron. Sous prétexte de sermons, de conférences, de colloques, de neuvaines et de méditations, elle ne touchait pas l'aiguille, si ce n'est pour coudre de petits cordons à de grands scapulaires ou broder quelque surplis à son directeur.

Son directeur !... Ah ! je m'en souviens avec terreur, croyez-le ; je le craignais comme le feu et l'esquivais aussi souvent que possible ; mais grand'mère, heureuse des pincements d'oreilles dont il me gratifiait à chaque rencontre, réagissait *activement* contre l'éloignement qu'il m'inspirait. Le chanoine Chavasson, directeur d'une foule de confréries et le bras droit de l'archevêque, était un homme d'une corpulence exceptionnelle ; sa haute taille, ses larges épaules, sa figure jaune et ses cheveux plats constituaient un ensemble peu ordinaire et point du tout sympathique. Joignez à cela de gros yeux verts, un nez immense tout barbouillé de tabac, des lèvres rentrées, et vous me direz si je n'étais pas excusable d'en avoir peur. Eh bien ! à mon profond étonnement, toutes les vieilles personnes qui m'entouraient en étaient coiffées ! C'était une litanie perpétuelle sur ses mérites transcendants :

— C'est un homme si élevé ! disait l'une.

— Un homme si profond ! disait l'autre.

— Un esprit si éclairé !

— Un cœur si angélique !

— Un vrai saint !

— Un véritable apôtre !

Ainsi de suite, toutes les vertus et les dons du Saint-Esprit y passaient sans épuiser la verve de ses pénitentes.

Lui, ne se départant point de sa mine renfrognée et de sa gravité béate, savourait à plaisir les adulations des âmes pieuses qu'il dirigeait, sans trop se soucier d'augmenter en réalité la dose de sainteté dont on le gratifiait.

C'était un dîneur forcené. Toujours sûr d'avoir son couvert mis dans les meilleures maisons de la ville, il aimait à choisir celles dont la cave avait une réputation bien établie. Sur ce point, les Saucaz, propriétaires de vignobles à Chignin, aux Cornioles et à Touvière, devaient avoir ses préfé-

rences ; il ne se passait pas, en effet, de semaine
où il n'y dinât une fois ou deux.

Dans ces occasions, Mademoiselle Philomène
daignait s'occuper des menus détails de la réception. Elle connaissait les goûts, les habitudes, les
manies, les caprices de ce grand esprit, et mettait
tout sens dessus dessous pour les satisfaire. Zalie,
sa sœur, avide des compliments que le pieux gourmand ne manquait pas de lui prodiguer, passait
son temps à méditer des surprises gastronomiques
toujours parfaitement accueillies. L'éminent Chavasson était en plein le fétiche de la famille Saucaz. Il y avait dans la maison tels meubles, telles
pièces d'argenterie ou de vaisselle consacrés uni-
quement à l'usage du directeur de *Mademoiselle*.
On disait : le fauteuil de Monsieur le chanoine, le
verre, le bol, la tasse de Monsieur le chanoine, et
Colline, pensant faire œuvre pie, usait brosses et
torchons à l'entretien de toutes ces reliques.

Il est juste de dire que le vénérable directeur
avait un merveilleux talent pour tenir en haleine
tout ce monde de cagots. Jugez-en : Il avait su
persuader la future *Bienheureuse* qu'elle devait
mettre à profit ses célestes inspirations pour com-
poser un catéchisme ! Oui, vraiment, un catéchisme
par demandes et par réponses, avec annotations, am-
plifications et éclaircissements à l'usage des âmes
troublées et hésitantes. Je puis vous en parler sa-
vamment, puisque j'ai collaboré à cette œuvre dont,
hélas ! j'ignore absolument la destinée.

Voici en quoi consista ma très-modeste coopération: Je savais les quatre parties du catéchisme diocésain mieux qu'un diacre de Notre-Dame, et même je commençais très-bien à argumenter sur quelques points scabreux de là doctrine, comme qui dirait la grâce sanctifiante et le mystère de la Sainte Trinité sur lequel je ne bronchais pas.

La Sainte mettait à profit, à la fois, ma mémoire et ma candeur d'enfant : retournant de cent façons une demande, elle espérait provoquer une réponse ingénue et sincère sur l'interprétation de certains passages obscurs. Ces séances de casuistique se renouvelaient fréquemment, surtout l'hiver, durant ces longues soirées froides et tristes où la bise gémissait dans la cheminée, où la pluie fouettait les vitres et ruisselait à flots sur le pavé de la grande cour. Tous les habitués des réunions du soir nous entouraient, et, suivant la bonne volonté que je mettais à ressasser mes explications, grand'mère me glissait dans la main une pastille de chocolat ou un pruneau que je grignotais dans les moments de répit.

Pauvre livre en herbe, qu'est-il devenu ? où sont allés jaunir ces feuillets gribouillés, surchargés, raturés à toutes les lignes, dont chacun s'entretenait autour de la docte demoiselle ?

Je me souviens combien j'étais fière lorsque j'entendais affirmer qu'il ferait la gloire du siècle et tout particulièrement celle de notre cher pays. Hélas ! hélas ! pauvre livre, qu'es-tu devenu ?

Nous voyions aussi très - souvent M. Crozat, le

procureur, et *sa dame*, une grosse personne blonde et bouffie qui passait sa vie à cuisiner et faire des conserves de toutes sortes de choses. Nous dinions chez eux deux fois par an. C'était encore le temps des dîners à trois services de neuf plats chacun, rangés symétriquement au milieu d'une table immense, surchargée de petits et de grands verres qu'un garçon frisé emplissait à chaque instant. Chez les Crozat florissait le culte de la chanson au dessert, on ne se lassait pas de demander aux uns et aux autres *leur triomphe*. Celui-ci chevrottait : *La Redingote grise, Je possède un réduit obscur*, ou *Adieu, mon beau navire*. Celle-là roucoulait : *La mer m'attend* ou *Les canards de Tourraine*. Puis, lorsque biscuits, gâteaux et massepains avaient disparu, lorsque l'estomac légèrement tiré, les yeux à demi-clos, on entendait sonner dix heures, tous les convives, vieux et jeunes, entonnaient avec un ensemble contestable le traditionnel : *Bonsoir, mes amis, bonsoir !* — Oh ! chère, chère gaîté de nos aïeux, ne valais-tu pas les ennuyeuses tirades politiques et mercantiles de leurs descendants ?

De l'autre côté de la cour, dans un entresol étroit et sombre, s'empilait toute la nichée des Pelet-Borsat : père, mère, trois garçons et je ne sais combien de petites filles sales, camuses et mal peignées, me faisant de continuelles grimaces à travers les persiennes ou les vitres que leur mère tenait soigneusement fermées par précaution.

M. Pelet-Borsat, géomètre-arpenteur, était un
modèle de *père couveur*. Chaque fois qu'il rentrait pour le repas de famille, il était assailli par
la troupe de ses moutards : l'un lui tirant la basque
de sa lévite marron, l'autre les bouts flottants de
sa cravate olive ; tous criant, riant, piaillant, jusqu'à ce qu'il les eût installés autour de la grande
table où fumait un immense plat de légumes quel-
conques.

Sa femme et la vieille Pierrette, leur bonne, ne
pouvaient suffire à toute la besogne intérieure ; lui
se chargeait de débarbouiller ses mioches, les habil-
lant, les peignant et poussant la bonté paternelle
jusqu'à leur faire avaler, cuillerée à cuillerée, la
bouillie ou la panade de leur déjeuner.

Le dimanche, c'était un spectacle à peindre que
celui de l'embarquement de toute la tribu Pelet-
Borsat pour la promenade ou une partie de plaisir.
Je crois qu'ils possédaient une propriété lillipu-
tienne à Montagnole ou à Bellecombette, d'où ils ti-
raient une masse de provisions de ménage que le
couple Borsat rapportait, le soir de chaque expédition, dans des cabas en tapisserie ou des sacs de
nuit d'indienne.

Ceux-là, nous ne les fréquentions pas, un peu parce que les enfants trop mal élevés ne pouvaient être
de bons compagnons pour moi, et aussi parce
que je crois qu'il eût été difficile à la maîtresse de
maison de trouver un instant pour recevoir des visiteurs.

Au-dessus d'eux, dans un appartement de garçon, logeait le chevalier Rinaldo Carlovaris, un monsieur qui était je ne sais quoi dans le gouvernement. Celui-là était un de ces Piémontais bons enfants comme nous en avons connu quelques-uns. Petit, brun, grassouillet, rieur et gracieux, il nous plaisait beaucoup.

De l'autre côté du palier, demeurait Madame veuve Charlet et sa mignonne petite fille, mon amie de cœur en ce temps-là.

Enfin, au troisième étage, dans un immense logement toujours hermétiquement clos, vivait la plus marquante et surtout la plus excentrique de nos connaissances : Mademoiselle de Rouxy de Plétange. Celle-là, je ne l'oublierai jamais. Figurez-vous une grande personne de soixante ans, ayant été blonde et jolie, mais ne conservant de ses attraits qu'un souvenir augmenté de regrets. Ses yeux, d'un bleu céleste à vingt ans, avaient pris cette teinte passée d'une étoffe hors d'usage. Le nez, beau de forme, surmontait une bouche conservant une expression hautaine dans les plis de ses lèvres pâlies.

Mademoiselle de Rouxy était la plus étrange créature qu'il se puisse imaginer. Vivant concentrée dans le culte d'un passé amèrement pleuré, elle s'était volontairement séparée de la société moderne, trop mesquine et trop bourgeoise à ses yeux. Rien des idées, du bruit, du mouvement extérieur n'arrivait à cette chambre frileusement

capitonnée où s'était calfeutrée la noble demoiselle. Ceux mêmes qui l'approchaient encore, respectant cette réclusion matérielle et morale, n'a-
vaient garde de lui rappeler par une allusion ma-
lencontreuse que nous vivions en plein dix-neu-
vième siècle, et non point aux temps du Comte-
Vert ou de Charles-Emmanuel Iᵉʳ. L'affectueuse
complicité de ses amis permettait donc à la des-
cendante des preux barons savoyards de s'immo-
biliser dans ses idées de grandeurs surannées.

Tout, autour d'elle, était d'un autre âge ; elle se
complaisait à vivre parmi les débris des splendeurs de ses ancêtres. Si vous saviez quel air
solennel avaient les grands fauteuils jaunes de son
salon ! Et les vieilles glaces à facettes dans leurs
cadres à jour, les consoles à pieds contournés, les
bahuts massifs et carrés, les tentures fanées et
verdies par les soleils du siècle passé, tout était
extraordinaire pour moi dans cet intérieur sombre
comme un manoir abandonné.

Seule la chambre de la baronne gardait un aspect
moins morne, bien qu'elle eût peut-être quelque
chose de plus curieux encore. Il me semble revoir
tout cela dès que je ferme les yeux. Le lit tenait la
bonne moitié de l'emplacement ; il était aussi élevé
qu'un maître-autel et aussi large qu'un salon parisien. On eût certainement taillé tout un ameuble-
ment dans les rideaux en soie à ramages bronzés
qui l'entouraient. Du reste, Mademoiselle de Rouxy
quittait rarement ce vaste édifice ; elle passait là les

trois quarts de son existence. Rien n'était plus drôle
que de la voir recevant ses visiteurs, couchée de
son long par-dessus la courte-pointe de parade que
l'on étendait dès le matin sur le lit. Vêtue d'une
robe en vieux damas ou en soie brochée et coiffée
d'une capote couleur puce ou vert-épinard, elle
ressemblait à ces saintes en grande toilette que l'on
expose à certains jours de fête dans les églises de
Sicile ou des Abruzzes. Quelle capote, mon Dieu !
un vrai monument ! Un flot de blondes ou de dentelles en garnissait l'intérieur, encadrant étroite-
ment les joues pâles et tombantes de la singulière
demoiselle. Elle ne quittait jamais cet accoutrement,
quelles que fussent les personnes qu'elle eût à
recevoir.

Je ne saurais vous dire dans quelles profondes
rêveries je me plongeais le soir, à l'heure de notre
visite quotidienne, lorsqu'assise sur la petite chauf-
feuse qu'elle m'avait assignée, je regardais crainti-
vement ce visage ridé, éclairé par la lueur diffuse
de la lampe à capuchon vert. Je l'écoutais racontant
quelques vieilles histoires de ses aïeux : leurs dé-
mêlés avec d'ambitieux voisins, leurs alliances prin-
cières, leurs vies glorieuses et leurs morts héroï-
ques. On eût pu croire que tous ces faits dataient de
l'an passé, tant les détails en étaient précis, le tableau vivement retracé.

Son grand plaisir, lorsque j'étais seule avec elle,
était de me donner une leçon de blason. Je devais
répéter à satiété ce que signifiaient : champ d'azur,

champ de gueules ou menu-vair ; puis elle refaisait
pour mon usage particulier toute l'histoire de sa
race. En avaient-ils occis des mille et des cents ces
aïeux dont elle était si fière ! Et les châteaux surpris, les forteresses conquises, les manants pen-
dus haut et court..., cela ne pouvait se nombrer.
A l'heure qu'il était, toute cette vaillante lignée n'a-
vait plus pour représentants directs que deux petits
mirliflores d'officiers incapables d'aucune action
d'éclat, si ce n'est d'emporter aux crocs de leurs
moustaches le cœur d'une pensionnaire en vacances!... Et sur cette pensée, l'irascible demoiselle
se lamentait, s'irritait, s'échauffait, s'épuisait, jusqu'à ce que sa gouvernante, la grosse Nise, vint la
morigéner, tout en lui épongeant le front et lui
frappant dans le dos pour faire cesser sa suffoca-
tion.

Pauvre Nise ! quel excellent cœur c'était, et comme elle se multipliait pour accomplir sa tâche ! La
baronne ne voulait aucune autre personne pour la
servir ; aussi cumulait-elle les fonctions les plus
diverses, depuis celle d'huissier de la porte jusqu'à
celle de dame d'atours...., se tirant de tout à merveille sans bruit et sans murmure.

Un autre personnage moins utile à la vérité, mais
de beaucoup plus important que la gouvernante,
c'était Caraby, l'inséparable compagnon de Mademoiselle de Rouxy. Caraby mériterait à lui seul un
chapitre, si j'osais m'attarder encore dans ma narration. Deux traits seulement pour vous peindre, à

la fois, sa transcendante sagacité, et vous expliquer l'amour passionné de la vieille recluse pour cet épagneul pelé et larmoyant.

Imaginez que Caraby, d'habitude paresseux et taciturne, tout d'un coup dégourdissait ses jambes raidies par les rhumatismes, aboyait, sautait, cabriolait, comme pris d'un enthousiasme subit, lorsqu'on le mettait en présence du tableau représentant l'arbre généalogique de l'illustre maison de Plétange !.... Cet exercice presque journalier transportait d'aise sa maîtresse, et tous deux, confondant leur ravissement, formaient devant ce grand cadre doré le groupe le plus bouffon.

Autre chose encore : Caraby qui était le chien le plus gourmand que jamais portière eût possédé, Caraby pour qui Nise accommodait des ris de veau et des cervelles, afin de ménager les quatre dents qui lui restaient, refusait obstinément de ronger un os de poulet le vendredi, cet os eût-il conservé autour de lui la chair la plus juteuse !....

Cette orthodoxie de principes était due en partie aux leçons morales du premier maître de ce chien phénomène. L'épagneul avait appartenu dans son âge le plus tendre à Monsieur l'abbé Ruinart, aumônier de je ne sais plus quel couvent de la ville. L'abbé, une des lumières de l'Eglise, disait-on, avait d'énormes loisirs ; les deux douzaines de religieuses dont il épluchait la conscience ne prenaient point tout son temps, ce qui lui permettait de consacrer de longues heures à se créer un moyen infaillible de gagner des âmes à *la bonne cause.*

Avec une profondeur de vues toute cléricale, il se livrait à l'élevage et à l'éducation de toutes sortes de petites bêtes savantes destinées à être offertes à sa clientèle spirituelle.

Connaissant le dessus du panier de la gent dévote, il était à même, en étudiant les besoins et les caprices de ces cœurs desséchés par l'égoïsme, l'isolement ou la souffrance, de procurer à chacun une distraction, une occupation, un attachement propres à combattre l'ennui, ce mortel ennemi des classes riches et désœuvrées. Donc, l'abbé Ruinart s'était fait une éternelle amie de la baronne de Rouxy, en lui faisant cadeau de Caraby élevé expressément pour elle. Et le zélé pêcheur d'âmes n'avait garde de ne point mettre à profit l'influence acquise sur cette créature isolée, affaiblie, vivant d'une vie exceptionnelle et se nourrissant des chimériques souvenirs d'un passé évanoui.

Sans avoir l'air d'y toucher, avec un tact infini, une réserve obséquieuse, il tirait de beaux écus de la grande bourse en filoche bleue où la demoiselle serrait ses économies. Tantôt l'évêque *in partibus* de Socotora réclamait des missionnaires, tantôt les religieuses des *Cinq Plaies* désiraient agrandir leur couvent ou les Pères du *Saint-Suaire* demandaient un subside, enfin l'argent s'éparpillait aux quatre vents pour la plus grande gloire de Dieu et le profit de l'Eglise.

Tout était donc pour le mieux ; Caraby pouvait

dormir tranquille et manger des rognons sautés sans remords : il était riche en bonnes œuvres.

II.

Notre rue, tout étroite qu'elle était, n'en restait pas moins une des plus fréquentées de la ville. C'était près de là que défilaient le matin les régiments de toutes armes allant à la manœuvre ou à la parade ; près de là que, les beaux dimanches d'été, passaient les groupes de promeneurs en toilette, s'en allant chercher l'ombrage des tilleuls du Verney ou la fraîcheur des sombres allées du Grand-Jardin ; près de là encore que s'arrêtaient les chaises de poste poussiéreuses, les énormes diligences à deux étages chargées de voyageurs et de colis de cent espèces.

Dès l'aube, le joyeux tapage commençait : tambours, grelots, coups de fouet, volées de cloches, tout se mêlait et se confondait aux autres bruits de la cité. Bientôt, en effet, les marchands ambulants prenaient possession de la rue. C'était la mère *Soretta* criant tous les cinq ou six pas de sa voix éraillée : « *Chumiqu'! Chumiqu'!* » ; c'étaient le vendeur de *bonne conserv' de genièv'*, le raccommodeur de faïence, le vitrier du coin, le porteur de sable des Déserts, la marchande de *charr' étain*, enfin l'homme de Thoiry et la femme de Puisgros réclamant aux cuisinières les os, les chiffons et les verres cassés.

J'aimais à voir ce va-et-vient, à entendre ce va-carme dès les premières heures de mon réveil ; la rue était toute égayée par les rayons roses du soleil levant ; les boutiques ouvertes laissaient voir les marchands affairés faisant la toilette du comptoir, disposant les étoffes, époussetant les livres, accrochant à la montre les mille brimborions destinés à tenter l'acheteur. On saluait de loin un confrère, on disait un bonjour pressé aux ménagères diligentes allant faire la provision du jour. L'ouvrier matinal, l'outil sur l'épaule et le panier au bras, partait pour le chantier ; les vieilles clopinaient en savates jusqu'au *porte-pot* de l'angle chercher leur *porre goutte*, et les enfants, à moitié endormis encore, s'en allaient, tirant du pied, à l'école ou au collège ; pendant que du haut en bas des façades grises, les croisées s'ouvraient pour renouveler l'air des appartements époussetés et cirés, ici par les bonnes, là par les valets à gilets rouges des grandes maisons.

Ah ! que de choses disparues, que de gens oubliés, j'ai vu passer de la fenêtre de cette chambre bleue où couchait grand'mère ! J'ai vu pendant des années cahoter sur le pavé pointu la *vinaigrette* du commandant R***, celui-là dont le bras gauche était resté sur l'un des champs de bataille de l'empire. Vous souvenez-vous de la *vinaigrette*, cette fille bâtarde des litières de l'autre siècle ? Vous souvenez-vous d'avoir vu le soir nos places sillonnées par ces longues boîtes noires à roulettes,

s'avançant avec la grâce d'un caniche qui marche-
rait sur ses pattes de derrière ? Toutes nos élégan-
tes d'alors se faisaient conduire en cet équipage au
bal ou au théâtre.

J'ai vu la mère ***, l'ex-déesse de quatre-vingt-
treize, descendre chaque matin de son galetas,
son *topinet* jaune à la main, pour aller à l'autre
bout de la rue acheter deux sous de bouillon dans
une gargote borgne...

J'ai vu l'entrée triomphale de la brigade de Savoie
venant tenir garnison dans ses propres foyers. Ah !
quelle joie, mon Dieu ! quelle fête ! quand *lo noû-
tro* (les nôtres), comme disaient les vieux attendris, défilèrent fièrement à travers la ville, nous
rapportant le cher drapeau tout en loques, devant
lequel chaque front s'inclinait...

Qu'ai-je vu encore ? Des cortéges royaux dorés, reluisants, tapageurs ; les grands valets écar-
lates écartant les curieux trop tenaces ; les carabiniers superbes avec leurs plumets ondoyants ;
les généraux, les aides-de-camp... puis le Roi !

Le Roi ! ce quelqu'un qu'on adorait sans le
connaître... Le Roi qui passait souriant et incliné au
milieu de la foule enthousiaste et ravie !...

Et les belles processions de la Fête - Dieu,
alors que toutes les cloches de la ville égrenaient
dans l'air limpide et frais leurs plus joyeuses son-
neries ! alors que les bannières enrubannées, se
gonflant à la brise du matin, ondulaient gracieu-

sement sous les guirlandes et les draperies des
réposoirs ; que les sénateurs en toges rouges, les
chanoines en manteaux violets, les pénitents noirs
encapuchonnés et les confréries multicolores s'al -
longeaient en interminables files sous les arbres
touffus de nos boulevards ou de chaque côté de nos
places transformées en parterre embaumé. Oh !
que c'était beau ces choses auxquelles tout le
monde en ce temps-là, même ceux qui les pres-
crivaient, croyaient simplement et sincèrement !...

Et que d'autres souvenirs me reviennent ! Les
mascarades du Mardi–Gras ! Ces fringants cavaliers
caracolant gracieusement sous les fenêtres des
belles dames, revêtus des magnifiques travestis-
sements loués si cher chez Stobitz, le tailleur en
vogue de la place Saint-Léger. Enfin ! enfin le ter-
rifiant spectacle de la promenade du pendu !...

Oh ! combien de fois j'ai revu dans mes rêves
cet homme pâle, marchant courbé et tremblant
entre les deux aides du bourreau, sentant à chaque
mouvement le sinistre et froid attouchement de
cette corde qui, quelques minutes plus tard, devait
l'étrangler ! Que de fois j'ai entendu le son sec et
intermittent des sous tombant dans la sébille des
archers noirs, ces sous destinés à payer les messes
de *Requiem* pour l'âme du condamné ! Le tintement du cuivre et le glas funèbre sonné dans toutes les églises marquaient seuls le pas du sinistre
convoi !...

Tout cela est oublié aujourd'hui : pompes royales, solennités religieuses, expiations barbares et folies carnavalesques ont fait place à d'autres fêtes, à d'autres enseignements, à d'autres plaisirs. Nos pères ont vécu leur temps ; nous vivons le nôtre. L'humanité marche en changeant de symbole, mais l'histoire le dit à chaque page : Ne maudissons ni présent, ni passé ; le bien et le mal s'équilibrent toujours à toutes les époques.

Si vous le permettez, j'en reviendrai à ce petit coin de notre vieille cité où, comme je vous l'ai dit en commençant, nous habitions, grand'mère et moi, en 1842.

Il me reste à vous conter une triste, triste histoire que peu de personnes sans doute ont sue autrefois et que toutes peut-être ont oubliée, tant les personnages qui y jouèrent un rôle étaient humbles et ignorés.

Le logement que nous occupions était si vaste que, dès les premiers jours de notre installation, on m'avait abandonné une chambre toute entière pour y serrer mes jouets et y prendre mes ébats. Cette chambre était spacieuse, isolée et sans meubles, trois qualités qui me permettaient d'en jouir à l'aise sans gêner personne.

J'avais fait de ce bienheureux réduit un vrai capharnaüm. Je ne sais pas ce que je n'y avais point porté : mes poupées, leurs ménages, mes livres d'étrennes, des chiffons, des images, en un mot, tout ce qui dans la maison m'avait paru propre à servir à mes amusements.

On nommait cette pièce *la chambre de l'allée.*
Construite en effet sur le passage voûté conduisant
à la rue, elle ne faisait point partie intégrante de
l'appartement. L'unique fenêtre qui l'éclairât, donnait du côté opposé à celles de notre logis. De là
je pouvais voir toute la partie de la maison Panissot affectée aux cuisines et à leurs dépendances,
et de plus la façade intérieure du bâtiment voisin
appartenant à M. Antoine Guichet, greffier au Tribunal civil.

A vrai dire, c'était un lieu bien sombre que celui où je passais de si bons moments. Jamais le
soleil n'entrait là : le matin, le faîte des toits voisins l'empêchait d'y pénétrer ; le soir, ses rayons
tournés du côté de la rue éclairaient seulement les
étages supérieurs placés à ma droite ; mais cela ne
m'empêchait point d'aimer mon petit domaine.

Parfois, lorsque j'avais assez joué, assez sauté,
assez lu mes beaux livres de contes, je me mettais
à la croisée et j'inspectais le voisinage. Il y avait
beaucoup à voir. D'abord, les allées et venues des
locataires des deux maisons, les combats acharnés
des rats d'égouts se disputant les épluchures de
légumes que l'on déposait le soir sur le bord de la
rivière coulant tout au fond de l'allée ; puis le
mouvement intérieur de chaque ménage, les con-
versations échangées entre les cuisinières de tous
les étages ; enfin les agaceries et les farces grossiè-
res qu'avaient à subir les bonnes du quartier, de la
part des mitrons du père Minot.

Une de ces sottes et méchantes plaisanteries qui ne manquait jamais son effet s'adressait à une dame qui demeurait au quatrième étage chez M. Guichet.

Son appartement, assez grand en apparence, n'avait aucune fenêtre donnant sur la rue, et celles que l'on pouvait apercevoir de mon observatoire étaient garnies de barreaux solides et rapprochés.

Toutes les fois que, pour les besoins de la boulangerie, les garçons de Minot passaient dans la cour, ils criaient à pleins poumons : « Mame Gaud... au... au !... Mame Gaud... au... au ! » Il était rare qu'au bruit de ces voix on ne vit pas surgir à travers les treillis de fer une figure de vieille femme qui, les yeux égarés, la bouche contractée, cherchait à découvrir d'où lui venaient ces appels. C'était peine perdue ; les mauvais drôles, contents de l'effet produit, s'enfuyaient en riant à gorge déployée, faisant entendre encore dans le lointain ce nom torturant la pauvre créature : « Mame Gaud..... au... au !... »

La vieille murmurait un instant, puis refermait la fenêtre pour la rouvrir encore à chaque nouvelle attaque de ses persécuteurs.

Cette femme était folle, du moins on le disait autour de nous. Elle ne logeait dans la maison Guichet que depuis quatre ou cinq ans. Personne ne la fréquentait, jamais on ne la voyait au dehors ; ses voisins du cinquième n'en savaient pas plus sur elle que ceux du premier ; on disait qu'elle était folle, et voilà tout. Une servante borgne et ratatinée prenait soin d'elle et de son ménage, allait, venait, sans mot dire.

Vainement, Josette, ma bonne, avait usé sa diplomatie à vouloir nouer des relations avec cette taciturne gouvernante, elle n'en avait pu tirer que deux ou trois bonjours assez brefs ne satisfaisant point sa curiosité ; aussi la mauvaise langue prétendait-elle que cette fille avait, comme sa maîtresse, reçu un *coup de marteau sur la cervelle.*

De loin en loin, les voisins voyaient monter chez *la folle* un Monsieur bien mis, jeune, à l'air grave et distingué, mais ses visites étaient courtes et le reste du temps les fournisseurs seuls pénétraient dans le mystérieux logis. D'où était venue aux garçons boulangers l'idée de tourmenter cette femme qui leur était inconnue, nul ne s'en souvenait et n'aurait pu en donner la raison ; seulement, depuis fort longtemps tous les mitrons successifs s'étaient légué cette *scie* qui ne paraissait pas devoir prendre fin de sitôt.

Les deux femmes ne demeuraient point seules dans cet appartement sombre et clos comme une prison. Souvent, des pleurs et des cris d'enfant se faisaient entendre, et dans les grands jours d'été, aux heures chaudes de l'après-dînée, on avait quelquefois aperçu une petite tête blonde essayant de passer à travers les barreaux d'une fenêtre pour regarder curieusement dans la rue ou sur les toits inondés de soleil ; mais, au bout de quelques minutes de contemplation muette, l'enfant disparais-

sait comme effarouchée par la présence d'une personne que l'on ne voyait pas du dehors.

Je m'étais informée auprès de grand'mère et de
Josette de ce que pouvait bien être cette petite qui
ne sortait jamais. Bonne-maman m'avait répondu
qu'elle l'ignorait comme moi ; mais ma bonne,
qui gardait une dent aux vieilles du quatrième,
m'assura que « c'était un pauvre ange que ces deux
folles tenaient enfermé pour le faire mourir et
s'en débarrasser ainsi. » Je ne pouvais supporter
cette idée, et bien des fois j'avais eu la tentation
d'interpeller la petite inconnue lorsqu'elle se montrait furtivement à moi, pour savoir s'il était vrai
qu'on la retînt prisonnière et qu'on voulût la faire
mourir ; mais ses apparitions étaient si rares que
je n'avais pu mettre encore mon projet à exécution.

Un jeudi du mois de juin, je crois, j'étais dans la
chambre de l'allée, si occupée à barbouiller de
couleurs des gravures que j'avais reçues en cadeau peu de temps auparavant, que j'en oubliais de
manger les belles cerises de mon goûter. Cependant, mon ouvrage avançait, et désirant juger de
l'effet de mes enluminures, je me levai en me
rapprochant du jour. Par hasard, mes regards se
dirigèrent vers le haut de la maison Guichet ; je
demeurai un instant interdite. Montée sur le rebord d'une croisée, s'accrochant de ses deux mains
aux gros barreaux de fer, la petite prisonnière me
regardait curieusement... La distance qui nous sé-

parait n'était pas grande ; mais, placée comme je
l'étais, je ne pouvais la voir qu'un peu obliquement ;
je n'en distinguais pas moins très-bien ses traits,
ses vêtements et jusqu'à la marque d'une cicatrice
profonde qu'elle portait au front.

J'eus vite fait de reconnaître qu'elle était très-
maigre et que sa figure toute mignonne avait un
air craintif qui remuait le cœur.

Sans m'arrêter à l'inconvenance que j'allais
commettre en parlant haut à la fenêtre, je fis un
signe amical à la fillette en lui criant :

— Bonjour, Mademoiselle...

L'enfant, voyant que je l'interpellais, devint rouge,
rouge, et cacha son visage avec sa petite main pâle.
Son geste si gracieux m'enchanta ; je continuai,
bien décidée à lier connaissance :

— Dis-moi, Mademoiselle, est-ce vrai que tu es
en prison là-haut et que ta bonne veut te faire
mourir ?

C'était catégorique et j'avais le droit de penser
qu'enfin j'allais savoir à quoi m'en tenir ; mais, hélas ! ma demande, comme mon bonjour, resta sans
réponse ; pourtant, la petite avait découvert sa figure et me regardait de nouveau attentivement,
sans mot dire.

Ce mutisme prolongé commençait à refroidir
ma bonne volonté à son égard et peut-être aurais-
je fini par me fâcher du peu d'empressement
qu'elle mettait à accepter mes avances, lorsqu'un
incident vint changer la face des choses.

Tout d'un coup, je vis poindre la figure refrognée de la bonne derrière l'épaule de l'enfant. Je fus prise de peur en songeant que la pauvre petite créature allait être battue par cette méchante femme.

J'attendis anxieuse... La borgnesse toucha le bras de la fillette, celle-ci tressauta en se retournant ; puis, quelle fut ma surprise de voir ces deux êtres si dissemblables se sourire mutuellement, la vieille soutenant le corps frêle de l'enfant, celle-ci entourant d'une main le cou de sa bonne et montrant de l'autre la fenêtre où je restais muette et ébahie.

La gouvernante comprit sans doute sans explication ce qui s'était passé, car, s'avançant quelque peu, elle fit de la tête un signe qui pouvait se prendre pour un salut ; puis un colloque étrange s'établit entre mes deux voisines, l'une gesticulant et poussant de petits cris inarticulés, l'autre répondant de son mieux du regard, des lèvres et des mains, sans que je pusse comprendre autre chose que toute cette pantomime me concernait. A la fin, rassurée par l'attitude pacifique de la gouvernante, je me hasardai à renouveler ma tentative de conversation.

— Mademoiselle, dis-je en m'adressant cette fois à la vieille, pourquoi votre petite ne veut-elle pas me parler ?

La borgnesse promena circulairement son œil du haut en bas des maisons voisines pour voir si personne n'écoutait aux fenêtres ; rassurée par cette rapide inspection, elle se pencha de mon côté

autant que les barreaux le lui permirent et me dit
d'une voix basse et cassée :

— Ma chère demoiselle, ma petite Nancy ne
peut pas vous répondre, elle est muette !...

Ces mots me firent froid par tout le corps.
Muette ! toute petite comme elle était !... cela devait
être affreux... ne pouvoir rien, rien, rien dire !...
c'est bon lorsque l'on est grand,que l'on va et vient
sans l'aide de personne, ou bien quand on est vieux
et que l'on a parlé avant... mais à cinq ou six ans !...
Je ne comprenais pas comment on pouvait y tenir.
Toutes ces pensées affluèrent à la fois à mon cœur
et à ma tête ; j'avais envie de pleurer. Aussi fut-ce
d'un grand élan que je dis à la vieille bonne qui
continuait à caresser la fillette :

— Oh ! Mademoiselle, s'il vous plaît, amenez
Nancy chez grand'mère, je jouerai avec elle et je
lui prêterai tout...

J'allais terminer ma phrase lorsque, soudain, la
gouvernante se retourna vivement comme surprise
par la venue d'une personne, et, me faisant à la
hâte un signe d'adieu, elle posa l'enfant à terre et
ferma brusquement la croisée.

Qu'était-il arrivé ? je ne le savais pas, mais je
pensais que sans doute la folle, étant rentrée ino-
pinément dans la chambre, avait effrayé la servante habituée à redouter les violences de sa maîtresse. J'attendis un instant, espérant revoir mes
nouvelles connaissances, mais ce fut inutilement.
Alors,toute fiévreuse et toute remuée par ce que je

venais de voir et d'apprendre, je courus à la chambre de grand'mère, à qui je racontais mon aventure en l'agrémentant de toutes les réflexions que m'inspirait le malheur de la petite Nancy.

Deux jours après, grâce à mon babillage, toute la maison Panissot s'intéressait à la petite muette.

Mademoiselle de Rouxy en avait causé à son petit lever et à son grand coucher. Madame Crozat avait remis la cuisson de sa confiture de groittes pour nous faire visite, afin d'apprendre de moi-même ce qu'il en était, et Madame Panissot, toute attendrie, ne parlait de rien moins que d'adopter cette enfant.

Il n'y eut pas jusqu'à Josette qui ne revînt quelque peu de sa mauvaise opinion à l'égard de la sournoise servante. Pour moi, je ne songeais plus qu'au moyen de revoir mes voisines, et je passais toutes mes heures de liberté à guetter leurs fenêtres. Fut-ce hasard, fut-ce volonté, je ne sais, mais pendant six grands jours je ne vis ni la vieille, ni la petite fille.

Je commençais sinon à oublier, au moins à monter moins assidûment ma faction, lorsqu'un matin que bonne-maman me conduisait à l'école, nous rencontrâmes la bonne de Nancy sous la voûte de l'allée.

Avant même que grand'mère eût pensé à me retenir, je courus en avant, et, m'adressant sans préambule à la vieille femme, je lui demandai ce que faisait la petite fille, la priant encore de la

conduire à la maison, où elle serait la bien-venue.
J'invoquai sur ce point le témoignage de bonne-
maman, laquelle s'était approchée pendant que je
débitais mon invitation.

La bonne, prenant son air le plus souriant, et sans
me répondre directement, fit à grand'mère une ré-
vérence respectueuse, en lui disant :

— Madame, vous avez-là une petite fille bien
honnête. Oh ! comme elle a bon cœur !

On comprend que la conversation engagée sur ce
ton ne pouvait qu'être pleine d'aménité des deux
parts.

Cependant la servante ne voulut point me promettre la visite de Nancy, m'assurant que Madame
Gaud ne la permettrait pas ; que pourtant, si cela
était possible, je ferais bien plaisir à cette pauvre
dame en allant quelquefois tenir compagnie à sa
petite fille, qui était un vrai petit agneau du bon
Dieu, bien tranquille et bien malheureux aussi
d'être comme ça privée de la parole. Sur ce,
nous nous séparâmes, croyant nous revoir bientôt.

Vous savez ce que c'est que le courant journalier
de la vie : souvent l'on se dit « A demain ! » et des
mois se passent sans que la promesse soit tenue.

C'est ce qui arriva cette fois-là. Pour je ne sais
quelle raison nous dûmes aller à la campagne
le lendemain de cette rencontre, et je restais trois
semaines sans revenir à Chambéry. Mais toujours,
toujours je pensais à la petite Nancy, qui ne parlait
pas et qui demeurait dans cette haute maison noire,

d'où l'on ne devait rien voir, ni le ciel, ni les fleurs, ni les. oiseaux, rien, rien... que les vieux chats maigres sautant d'un toit à l'autre, et quelquefois la pluie ruisselant sur les ardoises grises. Je pensais à tout cela au milieu des grands prés que l'on fauchait, sous la tonnelle de chèvrefeuilles odorants, et le long des petits sentiers où j'allais cueillir les fraises sauvages si savoureuses. J'y pensais et j'en étais toute attristée.

Un jour ou deux après notre retour à la ville, au moment où nous achevions de dîner, on sonna. Josette alla ouvrir et revint bientôt, disant que la servante de la dame folle demandait à parler à grand'mère. On la fit entrer ; elle paraissait sombre et affligée.

— Est-ce que votre petite Nancy est malade, m'écrai-je, avant même qu'elle eût fait quatre pas dans la salle.

Bonne-maman m'imposa silence et pria la gouvernante de lui apprendre ce qu'elle désirait d'elle.

Celle-ci, un peu embarrassée, comme quelqu'un qui n'a pas l'habitude d'exprimer sa pensée, raconta que depuis le jour où j'avais parlé à la fillette de la fenêtre de ma chambre, tout était sens dessus dessous chez sa maîtresse. Nancy avait un tel désir de me revoir qu'elle en pleurait souvent ; de son côté, Madame Gaud, voyant l'enfant s'attrister ainsi, s'agitait, se tourmentait et... sa maladie s'augmentait tous les jours.

— C'est pour ça, Madame, que je suis venue

vous prier de laisser monter chez nous votre demoiselle ; si vous voulez avoir cette bonté, ce sera
une bien bonne œuvre, allez! D'abord, ajouta
la brave femme, répondant par avance aux
craintes que pourrait concevoir grand'mère, d'a-
bord, il ne faut pas avoir du souci qu'il arrive
quelque chose à votre petite. Notre pauvre dame
est bien comme ça, de temps en temps, mais quand
même, elle ne ferait pas de mal à une mouche ; c'est
seulement une *énervation* qu'elle prend par
moment.

Je crois que bonne · maman était bien perplexe :
n'osant point refuser tout-à-fait, surtout que de
mon côté je réclamais avec insistance la même permission, et cependant, inquiète des suites que pourrait avoir son consentement, elle cherchait à gagner
du temps, en interrogeant la borgnesse sur ce que
celle-ci appelait la maladie *d'énervation* de Madame Gaud.

— Voyez-vous, Madame, ma pauvre maîtresse,
les autrefois, c'était la pâte du bon pain, et charita-
ble, et serviable pour les pauvres, fallait voir !
Jamais on ne retrouvera la pareille, bien sûr. Mais
que voulez-vous... les malheurs... ça vous déman-
tibule l'esprit d'une personne ! Elle n'est pas méchante ; pourtant, quand elle repasse dans sa tête
tout ce qui lui est arrivé, je crois que ça lui
brouille le sang. Alors elle court par toute la maison, elle crie, elle appelle les uns, les autres... hélas ! mon Dieu, ceux qui sont morts ! Puis elle

prend la petite dans ses bras, et elle pleure en disant toutes sortes de choses... Vrai ! on ne peut pas dire comme c'est, parce qu'il faut le voir pour le savoir. Elle n'a puis jamais que moi pour la plaindre, la pauvre femme ! Moi, que voulez-vous que je dise ?... j'ai vu tout comme ça s'est passé, je ne puis pas la consoler ; vous comprenez, Madame, j'ai autant de chagrin qu'elle ! Peut-être bien, reprit-elle après une pause, que si c'étaient d'autres personnes, elle les écouterait mieux.

En parlant ainsi, la vieille s'essuyait du revers de la main de grosses larmes qui roulaient sur ses joues maigres et flétries. Nous étions émues en voyant pleurer cette honnête et fidèle créature.

Grand'mère, l'interrompant, lui demanda si elle pensait qu'une visite de sa part pourrait faire du bien à la malade.

— Si cela lui ferait du bien ! Oh ! Madame, je n'osais pas vous prier de venir aussi ; mais si c'était de votre bonté, je vous assure que le bon Dieu vous en récompenserait !

C'est ainsi qu'il fut décidé que Marguerite (je savais enfin le nom de la domestique) disposerait adroitement Madame Gaud à recevoir grand'mère dans l'après-midi, et que j'irais en même temps m'amuser avec la petite muette.

Je crois que j'aurais voulu lui porter, du premier coup, tous mes jouets, tant j'avais à cœur de la divertir ; ce ne fut qu'à grand'peine que je consentis à ne porter qu'une poupée, un ménage en por-

celaine et quelques autres brimborions moins en-
combrants.

Il est des impressions qui restent toujours nettes
et vivantes dans la mémoire. Celle de ma première
visite à Madame Gaud est certainement de ce nombre. J'ai conservé le souvenir des moindres détails
sur les personnes et sur les choses, de façon à pouvoir dépeindre, pièce à pièce, le sombre logis où
vivaient ces trois êtres si malheureux et si isolés.

La vieille Marguerite nous avait prévenues que
quelque étrange que pourrait nous paraître l'ameu-
blement du salon, il ne fallait pas avoir l'air de nous
en apercevoir, comme aussi ne point relever
les singularités de langage de la malade, de crainte
de la troubler davantage.

Donc, bien stylée par grand'mère sur toutes les
éventualités possibles, je m'engageai derrière elle
dans la cage étroite de l'escalier, dont les marches
usées et salies laissaient à chaque pas glisser le
pied peu habitué à ces sortes d'ascensions.

Quand nous eûmes monté, monté, monté, nous
arrivâmes devant une porte noire, à droite de laquelle pendait un cordon de sonnette que bonne-
maman tira doucement, pendant que je restai un
peu en arrière, très-émue et fort embarrassée du
chargement de joujoux que j'avais tenu à présenter moi-même à Nancy.

Comme nous étions attendues, la porte s'ouvrit
bientôt, mais le couloir où nous entrâmes était si
obscur qu'au premier abord nous ne vîmes pas qui

était là ; seulement, la voix de la bonne nous souhaitant la bienvenue, nous apprit que c'était elle qui nous introduisait.

A mesure que nous avancions dans l'intérieur de l'appartement, le bruit d'un pas d'enfant se faisait entendre. Enfin, Marguerite poussa une porte de côté en nous invitant à passer par-là, pour nous rendre au salon où se trouvaient Madame Gaud et sa petite fille.

Il paraît que cette espèce d'antichambre était le lieu où se tenait habituellement la gouvernante, car partout, sur les meubles, se voyaient des ustensiles de ménage ou de travail : des corbeilles de linge, un panier à ouvrage ; enfin, bien installé sur une chaise garnie d'un coussin rembourré, un gros chat blanc faisait sa sieste. Un instant, il releva la tête pour voir qui arrivait ; mais jugeant sans doute inutile de se déranger, il remit son museau rose entre ses pattes, et se rendormit paisiblement.

Toujours précédés de la servante, nous parvînmes au salon où le spectacle le plus inattendu frappa nos regards.

Nous étions dans une vaste chambre, haute et mal éclairée par deux fenêtres à barreaux donnant sur la cour. Au fond, le long de la paroi, étaient appendus de grands rideaux, les uns en étoffe de laine noire, les autres en cotonnade blanche, simulant des portières légèrement relevées et laissant voir le bas de cadres à coins dorés, sans toutefois que l'on pût deviner ce qu'ils contenaient. Au-dessous de ces cadres et juste dans l'entre-bâillement des tentures, une croix de bois noircie s'appuyait au mur. Enfin, en avant de chacune de ces espèces de chapelles mortuaires, des piles d'énormes rondins de chêne se dressaient en carrés symétriques, revêtues d'emblèmes funéraires.

Dans le milieu de ce singulier salon, on avait disposé, comme à l'ordinaire, des fauteuils, des chaises et un guéridon recouvert d'un large tapis.

Je ne sais pas au juste ce que pensait bonne-maman en entrant dans cette lugubre pièce, mais je me rappelle très-bien que je n'avais plus du tout envie de babiller et que j'oubliai complétement être venue là pour jouer avec une fillette de mon âge.

Dès qu'elle nous aperçut, Madame Gaud se leva de son siége et vint au-devant de nous, tenant la petite Nancy par la main. Celle-ci, rouge et souriante, s'enveloppait dans la robe très-ample de sa grand'mère, heureuse et craintive à la fois de se trouver en présence de personnes jusque-là étrangères pour elle.

Bonne-maman expliqua sa visite par la raison du voisinage et aussi par le désir que je témoignais de faire la connaissance d'une nouvelle compagne de jeu. La pauvre dame essaya d'exprimer le plaisir qu'elle éprouvait à nous recevoir, mais les paroles arrivaient confuses à ses lèvres et l'on sentait l'effort qu'elle devait s'imposer pour fixer sa pensée.

Mon Dieu, que cette femme faisait peine à voir ! Elle avait dû être d'une taille au-dessus de la

moyenne, mais son corps courbé et comme ramassé
sur lui - même ressemblait à ces arbres trop frêles
qu'un orage violent aurait ployés pour toujours.
Ses traits fins et réguliers conservaient un grand
air de distinction, et sous ses allures brusques et
fièvreuses, on devinait l'élégance native et la marque incontestable d'une éducation soignée. Ce qui
émouvait le plus c'était son regard. En ce temps-là,
je n'avais pas encore vu, comme maintenant, d'autres figures ravagées par une constante souffrance
intérieure ; j'étais donc vivement troublée par l'éclat
intermittent de ces prunelles sombres dont les paupières bleuies par les larmes paraissaient ne plus
pouvoir s'ouvrir entièrement. Puis ses tempes creuses sillonnées d'un réseau de veines saillantes, le
mouvement convulsif de ses lèvres pâles et l'agitation continuelle de ses mains m'impression-
naient au plus haut point.

Peu à peu, cependant, Nancy s'apprivoisait, et
sitôt que je fus assise sur la chaise que Marguerite
m'avait avancée, elle quitta la main de Madame
Gaud pour se rapprocher de moi. De ce moment,
j'oubliai mon triste entourage pour jouir en plein
du contentement de ma nouvelle amie. Elle était si
heureuse de regarder ma belle poupée, de la caresser, de l'embrasser ! Mais comme cela serrait le
cœur de ne pas entendre jaser cette jolie petite bouche, de ne pouvoir comprendre tout ce que ses
yeux bleus si doux et si intelligents essayaient d'ex
primer ! Lorsqu'elle était impuissante à traduire

par un geste ou par un regard le sentiment qu'elle ressentait, elle poussait un cri aigu et répété, semblable au chant de certains oiseaux. Marguerite, toujours attentive et ne perdant pas un seul de ses mouvements, devinait souvent sa pensée ou son désir. Alors l'enfant lui souriait amicalement et redevenait tranquille.

Pendant que je déballais, une à une, toutes les pièces du ménage que j'avais apporté, et que Nancy sautait de joie en les prenant délicatement de mes mains pour les ranger sur le guéridon, la conversation s'était établie entre Madame Gaud et grand'mère. Celle-ci essayait d'encourager la pauvre femme à sortir un peu, ne fût-ce que pour faire respirer l'air à cette chère fillette qui devait en avoir besoin. J'étais trop occupée pour prendre garde à la suite du dialogue ; pourtant je ne pouvais m'empêcher de regarder à la dérobée les gestes saccadés et la figure si mobile de la vieille dame. A chaque instant, elle se tournait du côté de l'un de ces cadres voilés et paraissait lui adresser des signes ou des paroles inintelligibles pour tout autre qu'elle-même.

La gouvernante, jugeant sans doute que notre présence fatiguerait sa maîtresse, nous invita à la suivre dans la chambre à côté. Je quittai avec plaisir ce lieu où j'avais peur malgré moi, et nous nous installâmes dans la pièce où dormait le gros chat blanc.

Il y avait à peine un quart d'heure que nous

étions là, toutes les trois très-occupées à tailler des ronds de poires pour les faire cuire dans des plats minuscules, lorsque nous entendîmes de la cour monter l'appel bien connu : « *Mame Gaud... au... au...* » Un cri pareil à un sanglot répondit de l'intérieur du salon ; puis soudain la porte s'ouvrit, et nous vîmes passer devant nous la folle, pâle et bouleversée, qui murmurait des mots sans suite :

— Ils m'appellent... Je vous dis qu'ils m'appellent je veux les voir ! Emmanuel ! Je veux les voir !

Grand'mère, fort embarrassée, s'était levée, et parlait bas à Marguerite. Celle-ci, triste mais tranquille, tâchait de la rassurer lui disant que ce ne serait rien ; que pourtant ces scènes sans cesse renouvelées épuisaient les forces de la malheureuse créature.

— Mais, demanda bonne-maman, par qui croit-elle être appelée ainsi, et quel est ce nom d'Emmanuel qu'elle prononce ?

La bonne, baissant la voix, répondit :

— Madame, elle pense à ceux qui sont morts, elle les voit et les entend partout. Emmanuel, c'était le nom du jeune Monsieur, le mari de sa fille, Madame Régine...

— Et par conséquent la mère de la petite Nancy, continua grand'mère.

— Oui, Madame, souffla brièvement la borgnesse entendant le pas lourd et traînant de Madame Gaud qui revenait vers nous.

Je la regardai avec crainte croyant lui retrouver la même expression égarée qui m'avait épouvantée un moment auparavant ; mais non, elle s'était calmée quelque peu, et ce fut d'un ton très-doux qu'elle adressa ces paroles à grand'mère qui prenait congé d'elle :

— Merci, Madame, de votre bonté pour moi. Maintenant que je vous connais, je ne craindrai pas de vous confier quelquefois ma petite fille... Vous reviendrez aussi, n'est-ce pas ?... insista-t-elle en serrant la main que lui tendait grand'mère. Puis, tout d'un coup, elle se retourna vers le salon paraissant écouter une voix que seule elle entendait.

— Ils m'appellent, ils m'appellent...! prononça-t-elle très-vite, et, se dirigeant vers la porte, elle l'ouvrit et disparut.

Pendant tout le temps que dura cette scène, Nancy était restée cramponnée au bras de Marguerite, pâle et les yeux agrandis. N'entendant rien, ne comprenant rien à ce qui se passait, elle ne voyait que le bouleversement des traits de sa grand'mère et devait en être effrayée, malgré la fréquence des retours de pareilles crises. La vieille bonne la couvrait de caresses. J'essayais moi aussi de la distraire, mais son chagrin recommença quand elle vit que nous allions partir. Ce ne fut que lorsque Marguerite put la convaincre que je reviendrais et que, d'ailleurs, je laissais à sa disposition une partie des jouets, qu'elle cessa de pleurer.

Enfin nous rentrâmes à la maison, fort émues par les faits dont nous avions été témoins.

C'eût été une imprudence de m'exposer souvent à de pareilles émotions ; il fut donc décidé que je n'irais plus qu'exceptionnellement chez Madame Gaud. Par contre, sa fillette venait tous les jeudis et tous les dimanches passer une heure ou deux à la maison. Cette nouvelle vie lui faisait un bien immense et développait étonnamment son intelligence. J'en étais arrivée à comprendre ses pensées de même que sa vieille bonne ; aussi la pauvre chère créature m'aimait à l'adoration.

Devenue la favorite en titre de Madame Panissot, celle-ci la comblait de gâteries, et Mademoiselle de Rouxy, ayant voulu la voir, s'était prise de passion pour cette mignonne enfant toute frêle et toute rose, dont les regards savaient dire tant de choses, que vraiment on sentait que la parole serait pour elle un luxe presque inutile.

Pendant ce temps, grand'mère continuait son œuvre de dévouement auprès de Madame Gaud, passant parfois des heures entières à écouter patiemment les divagations de cette tête bouleversée ; et le soir, je l'entendais raconter à Madame Panissot quelques-uns des détails de ses tristes visites. Il lui était toutefois difficile de démêler, au milieu du flot de paroles que la folle laissait couler de ses lèvres, quel terrible malheur l'avait frappée. Grand'mère n'osait point l'interroger directement à ce sujet, redoutant le mal qu'une demande

indiscrète pouvait lui faire ; elle se bornait à l'écouter et à risquer, de temps à autre, un mot de
résignation pieuse ou d'amicale commisération.

La vieille gouvernante, aussi reconnaissante des
bontés de grand'mère pour sa maîtresse que si
le bienfait se fût adressé à elle - même, lui
témoignait une gratitude touchante. Mais, soit
retenue, soit que ses souvenirs fussent trop
douloureux à évoquer, elle ne parlait que rarement
du passé, ce qui fait que l'on restait dans l'ignorance sur les causes de la folie de la vieille
dame.

Je ne me souviens plus bien si c'est deux ou trois
ans que dura cet état de choses. L'enfance ne
compte point les jours de calme ; seuls les événements extraordinaires, heureux ou néfastes, mar-
quent dans sa vie. C'est pourquoi, pendant une assez longue période de temps, je ne retrouve dans
ma mémoire aucun fait saillant ayant rapport
à Nancy et à sa grand'mère.

Je saute donc par-dessus les années relativement paisibles qui suivirent les événements que je
viens de raconter, pour en arriver de suite au dénouement de la lugubre existence de notre voisine.
Depuis quelques mois, sa santé faiblissait à vue
d'œil. L'état d'exaspération nerveuse dans lequel
elle vivait fit, tout d'un coup, place à une prostration morale et physique qui, dans certaines affections mentales, est l'indice d'une fin prochaine. Il
y avait des jours où elle ne prenait aucune nour-

riture, d'autres, toujours moins rares, où elle ne quittait pas le lit.

Marguerite se désolait de la voir ainsi ; l'idée de la perdre faisait éclater son pauvre cœur en sanglots. Pourtant, le médecin, que sur le conseil de grand'mère elle avait appelé, n'ordonnait que des choses impossibles. Il voulait pour la malade de l'air, des promenades, de la distraction, ou bien les soins assidus et éclairés d'un aliéniste de profession. Au fond, il était convaincu de l'inutilité de ses visites et ne les renouvelait que sur les prières de la vieille bonne.

Bientôt, le peu d'espoir qu'elle nourrissait s'évanouit ; la faiblesse de Madame Gaud devint telle qu'elle cessa de se lever même pendant quelques heures.

Grand'mère, inquiète de ces symptômes, jugea de son devoir de prévenir le seul parent que l'on connût à la pauvre femme. M. Charles D***, avocat à Melun, l'oncle de Nancy, le frère de son père, était ce monsieur qui venait à de rares intervalles visiter les trois recluses. Connaissant l'intérêt que grand'mère portait à ces infortunées, il s'était mis depuis quelques mois déjà en relation avec elle. Il accourut à l'appel qu'il recevait. Cet homme était d'une bonté et d'une amabilité peu communes ; il adorait sa petite nièce et paraissait souffrir de la voir ainsi vouée à un avenir triste et à une vie incomplète. A chacun de ses voyages, il la comblait de cadeaux, desquels, je dois le dire, j'avais ma

bonne part ; je me souviens toujours des belles
boîtes de bonbons qu'il nous apportait à toutes
deux.

Prévoyant l'issue fatale de la maladie de Madame Gaud, M. D*** pria grand'mère de se charger des douloureux devoirs qu'il lui serait peut-
être impossible de remplir, vu son éloignement ;
laissant, d'ailleurs, largement de quoi satisfaire aux
besoins matériels de ses parents, dont il adminis-
trait la fortune en qualité de tuteur de Nancy.

La lente agonie de la pauvre folle dura plusieurs
mois encore, sans que jamais elle recouvrît l'usage
de ses facultés. La vie persistait dans ce corps
usé, mais l'âme semblait absente déjà. Le seul
symptôme de ressouvenir que l'on pût découvrir
au milieu de l'atonie complète de ses sens était
l'audition imaginaire des voix qui, croyait-elle,
l'appelaient toujours.

Afin de calmer son agitation nerveuse, on avait
dû, dès les premiers jours de l'aggravation du
mal, dresser son lit dans le salon. Sans cesse elle
tournait les regards du côté des cadres voilés, et
de temps à autre elle se soulevait, paraissant écouter, puis retombait silencieuse et anéantie sur ses
coussins.

Grand'mère, qui passait de longues heures auprès d'elle, en revenait affectée au plus haut point.

Un jour, Marguerite profita d'un moment d'assoupissement de sa maîtresse pour relever en
entier les rideaux cachant les tableaux. Bonne-ma-

man se trouvait là. C'étaient de magnifiques toiles représentant les portraits en bustes des trois morts qu'avait tant aimés et pleurés la malade : son mari, sa fille et son gendre. Plus tard, je les vis moi-même, et je me souviens encore un peu de leurs traits, surtout de ceux de la jeune femme, splendide créature blonde et souriante comme une aurore d'été.

Grand'mère et la bonne attendaient anxieuses le réveil de Madame Gaud. Celle-ci, en ouvrant les yeux, tourna comme d'habitude la tête du côté des tentures ; mais loin de s'émouvoir, ainsi que le craignaient les deux femmes, elle sourit à ces trois êtres, croyant peut-être continuer son éternel rêve.

A dater de ce jour, il fallut laisser les tableaux découverts. A la moindre tentative de baisser les tentures, la folle devenait rouge, inquiète et ses regards perdaient leur expression d'indifférence inconsciente.

Il paraît que le dernier mois de sa vie, elle ne prononça aucune parole. En vain sa fidèle Marguerite lui adressa-t elle les plus affectueuses prières, l'enfant eut beau caresser de ses petites mains le visage amaigri de sa grand'mère, rien n'y fit, et jusqu'au dernier soupir on n'obtint de la malheureuse créature aucun retour à la raison, aucun signe d'intelligence, si ce n'est l'étrange persistance de ses regards continuellement fixés vers ces morts qu'elle allait enfin rejoindre.

Ce fut un soir du mois de juillet qu'elle mourut

sans secousses et sans souffrances apparentes.

On crut que Marguerite perdrait, elle aussi, la raison, en voyant partir celle qu'elle avait servie toute sa vie avec cette fidélité et ce dévouement qui ne sont plus chez les serviteurs d'aujourd'hui qu'une tradition fort peu respectée.

La petite Nancy ne comprit point d'abord ce que c'était que la mort ; elle ne sut pas pourquoi des hommes noirs vinrent prendre le corps de sa grand'mère et l'emportèrent hors de cette maison, dont elle n'avait pas franchi le seuil depuis sept ou huit ans. Mais lorsque, un à un, elle vit emballer tous les meubles, que chaque pièce se dégarnissait et qu'un jour Marguerite, la prenant par la main, l'amena à la maison où elle vit son petit lit placé côte à côte avec le mien, peut-être eut-elle la lointaine perception de ne plus revoir la femme qui la couvrait de baisers si ardents. Alors elle chercha par tout l'appartement, se faisant ouvrir la plus petite porte, entraînant sa bonne dans tous les coins avec un air si interrogateur et si désolé que toutes nous nous mîmes à pleurer comme elle.

M. D***, d'accord avec bonne-maman, avait jugé qu'avant d'appeler sa nièce près de lui, où il comptait essayer de la faire instruire, il serait bon de lui faire passer quelque temps à la campagne, au grand air, auprès de personnes qu'elle avait l'habitude de voir et qui l'aimaient comme si c'eût été une fille ou une sœur.

Marguerite, bien entendu, ne devait jamais quit-

ter l'enfant de ses anciens maîtres. Aussi vint elle
avec Nancy s'établir au Chaffard pour toutes les
vacances.

Ce changement si complet d'existence fut une
salutaire épreuve pour la fillette. C'était merveille
que de voir, sous l'action vivifiante de l'air, du soleil et de l'activité physique, s'effacer la pâleur de
son teint et la maigreur de ses joues.

Il n'en était pas de même de la vieille bonne.
Toujours occupée de quelque ouvrage de lingerie
ou de tricot, elle passait des jours entiers sans se
lever de sa chaise. Bonne-maman avait pour elle
des égards, de l'amitié même ; sa conduite et son
caractère inspiraient, d'ailleurs, l'estime de tout
cœur sensible. Elle tenait si peu de place dans
la maison qu'il y avait des moments qu'on eût pu
l'oublier, si sa sollicitude pour Nancy et son désir
d'être utile ne l'eussent tirée de sa torpeur.

Le soir, assises autour de la table, grand'mère
et elle travaillaient, pendant que la petite muette et
et moi nous élevions des tours, des ponts ou des
fortifications à l'aide de dominos, de dames et
d'un plein sac de jetons. Alors on parlait du passé,
de ce passé si rempli d'amers regrets. Marguerite
se laissait aller complaisamment à ce courant, on
voyait que sa vie était toute dans ses souvenirs.

Ce fut pendant une de ces soirées tranquilles et
intimes que nous apprîmes enfin l'histoire entière
de cette malheureuse famille, dont le seul membre
vivant était destiné à ne jamais connaître le sort de

ses parents et l'étendue du malheur qui les avait frappés.

Ce jour-là, Madame Panissot, qui venait très-souvent dîner à la maison, fut empêchée par la pluie de rentrer comme de coutume à Chambéry.

Dans le but de couper court à notre désœuvrement, ou avança l'heure du souper ; la soirée se trouva donc allongée par le fait.

Marguerite, moins taciturne que d'ordinaire, prenait part à nos jeux, construisant des tours si hautes et si solides qu'il fallait nos trois souffles réunis pour les démolir. Nancy, joyeuse, frappait des pieds et des mains, faisant entendre son cri habituel.

Elle était jolie à croquer avec sa bouche mignonne, son menton à fossettes et ses longues boucles blondes encadrant l'ovale parfait de son visage. Seul, son front, labouré par la profonde cicatrice dont je vous ai déjà parlé, déparait sa précoce beauté. Chaque fois que le rire ou la douleur animait sa mobile physionomie, la balafre blanche s'accentuait. Ce soir-là, sous la clarté brillante de la lampe et pendant les accès de gaîté de Nancy, il eût été difficile de ne point en être frappé ; aussi Madame Panissot, qui prenait plaisir à regarder l'explosion de sa joie enfantine, ne put-elle s'empêcher de faire cette réflexion :

— Ah! que c'est dommage qu'une si jolie tête soit gâtée ainsi ! — Puis, se tournant vers Marguerite :

— Je sais bien, dit-elle, que c'est à la suite d'une

chute que l'enfant a gardé cette cicatrice ; mais
comment a-t-elle pu vivre après un si terrible accident ?. .

— Ah ! Madame, c'est comme on dit chez nous :
Dieu veut bien ce qu'il veut. — Cette petite a été
sauvée où il y en a mille qui se seraient tuées... C'est
vrai qu'il y avait bien déjà assez de morts comme
ça !...

— Mais, continua la curieuse dame, heureuse de
pouvoir mettre la borgnesse sur un chapitre qui
l'intriguait depuis longtemps, mais sont-ils donc
morts tous les trois à la fois, le père, le mari et la
femme ?

— Non, Madame, le jeune Mousieur, lui, est
mort dans son lit, mais las ! ça n'a pas été moins
triste, allez !

— Est-il mort avant ou après sa femme, Marguerite ?

— Seulement quatre heures après, Madame. —
Puis, baissant la tête, la vieille femme ajouta entre
ses lèvres :

— Que le bon Dieu ait son âme tout de même ;
mais celui-là il s'est fait périr de sa volonté.

Sans doute, c'était la première fois que ce secret
sortait de sa bouche, car grand'mère leva la tête
avec un effroi mêlé de pitié et s'écria :

— Oh ! le malheureux ! qu'il lui soit fait miséricorde !

— Ainsi soit-il, pauvre brave dame, reprit Marguerite. Cependant, voyez-vous, il ne faudrait pas

le juger rien que là-dessus, il était si bon et si honnête notre jeune Monsieur ! Il a fait ce malheur quand il a vu son beau-père et sa femme tous morts là devant ses yeux ; il n'a pu tenir, vous comprenez...

La bonne se tut un moment, mais ce n'était pas le compte de Madame Panissot, laquelle tenait à être une bonne fois mise au courant des péripéties de cette sombre histoire. Grand'mère tricotait en regardant avec une affectueuse commisération la petite Nancy qui, ne comprenant pas pourquoi nous nous étions arrêtées de jouer, n'en continuait pas moins à dresser des échafaudages de dominos qu'elle jetait ensuite à bas d'un revers de main. Moi, sentant poindre un récit long et peut-être terrible, je me faisais aussi petite que possible afin qu'on ne me jugeât pas de trop.

Madame Panissot donc, voyant les réticences de Marguerite, lui demanda sans ambages comment tous ces malheurs étaient arrivés à la fois dans la même maison.

— Eh bien ! Madame, je vais vous le dire tout uniment, répondit la gouvernante. Après tout, ceux qui ne sont plus là savent bien que si je parle d'eux, ce n'est pas pour leur enlever le repos, ni pour dire quoi que ce soit de mal ou de mensonge. Je les ai aimés et servis de leur vivant, je les honore encore dans mon cœur à présent qu'ils sont morts.

Voilà, mes braves dames, le commencement

de toutes nos peines : vous verrez que c'est bien toujours et partout que les chagrins ne viennent pas seulement d'eux-mêmes, et que si on pouvait savoir se conduire quand on est jeune, on ne pleurerait pas tant lorsqu'on est vieux !...

Depuis tous les temps, mes parents tenaient en ferme le bien des messieurs Gaud. Monsieur Philippe, le grand-père de la petite qui est là, était mon frère de lait ; son père et sa mère n'avaient que lui d'enfant et ils l'aimaient comme leurs yeux. Moi je suis entrée dans la maison que mes huit ans n'étaient pas finis. Vous voyez que je pouvais bien avoir de l'attachement pour mes maîtres, d'autant que toute leur vie ils m'ont soignée comme leur propre enfant.

Quand Monsieur Philippe fut grand, il voulut devenir médecin. Son père n'aimait pas cet état, mais lui tint bon, et, au bout de six ou sept ans, il revint chez nous instruit et capable pour tout ce qui était de sa profession. Tout le monde l'honorait ; on l'appelait « Monsieur le docteur » gros comme le bras, et sa mère aurait bien voulu le garder à Chambéry où nous étions allés demeurer depuis trois ans. Mais lui avait son idée : depuis qu'il était en âge de se reconnaître, il s'était mis dans la tête d'épouser sa cousine Mademoiselle Geneviève Desroches, la fille du frère de notre dame.

Ce monsieur était médecin aussi, dans un pays du côté de Genève qu'on appelle Saint-Gervais-les-

Bains. Monsieur Philippe pensait que ce serait une chose à faire que d'aller s'établir auprès de lui pour le remplacer quand le moment serait venu.

Ce plan aurait été bon si l'oncle ne s'était pas défendu de toutes ses forces contre le mariage des deux cousins. Il disait à son neveu :

— Vois-tu, mon garçon, ce n'est ni pour te mortifier, ni pour te faire du chagrin que je refuse de te donner ma Geneviève, mais j'en sais plus que toi sur ce qui convient ou ne convient pas. Je n'ai jamais vu que ces mariages-là fissent merveille; au contraire, les enfants ont toujours quelques infirmités; aussi, crois-moi, change de sentiment et prends une femme ailleurs ; nous n'en serons pas moins bons amis.

Le pauvre père parlait bien, mais le moyen de faire entendre raison aux amoureux, surtout quand ils sont l'un et l'autre du même avis !... Monsieur Philippe essaya de s'en aller du pays, de se distraire et d'aimer d'autres demoiselles; mais au bout de deux ans, il retourna chez son oncle et son cœur était toujours le même. Les parents, voyant alors qu'il fallait les laisser libres d'agir suivant leur amitié, remirent les choses entre les mains du bon Dieu, et on les maria.

La première année ça marchait dans leur petit ménage comme sur des roulettes. J'étais allée demeurer chez eux pour leur servir de cuisinière et de bonne tout ensemble. Ah ! je n'avais pas une grosse besogne, allez ! Les pauvres jeunes gens

n'étaient pas difficiles à contenter, et comme on dit :
« *Quand l'un avait soif, l'autre voulait boire.* »
Voilà qu'au bout du douzième mois il fallut faire
un baptême, c'était une jolie petite fille qui était
venue. Ah ! le cher ange ! pour sûr ses joues
n'étaient pas assez grosses pour loger tous les baisers qu'elle recevait dans le jour, et nous aurions
vécu comme en paradis si elle avait été aussi
bien portante qu'elle était mignonne et avenante ;
mais la pauvre jeune dame, qui la nourrissait, vivait
sur les charbons quand elle la voyait pâle ou seulement un peu abattue.

. Cette petite avait tout de suite eu trop de connaissance, ça faisait peur à tout le monde. Monsieur
Philippe ne fermait pas l'œil pour la bercer. Le
grand-père Desroches marmottait entre ses dents :

— Celle-là ne sera jamais une forte luronne...
Enfin, ils l'ont voulu ; que Dieu les assiste !

Pourtant, à force de soins, de vœux, de prières et
d'autres bonnes œuvres, on vint à bout de sauver
la petite Régine de toutes les maladies de l'enfance.
Elle se fit grandelette et jolie comme un cœur.

C'était un plaisir de l'entendre dire ses petites
raisons, et comme elle savait trouver dans sa tête
ce qu'il fallait répondre aux uns et autres ! Son père
ne voulait pas qu'on la mît à l'école trop tôt, crainte
de la fatiguer mal à propos. Eh bien ! je ne sais
comment ça se faisait, mais rien qu'en s'amusant et
en regardant les images d'un livre, elle comprenait
ce qu'il enseignait.

Ah ! mes chères dames, s'exclama tout d'un coup la vieille femme, comme c'est dur de se rappeler tout cela, de revoir dans ma mémoire, après tant de temps de tristesse, ma chère petite Régine au même âge que sa fille à présent, d'être toute seule au monde à savoir comme elle était bonne, rieuse, et comme ses parents l'aimaient !...

Et de grosses larmes pressées couraient sur les joues creuses et jaunies de Marguerite, sa voix tremblait dans son gosier ; elle fixait des regards attendris sur Nancy, qui, fatiguée sans doute de jouer seule, s'était depuis un instant endormie, la tête gracieusement appuyée sur son bras arrondi. Bonne-maman et Madame Panissot se taisaient, respectant la douleur de la brave créature ; moi je ne soufflais mot et souhaitais tout bas que l'on me crût couchée déjà.

— On passa comme ça six ou sept ans bien en paix dans la maison, recommença la bonne après s'être remise un peu.

Les vieux parents de M. Philippe étaient morts. M. Desroches, son beau-père, ne faisait plus que de promener sa canne du grand café de la ville à l'angle de la cheminée de sa chambre, et la petite grandissait à la volée ; mais las, au lieu de se fortifier, elle était toujours plus mince, plus pâle et plus agitée.

Jamais on ne l'entendait se plaindre d'aucun mal, pourtant elle mangeait comme un oiseau, restait des heures à regarder droit devant elle et devenait quelquefois froide comme un morceau de marbre.

M. Philippe l'avait menée un peu partout pour consulter ; mais tous les médecins répondaient qu'il n'y avait que des précautions à prendre, à lui donner tout ce qui pourrait lui faire plaisir, surtout beaucoup l'amuser et la distraire, et que tous ces bobos s'en iraient à mesure qu'elle prendrait de l'âge et de la force. On ne savait pas que faire, ni que penser, et ses parents se désolaient. Enfin, pour plus de malheur, vers quinze ou seize ans, elle devint tout-à-coup *dormante*...

— *Dormante ?* interrogea Madame Panissot.

— Marguerite veut dire somnambule, sans doute, répondit grand'mère ; j'ai entendu appeler ainsi cette maladie par les gens des campagnes.

Dormante ou somnambule, je ne comprenais pas davantage la signification de l'un et de l'autre terme ; cependant, de peur de me faire remarquer, j'en attendis l'explication.

— Oui, Madame, confirma la borgnesse, c'est bien ça ; ma pauvre petite chérie perdit la tranquillité de son sommeil, je ne pouvais pas me coucher un seul soir sans crainte. Aussitôt endormie, elle se remuait, se tourmentait, je la voyais se lever toute droite sur son lit, descendre nu-pieds sur le plancher, et puis elle s'habillait comme si elle savait où ses robes et ses autres effets se trouvaient. Après ça, elle faisait tantôt une promenade dans sa chambre, aussi droite et aussi raide qu'un fantôme, tantôt elle se mettait devant sa table pour lire ou pour travailler, et malheur si on la touchait quand elle était comme ça, ou seulement si le bruit qu'elle faisait la réveillait trop brusquement !

Oh ! Seigneur, que de soucis et d'ennuis cette enfant nous donnait, et tout de même elle restait si douce qu'on aurait dit un agneau, ce qui fait que tout le monde l'aimait, malgré le tourment qu'elle nous faisait avoir.

Dans ce temps-là, son père gagnait autant d'argent qu'il voulait comme médecin des bains ; son salon et son cabinet se remplissaient chaque matin de malades, et, le soir, il venait encore des personnes de la ville et des étrangers faire visite à toute la famille. Ça faisait un grand remue-ménage chez nous, et bien souvent nos dames allaient faire des parties de plaisir un peu ici, un peu là avec leurs amis et leurs connaissances. La jeune demoiselle aimait beaucoup à voir bouger autour d'elle, et il n'y avait rien à dire là-dessus.

Une année, juste que Régine finissait ses dix-sept ans, au commencement de l'été, un jeune Monsieur de Paris vint se loger dans la maison en face de la nôtre.

Celui-là n'était pas aux bains pour se guérir, il avait de trop bonnes jambes pour être malade. On le voyait partir tous les jours de grand matin pour un endroit ou pour un autre, et souvent c'était nuit quand il rentrait chez lui. Je ne sais pas comment il avait fait connaissance avec mes maîtres, peut-

être dans une promenade, mais voilà qu'au bout
d'un peu de temps il vint chez nous passer la soirée avec les autres.

Tout de suite il devint le Benjamin du vieux Monsieur Desroches : c'est que ce Monsieur en valait
bien trois autres pour faire rire et raconter des
histoires longues comme des prônes.

Notre demoiselle, qui commençait à penser à autre chose qu'aux poupées, me parlait à toutes les
heures du jour de M. Emmanuel D***, et qu'il
était gai, instruit, bon enfant, qu'il gagnait beaucoup d'argent à Paris rien qu'en écrivant dans des
livres ce qui lui venait en tête. Elle me disait qu'il
était... qu'il était... enfin, encore plus avancé que
ceux qui font les gazettes.

— Peut-être était-ce un romancier ? insinua Madame Panissot, très littéraire de sa nature.

Marguerite hésita un moment, puis répondit :

— Je vous demande pardon, Madame, ce n'est
pas ce nom-là.

— Alors ce sera poète, continua la dame se parlant à elle-même.

— Ça se peut bien, Madame, répartit complaisamment la bonne ; je ne m'en rappelle pas, voilà tout.
Seulement, il paraît que sa profession lui faisait
beaucoup d'honneur parce que tout le monde le
louangeait et l'invitait dans la ville. Lui, eh bien !
s'il avait osé, il n'aurait plus bougé de chez nous.

Ah ! le brave garçon que c'était ! Monsieur
et Madame Gaud l'aimaient déjà bien, le grand-

père ne pouvait plus s'en passer, et pour notre demoiselle c'était encore une autre affaire...
Depuis la première fois qu'elle lui avait parlé, on
la voyait changer comme de la nuit au jour. Ses
joues redevenaient rondes et fraîches ; elle avait
des couleurs roses, et durant des heures elle riait et
chantait comme un pinson sur une branche. Le
soir, c'était elle qui demandait à ce qu'on fit une
contredanse ou d'autres amusements, et avant minuit sonné on ne pouvait pas l'arrêter.

Ce qui faisait le plus de plaisir dans tout ça
c'est qu'avec cette vie ses nuits se passaient tranquillement ; jusqu'au matin, elle dormait sans seulement se retourner ; vrai, on aurait dit un miracle.

Dans la ville, chacun parlait déjà de mariage ;
mais les pauvres enfants n'avaient l'air de se soucier de rien autre que d'être ensemble et de vivre
de leur gaîté et de leur amitié. Je ne crois pas que
le bon Dieu ait jamais mis au monde deux créatures meilleures et plus jolies : rien que de les voir
on était réjoui. Le vieux grand-père branlait sa tête
toute blanche en les regardant de côté, et souvent il
me disait :

— Allons, allons, Marguerite, le brunet me casse
ma pipe ; la médecine est enfoncée, et la petite
fera un jour une bonne grosse maman.—Et il se frot-
tait les mains tout content.

Moi j'avais le cœur aussi léger qu'une plume
et je croyais que nous demeurerions toujours de
la même manière. Mais les jours s'en allaient l'un

après l'autre derrière la montagne, l'été finissait, et M. Emmanuel ne pouvait pas demeurer sans fin à Saint-Gervais. C'est vrai qu'il n'avait plus son père, ni sa mère ; un frère seul lui restait ; (c'est celui que vous avez connu, Madame, dit la bonne en interpellant grand'mère); mais pour le travail qu'il faisait, il paraît que le jeune Monsieur avait besoin de retourner à Paris.

C'est alors, mes chères dames, qu'on vit clair comme la lumière du jour que tant lui que la demoiselle ne pouvaient pas vivre longtemps séparés. Quant M. D*** parla de partir, la maison fut du même coup toute triste.

Les deux jeunes gens ne riaient plus ; Monsieur et Madame pensaient en eux-mêmes sans rien dire, et M. Desroches ne revenait plus de si bonne heure du café.

Enfin, un matin, en rentrant déjeuner, mon maître monta chez sa femme et je vis en servant à table qu'il y avait quelque chose de nouveau en l'air.

C'était tout-à-fait vrai, le jeune Parisien avait honnêtement demandé à M. Philippe de lui donner sa fille Régine, promettant de demeurer la moitié de l'année à Saint-Gervais si cela faisait plaisir aux parents de Mademoiselle, et que le reste du temps ils iraient tous à Paris pour ne pas se séparer. Là-dessus, mon maître avait promis de faire réponse quand il aurait consulté son monde.

Tout de même, il restait de quoi penser : et le déplacement, et les voyages, et ceci, et cela, et puis

Régine était encore bien jeune, presque point de santé jusqu'à ce moment-là... Madame Geneviève ne pouvait pas se décider, mais sa fille pleurait de si grosses larmes quand on lui faisait comprendre la raison, mais le vieux médecin fit tant de son côté, que trois ou quatre jours après, nos jolis amoureux se promenaient bras-dessus, bras-dessous, dans le jardin, pendant que les parents prenaient le frais sous la grande tonne : ils étaient promis.

Arrivée à ce point d'un récit, sans doute fort douloureux pour elle, Marguerite s'arrêta de nouveau. Sa poitrine oppressée, les deux mains jointes sur les genoux, on eût dit qu'elle cherchait à reconstruire par la pensée ce passé, tantôt lumineux comme une belle soirée d'automne, tantôt sombre et froid comme un jour gris de décembre.

Elle se taisant, un grand silence se fit autour de nous ; le souffle lent et régulier de Nancy profondément endormie et le tic tac des aiguilles à tricoter de grand'mère étaient les seuls bruits que l'on entendit. Madame Panissot avait laissé là sa bande de tapisserie, et tout entière à l'émotion que lui causait la touchante narration de la gouvernante, elle attendait qu'elle fût en état de la reprendre.

Par hasard et très-malencontreusement, à mon avis, ses yeux se tournèrent de mon côté :

— Eh bien, mon petit chou, me dit-elle affectueusement, tu n'es pas comme Nancy, toi : il paraît que tu n'as pas sommeil ; il va pourtant être neuf heures, je crois.

— Oh ! Madame, repris-je vivement, c'est que je suis bien plus grande qu'elle, et puis elle n'entend pas ce que l'on dit, tandis que moi...

— C'est égal, dit à son tour bonne-maman, il vaut mieux aller dormir, mon enfant ; c'est assez tard pour toi.

Je ne sais pas au juste quelle gamme de sentiments ma figure exprima dans ce moment, mais il y eut assez de désappointement, de chagrin et de prières réunis pour que mon excellente amie tâcha de raccommoder son intempestive remarque.

— C'est vrai que te voilà bientôt une personne raisonnable (j'avais onze ans passés) et que de plus tu es très-sage ce soir ; aussi bonne-maman fermera les yeux pour une fois... N'est-ce pas, chère Madame ? accentua d'un ton patelin Madame Panissot.

— Ah ! c'est bien vraiment parce que vous me le demandez, mon amie, répondit la chère femme d'un air de concession.

J'eus un expressif élan de reconnaissance qui les paya toutes deux de leur bonté, et tranquille désormais, je regardais d'un œil interrogateur la pauvre vieille Marguerite toujours absorbée dans ses souvenirs.

Une seconde fois le silence s'établit ; alors, relevant la tête, elle recommença à parler.

— C'est vrai ce que l'on dit, mes braves dames : quand quelque chose est écrit là-haut, tout s'arrange ici pour que ça arrive. Il y avait bien des

raisons qui auraient pu faire manquer le mariage
de Régine, et pourtant tout fut réglé en un tour de
main comme un papier de musique, sans seulement qu'on pût savoir comment cela était arrivé.

On pensait attendre l'autre été pour les épou-
sailles ; tout de même, nos dames avaient assez de
besogne tracée jusque-là. Mademoiselle Régine,
cependant, n'était pas si bien portante depuis que
son prétendu lui manquait. On aurait vraiment di-
qu'il était sa vie, son souffle, sa santé. La pauvre
petite faisait tout son possible pour paraître tranquille pendant le jour, mais ses nuits redevenaient
mauvaises et sa maladie reparaissait de temps en
temps. Je n'osais pas dire à sa mère toutes les fois
qu'elle me faisait veiller et que je passais des heures dans les transes...

Voilà que quand l'hiver arriva, Monsieur Desroches fut obligé de se coucher et tout de suite il
devint bien malade. Ce cher homme sentait qu'il
s'en allait, et son grand tourment était de ne pas
voir sa petite mignonne mariée et heureuse ; il répétait tous les jours :

— Ah ! si je pouvais aller au moins jusqu'au
printemps, je ferais devancer la noce !...

Personne n'osait croire qu'il reverrait les nouvelles feuilles, mais les vieux tiennent quelquefois plus
longtemps tête à la maladie que les jeunes : c'est
justement ce qui arriva pour lui. Le mois de mars
revint, que le grand-père vivait toujours. Alors il
fallut le contenter, et malgré que tout le monde

était triste de faire un mariage dans une maison où
la mort allait d'abord entrer, on ne put pas le laisser mourir sans lui donner la consolation qu'il
demandait.

Donc, M. Emmanuel vint de Paris, avec son frère
et un autre parent, un peu à l'avance, et quand
tous les papiers furent prêts, on fit la cérémonie.

Oh ! mon Dieu, que c'était beau d'un côté et comme ça serrait le cœur de l'autre ! Quand je vis revenir de l'église notre chère petite Régine aussi
belle que la Vierge un jour de vogue, toute blanche et toute pâle, donnant le bras à son beau mari
qui semblait avoir des rayons tout le tour de la
tête ; quand je les vis entrer dans la chambre du
grand-père et se mettre à genoux devant son
lit, je mis mon tablier sur ma figure pour ne pas
en voir davantage et je redescendis vite, vite, en
pleurant : je ne pouvais pas comprendre qu'on
fît une noce comme ça.

Tout le jour, la maison resta pleine d'invités
M. Desroches avait voulu que tout se passât comme
s'il avait été à table avec eux ; c'était son idée et on
n'osait pas le contrarier. Après le repas, les mariés
montèrent près de lui ; il leur parla bien doucement :

— Allons, mes enfants, vous allez partir ce
soir ; soyez bien heureux, mais revenez dans
la quinzaine, n'est-ce pas ?... Je ferai ce que je
pourrai pour vous attendre ; cependant... vous
savez... un grand-père ne peut pas toujours durer...

Et quand il eut dit ça un peu en riant, il leur fit signe avec la tête de s'en aller.

Et voilà comment ces pauvres enfants commencèrent leur ménage !

Au bout du temps promis, ils étaient bien revenus ; mais depuis trois jours le vieux Monsieur reposait au cimetière, et chez nous tout le monde était en deuil.

Tout de même, après les premiers moments de gros ennui, les jeunes reprirent le dessus : ils étaient si heureux, si heureux ! Rien ne leur manquait : M. Philippe et Madame Geneviève les buvaient des yeux, les amis de la famille leur faisaient de grandes fêtes, et puis jamais on n'avait vu un mari et une femme s'aimer comme ces deux-là !

Oui, mes chères bonnes dames, pendant deux ans tout entiers je les ai vus vivre, jour par jour, sans jamais se donner un démenti, sans jamais que l'un voulût ce que l'autre ne voulait pas. C'était comme deux petits jumeaux élevés dans le même berceau.

Nous vivions tous ensemble ainsi qu'on était convenu à l'avance ; pendant l'été, nous demeurions à Saint-Gervais, et vers la fin d'octobre nous partions pour Paris.

M. Emmanuel devenait toujours plus fameux dans le monde avec ses livres et en même temps il se faisait riche aussi. Je crois qu'il savait faire de ses doigts et de sa tête tout ce que l'on peut imaginer : et des portraits grands comme des personnes, et

des airs de musique qui faisaient rire ou pleurer
par force, et ceci, et cela ; enfin, je ne crois pas que
le bon Dieu ait jamais refait son pareil !

Pendant deux ans, Madame Régine n'eut point
d'enfant, et cela ne manquait pas dans la maison
parce qu'on était déjà assez heureux ; mais, la troisième année, la petite Nancy vint au monde. Alors
son père et sa mère ressemblèrent à des petits qui
s'amusent avec une poupée. La jeune dame, qui était
forte et bien portante, nourrissait sa fille, et père,
grand-père, grand'mère ne bougeaient plus le petit doigt sans s'inquiéter si la petite dormait
ou non.

Il y avait cinq mois que Nancy était baptisée
dans une belle église de Paris, quand on parla de
retourner à Saint-Gervais ; mais par malheur un
médecin conseilla à M. Emmanuel de mener sa
femme aux bains de mer.

M. Gaud, lui, n'était pas du même sentiment ; pourtant, il laissa son gendre suivre l'idée qu'il avait.

Toute la famille s'embarqua donc pour une ville,
très-loin d'ici, qu'on appelle Dieppe. En arrivant
là-bas, il fallut chercher une maison pour nous
loger tous, parce qu'à l'hôtel ça coûtait les yeux de
la tête. M. Emmanuel connaissait déjà le pays, il
avait plusieurs amis dans la ville qui lui trouvèrent ce qui convenait le mieux.

Je puis dire n'avoir jamais rien vu de plus joli
que la maison où nous sommes allés demeurer. C'é-
tait tout doré et tout en peinture dedans comme

dehors ; des chambres pas plus grandes que des
corridors de chez nous, mais si bien lustrées, ver-
nies et meublées qu'on les aurait prises pour des
chapelles. Devant la porte d'entrée, il y avait un jardin de la longueur d'un châle-tapis, tout en dessins
et en petites allées, bonnes à faire promener des
chiens de dames ; de l'autre côté de la maison,
c'était un grand mur en pente et puis la mer... Cela
faisait peur toute cette eau qui montait et descen-
dait le long des pierres de la muraille,
et, les premiers temps, le bruit qu'on entendait le jour et la nuit me donnait envie de pleurer. Mes maîtres, surtout les jeunes, disaient
que c'était bien beau, et restaient des heures et des
heures à regarder passer les barquettes allant d'un
côté ou de l'autre ; cela les amusait tout comme
des enfants.

Cette maison, un peu loin de la ville, n'était bâtie que pour se loger pendant l'été : elle avait deux
étages ; seulement, autour des chambres du second,
on avait fait une terrasse. La façade qui regardait
la mer, beaucoup plus large que les trois autres
côtés, était garantie par une grille en fer, tandis
qu'ailleurs il n'y avait qu'une bordure en gros fer-
blanc, toute découpée comme une dentelle et haute
à peu près d'un pied ou deux.

Si je tire un peu les choses au long, mes braves
dames, c'est que vous comprendrez mieux comment notre grand malheur est arrivé.

Pour vous en finir, il y avait deux mois que nous

habitions dans cette campagne, tous bien contents et en santé, sauf qu'on commençait à avoir un peu souci de ce que la petite Nancy ne jariquait pas, suivant la coutume des nourrissons de cet âge, et qu'elle n'avait pas l'air de prendre attention au bruit qu'on faisait autour d'elle. Monsieur Gaud se tourmentait de ça quand il était seul avec moi ; mais devant les autres, il ne disait rien pour ne pas les chagriner mal à propos.

Madame Régine s'était gardé pour elle et pour son mari les chambres d'en haut ; de là, on voyait la mer, la ville et la campagne tout à la fois. Bien souvent elle travaillait sur la terrasse, pendant que la petite dormait à côté d'elle dans son berceau, et quand le jeune Monsieur revenait de la ville, où il allait presque tous les jours, elle était la première à l'apercevoir sur la route ; ils se faisaient des signes avec leurs mouchoirs en s'appelant de loin. Enfin, voilà comme notre vie se passait, tranquille et sans embarras.

Un après-dîner que les deux Messieurs étaient allés à Dieppe, il vint un commissionnaire apporter un billet à la jeune dame. C'était son mari qui l'avertissait que, peut-être, ni son beau-père, ni lui ne rentreraient avant le lendemain matin : des amis les avaient engagés à dîner et ils n'avaient pas pu refuser.

Ce n'était pas là une grosse affaire, mais jamais depuis leur mariage il n'en était autant arrivé ; c'est pour ça que la chère petite dame devint toute triste après avoir reçu cette lettre. Madame Geneviève la plaisantait, et moi je lui disais des petits mots pour l'égayer ; pourtant, je voyais qu'elle gardait un chagrin qu'elle n'osait pas nous dire, de crainte de passer pour trop enfant.

A la tombée de la nuit, les dames allaient se mettre à table, quand tout d'un coup M. Gaud entra dans la salle à manger en disant d'un air tout gai :

— Ah! ah! je vois qu'on prend vite son parti d'être veuve. Eh bien, moi, *J'aime mieux ma mie au gué, j'aime mieux ma mie* : c'est pour cela que je suis revenu. Et il alla embrasser sa femme et sa fille.

La première parole de Régine à son père fut de demander où était son mari. M. Philippe raconta qu'il l'avait laissé à la ville, avec deux camarades arrivés de Paris ce même matin-là ; que ces messieurs n'avaient point voulu se séparer de lui, et qu'ils étaient convenus de l'accompagner le lendemain, pour déjeuner tous en famille.

Je crois que ces arrangements n'allaient pas bien à la jeune dame, et qu'elle avait plus de souci qu'elle n'en montrait, car le reste de la soirée elle ne fut pas gaie comme de coutume : elle tourmentait sa petite, la promenait en avant, en arrière, dans le jardin et dans la maison. Enfin j'étais ennuyée de la savoir en peine, malgré qu'après tout, son mari ne risquait rien ; mais pour elle, si sensible, tout se faisait plus gros.

On mit coucher la petite un peu tard, ce soir-là

pour qu'elle laissât reposer sa mère toute la nuit ; déjà, d'habitude, elle ne faisait qu'un sommeil et personne ne se dérangeait pour elle.

Madame Régine se mit aussi au lit ; je voulais rester près d'elle, comme autrefois, mais elle me renvoya en disant qu'une nuit était vite passée et qu'elle sonnerait si elle avait besoin de quelque chose. Moi, donc, toute tranquille, je lui souhaitai le bonsoir et je redescendis au premier, où j'avais ma chambre à côté de celle de Madame Geneviève. M. Philippe couchait un peu plus loin, juste au-dessous de sa fille.

Ah ! Jésus ! Maria ! soupira la bonne après un moment de repos, celui qui m'aurait dit alors que la mort attendait derrière la porte de notre maison, je ne l'aurais pas cru certainement, parce que ce n'est pas possible de croire des malheurs comme ça !... Et pourtant, trois heures après....

Puis, faisant un grand effort sur elle-même, la vieille femme ajouta brusquement :

— A présent, je vais vous dire la fin.

Je dormais en plein depuis un moment quand je me sentis tirer par le bras et j'entendis la voix de M. Gaud qui disait :

— Marguerite, lève-toi vite et viens avec moi !

Je me secouai, je croyais faire un rêve. Le Monsieur redit encore :

— Vite, vite, Marguerite, Régine est en haut sur la terrasse, endormie... ne fais point de bruit : ma femme ne sait rien.

Tous ces mots, mon maître les soufflait bas à mon oreille en serrant les dents ; sans le voir, je sentais qu'il tremblait et je répondais : oui, oui, comme une machine.

Quand il me sut réveillée, il sortit de la chambre sans presque toucher la terre : on aurait dit un fantôme.

J'étais plus morte que vive ; le sang me galopait dans les veines, les oreilles me sonnaient... Je cherchai ma robe et je l'enfilai en montant les escaliers pieds-nus, à tâtons, tout en pensant dans moi-même :

Seigneur, ayez pitié de nous ! Cette fois, nous sommes perdus !...

Je ne sais pas comment je suis arrivée jusqu'en haut, comment je me suis trouvée à côté de ma pauvre chère petite qui se tenait toute droite et toute raide à l'angle de la plate-forme, la tête tournée vers la ville, comme si elle regardait venir quelqu'un sur la route ; mais ce qui me fit sauter le cœur, c'est qu'elle avait sa fille dans ses bras... Le cher ange dormait aussi ! Ah ! mes bonnes dames, ce moment-là a plus duré pour moi que vingt ans de purgatoire, et pourtant, las ! il n'a encore que trop tôt fini !

M. Philippe avait fait le tour de la terrasse, il était de l'autre côté de sa fille, le bras tendu en avant pour la garantir en tous cas ; je faisais de même que lui et nous attendions en retenant notre

souffle. Régine ne bougeait toujours pas. Je n'en pouvais plus !

Voilà que sans savoir pourquoi, peut-être parce
que la petite avait remué, la jeune dame fit comme
un saut sur elle-même en criant et ouvrant les bras
tout grands... Le Monsieur se lança contre elle,
moi j'étendis les deux mains, mais... je ne retins
qu'à moitié Nancy : les deux corps du père et de la
fille basculèrent par-dessus la bordure de fer-blanc
et tout de suite je les entendis tomber ensemble
dans le jardin sur les cailloux de l'allée !

En achevant ces mots, Marguerite, blême et
épuisée, s'arrêta comme à bout de forces. Madame
Panissot pleurait à chaudes larmes, mêlant à ses
demi-sanglots quelques interjections incompréhen-
sibles. Bonne-maman, très émue aussi, adressait à la
vieille servante des paroles d'encouragement et de
sympathie :

— Pauvre Marguerite, disait-elle, il eût mieux valu
vous épargner la douleur de faire ce récit...

— Non, non, Madame, répondit celle-ci, croyez-
moi, j'ai bien de peine à me rappeler tous ces malheurs ; tout de même, de les dire ça soulage un
peu... toujours penser seule, toujours pleurer seule,
ça vous tue !

Remise de son émotion, Madame Panissot voulut mettre à profit le besoin d'expansion que témoignait la gouvernante : elle fit questions sur questions pour connaître la fin de cette terrible catas-

trophe et recevoir l'explication de quelques points
du récit restés obscurs pour nous.

C'est ainsi que nous apprîmes comment la bonne
avait sauvé Nancy de la mort au moment où la
mère la laissait inconsciemment tomber : l'enfant,
entourée des langes de son berceau, retenue à
moitié corps par Marguerite, ayant frappé contre
les aspérités de la corniche, s'était fait cette profonde blessure dont on voyait encore la cicatrice à
l'heure présente ; comment Madame Gaud, réveillée
en sursaut par les cris désespérés de la domestique,
se précipita à peine vêtue hors de la chambre, ren-
contrant Marguerite affolée, qui, sans pouvoir
s'expliquer, lui remit la petite fille toute sanglante,
pour courir au secours de ses maîtres...

Rien ne saurait rendre la naïve et poignante éloquence avec laquelle la gouvernante raconta les
péripéties de ce drame : la stupeur de cette femme
s'éveillant au milieu de la nuit pour se trouver
tout d'un coup en présence de sa petite fille griè-
vement blessée, de sa fille morte et de son mari ex-
pirant ; les angoisses mortelles de deux créatures
faibles, isolées, anéanties par un malheur foudroyant ; l'attente dans l'obscurité ; l'épouvantable
désespoir de ce jeune homme, de cet époux en face
du cadavre de sa femme ; son suicide ; enfin, pour
comble de douleur, la folie de sa vieille maîtresse.
Toutes ces choses, Marguerite les dépeignait dans
ce langage simple et touchant qui lui était propre.
Nous l'écoutions le cœur serré et attendri, et nos

regards émus se tournaient affectueusement vers la chère orpheline à jamais privée des tendresses de ces êtres dont elle devait fatalement ignorer, à la fois, l'existence et l'amour.

On comprend que la dernière partie de cette longue narration fut abrégée autant que possible par la vieille bonne, incapable de supporter plus longtemps l'émotion d'aussi cruels souvenirs. Du reste, nous connaissions à peu près les événements qui suivirent la mort des trois membres de cette famille : les amères tristesses et la lente agonie de Madame Gaud, l'inaltérable dévouement de cette humble et fidèle créature pour ses maîtres et bienfaiteurs. C'était là tout le bilan des dernières années de leur séjour à Chambéry.

Maintenant, Marguerite et Nancy allaient partir ; nous ne les reverrions probablement plus...

En écoutant grand'mère assurer notre vieille amie du constant souvenir que nous garderions d'elles, je compris pour la première fois ce que c'était qu'une séparation sans espoir de retour ; je fus triste, et, dès lors aussi, je commençai à soupçonner que la vie ce n'était peut être pas aussi amusant que je l'avais cru jusque-là.

FIN.

LA MARIE-AUX-PIEDS-BRULÉS

LÉGENDE SAVOYARDE

CHAPITRE Iᵉʳ.

Où le lecteur fait connaissance de Marie Friquette et de ses défauts.

Il y a longtemps, bien longtemps, dans la paroisse de Villard-Léger, au hameau de Tournalou, qui est situé tout-à-fait dans la montagne, vivait une jeune fille que personne n'aimait malgré qu'elle fût jolie comme une sainte Vierge, rieuse et de bonne grâce avec tous les garçons des environs, qu'ils fussent de l'*adrâit* ou de l'*envers*, c'est-à-dire qu'ils habitassent la rive gauche du Gelon, où le soleil luit dès le matin, où croissent la vigne, le chanvre, le maïs ; ou bien la rive droite, pays plus froid, plus boisé, moins bien cultivé, dont les collines sont sillonnées de *nants* (ruisseaux) tapageurs, roulant de roc en roc

leurs flots de mousse blanche à travers les buissons
de houx et de genêts sauvages.

On parlait de Marie *Friquette (la coquette)* depuis Saint-Maurice et Détrier jusqu'à Villard-d'Héry.
Il n'y avait pas une foire, une vogue, un banquet
(repas de baptême), une noce, n'importe quel *fri-
cotin, miston* ou *répétailles* (1) qui pût se passer
d'avoir pour première invitée la fille de Jean Vignolet
le charbonnier. On ne l'aimait pas, je l'ai dit, même
on en disait le plus de mal possible lorsqu'elle n'é-
tait pas là; mais elle était si gaie, si bien *allanguée,*
elle savait tant de chansons, *reclans,* complaintes et
fredons, que lorsqu'on voulait rire un brin, on pensait tout de suite à elle.

La Vignolette, sans être riche pour le moment,
passait pour être un bon parti ; son père, outre son
métier qui rapportait parfois de beaux écus dans la
saison des coupes des bois, avait encore autant de
prés, de champs et de broussailles qu'il en faut pour
nourrir deux mulets, une vache et quantité d'autres
bestioleries que l'on élève d'ordinaire dans les
fermes ; aussi Marie ne chômait pas de galants,
quelle que fût sa réputation de fierté, de coquetterie,
et son peu d'aptitude à la besogne journalière de
la maison.

C'eût été une plaisante vie que celle de la jeune fille,

(1) *Répétailles* : repas qui se fait dans la maison de la
mariée le dimanche qui suit le jour des noces. On le
nomme dans quelques localités : le dimanche de l'*épogne*
(du gâteau) pour désigner le plat d'honneur du festin.

si, par malheur, son père et sa mère, plus avares et plus *amassants* que des fourmis rouges, ne lui eussent sans cesse refusé le moindre petit écu pour s'acheter des affiquets.

Toujours occupée à compter les sous que Jean Vignolet rapportait du marché, la vieille Colastique geignait à fendre l'âme quand il fallait en dépenser cinq ou six pour ceci ou cela dans le ménage ; et c'étaient des Miséréré à n'en plus finir chaque fois que Friquette réclamait une coiffe ou un cotillon neuf. On entendait alors, huit jours durant, dans la maison, le bruit des disputes de la mère et de la fille, auxquelles se mêlaient souvent les coups de bâton administrés paternellement par le gros Jean à sa vaniteuse progéniture.

Les voisins, tous gens envieux et cancaniers, se gaudissaient à l'approche des fêtes de tous les saints un peu marquants du calendrier, sûrs qu'ils étaient de pouvoir renouveler leur répertoire de raconts et de tripotages qui, le reste du temps, roulaient sur des sujets trop usés.

Cette gêne dans laquelle vivait la belle fille lui avait inspiré une multitude de ruses, de tromperies, d'expédients malhonnêtes pour se procurer l'argent nécessaire au renouvellement de sa garde-robe.

A la campagne, rien n'est plus aisé aux filles et aux garçons des grosses maisons de se faire une bourse particulière, en grappillant, d'un côté ou de l'autre, du blé, de la volaille, de l'huile, ou tout autre objet, pour le vendre ou le faire vendre au marché, voire même pour l'échanger contre de la marchandise et payer ainsi quelque note clandestine. Je me souviens qu'il y a une huitaine d'années, dans une commune des environs de Chambéry, le feu prit chez une marchande d'étoffes, de merceries et de comestibles réunis. Ceux qui sauvèrent de l'incendie les quelques meubles épargnés trouvèrent dans un saloir dix-neuf jambons absolument différents entre eux de poids et d'embonpoint : c'était là le correspectif des achats faits, chez elle, par des enfants de famille.

Ces petites voleries ont reçu, je ne sais trop pourquoi, le nom de *loups* et sont très-préjudiciables aux parents négligents de leurs avoirs. Marie pratiquait largement cette coutume, malgré la sévérité du vieux charbonnier et l'incessante surveillance de sa mère, laquelle accusait le renard du dépeuplement du poulailler et les gens du village de la disparition des meilleurs fruits du verger et du jardin.

Pour expliquer ou justifier ses emplettes, la Friquette avait toujours à la bouche le nom de sa marraine de Montendry, qui du reste n'était pas chiche de cadeaux envers elle. Ainsi, la malicieuse fillette se passait toutes ses vaniteuses fantaisies et parvenait sans cesse à éclipser ses compagnes par la richesse de sa mise.

CHAPITRE II.

Les sept écus de Catheline la Bardasse.

L'année que la petite Vignolet eut vingt ans, elle voulut avoir une robe de drap. C'était là une grosse question : premièrement, parce qu'il n'était pas séant à une fille de son âge de faire si forte dépense sans avoir un mariage en perspective ; secondement, parce que la chose eût-elle été licite et reçue par tout le monde, il était peu probable que la mère Colastique consentît à tirer deux louis d'or du vieux bas où elle serrait les économies de la communauté.

Il y avait bien trois mois que Friquette ne dormait plus son content la nuit, en songeant de quelle façon elle étrennerait à la Noël prochaine la robe de ses rêves.

Sans doute, la marraine donnerait la première pièce jaune, mais tout s'arrêtait là ; jamais la grosse Vignolet ni son mari ne fourniraient le reste. Et c'étaient des calculs à n'en plus voir la fin : tant pour la levée de l'étoffe chez le marchand, tant pour la main de la couturière, les menues fournitures, etc., etc... Quarante francs y passeraient de reste, et pourtant la glorieuse paysanne désirait davantage encore : il eût fallu, pour la satisfaire en plein, ajouter une belle coiffe à deux rangs de dentelles, un tablier de fine cotonnade et le mouchoir à franges.

Ah ! la belle couvée de *loups* que celle qui devait payer tant de superbes choses ! Mais bien que Marie ne fût point trop embarrassée sur ce point, elle comprenait que le temps lui manquait pour agir avec prudence vis-à-vis des soupçons toujours en éveil de la fermière.

A force de retourner le pour et le contre de la situation, une idée lumineuse lui survint : elle emprunterait.

C'était là un de ces moyens qui sauvent parfois une position plus compromise que la sienne ; pourquoi ne l'emploierait elle pas ? Quand elle mettrait cinq à six mois à rendre les trente ou quarante francs qui lui faisaient faute, ce n'était pas une affaire !... Combien d'autres, d'ailleurs, en faisaient autant ! La Zize Farfaniou devait bien dix-sept francs à Pierre Chevrottin ! Et Jacqueline Grivaz, et la Dine de chez Bidal, et celle-ci, et celui-là... En outre, personne n'avait rien à voir dans ses comptes particuliers : elle emprunterait, elle rendrait, et tout serait fini par-là.

Cette fois, Friquette acheva sa nuit en rêvant qu'elle portait une robe en drap bleu de ciel toute garnie de franges d'argent, comme celle de Notre-Dame du Bettonnet, qui guérit la colique des nouveau-nés.

Lorsque l'on a porté, ne fût-ce qu'en songe, une robe brodée d'argent, on ne recule pas devant les moyens de réaliser, au moins en partie, un si beau rêve ; aussi, dès le matin, la fillette se mit-elle en campagne afin d'avoir tôt les écus qui devaient l'empêcher de s'asseoir sur la *grobe de Chalendes* (bûche de Noël).

C'est une vieille coutume de Savoie, et peut-être aussi d'autres lieux, de ne pas laisser passer les fêtes de Noël sans porter quelque vêtement neuf à la messe de minuit. Celui ou celle qui n'étrenne rien ce soir-là est condamné à garder la maison et à rester assis tristement sur l'énorme bûche mise sur les chenêts ; pendant que les autres membres de la fa ille s'en vont joyeusement à la paroisse chanter les cantiques de bienvenue à l'Enfant béni.

Donc Friquette s'en fut, de prime abord, chez la marraine de Montendry. La brave femme trompa légèrement l'attente de sa filleule : elle ne mit dans sa main que trois écus de six francs, prétextant du grand besoin qu'elle avait d'acheter une vache aux foires froides qui tombaient juste dans le mois où l'on était. Il n'y avait pas à répliquer, et malgré son désappointement, la Vignolette revint le même soir à Tournalou, bien décidée à trouver le lendemain une bourse mieux garnie ou plus facile à s'ouvrir.

Il était écrit que Friquette aurait sa robe de drap. Le matin suivant, comme elle lavait une corbeillée de choux à la fontaine, une femme vint y remplir sa cruche

Cette femme, c'était la peste du village : il était

rare que, soit pour une poule, soit pour un œuf, elle passât la journée sans ébaucher une querelle avec les voisins. Dans ses moments d'accalmie relative, elle jacassait, cancanait, médisait sur le tiers et le quart, de façon à faire battre les quatre murs de l'église ; c'est pourquoi, tout en l'évitant le plus possible, les commères prudentes n'osaient rien lui refuser comme prêt ou autrement. Cependant, elle avait ses bons moments ; était-ce tempérament ou retour tardif de sensibilité, on ne savait, mais il se rencontrait des heures dans sa vie où elle aurait donné jusqu'à son dernier sou à celui ou celle qu'elle venait d'insulter ou de qui elle avait dit pis que pendre la veille.

Les paysans, toujours prompts à stigmatiser d'un mot un défaut ou un ridicule, l'avaient surnommée : *la Bardasse*, nom qui résumait à la fois son manque d'équilibre moral, son bavardage et sa méchanceté.

Pour en revenir à mon histoire, je disais donc qu'à l'heure où Marie Vignolet lavait ses choux à la fontaine, *Catheline la Bardasse* venait emplir sa cruche au bourneau.

Vraiment, Fiquette jouait de bonheur : la vieille était en veine de bonne grâce, et, en outre, fort disposée à causer. L'une et l'autre s'entendirent donc à demi-mot, et la Bardasse, à son grand contentement, sut tantôt de quoi il retournait, si bien que, dans l'effusion de cœur que produisit sa curiosité satisfaite, elle offrit à la jeune fille de la tirer de peine.

— Cela ne pouvait pas mieux tomber : Tony, son garçon, avait vendu à la foire de la Saint Martin trois moutons fins gras, et les sous étaient dans le placard à ne rien faire...

— Je n'en aurai besoin qu'à la Saint-François prochaine, lui dit-elle, pour payer à maître Jean Thibaut, le tabellion, un vieux dû de notre Placide (que le bon Dieu le voie !) (1) ; ainsi, je puis te les prêter jusque là.

Enfin, Catheline parla si bien et si longtemps que Friquette, tout attendrie, oubliant le peu de fond qu'il fallait faire sur les paroles de la vieille bavarde, la suivit chez elle, où elle reçut en grand secret la somme de quarante-deux francs ou sept écus neufs de six livres, qu'elle promit rendre avant l'époque indiquée ; assurant, en outre, la Bardasse que sa complaisance et son silence seraient grassement payés en huile, beurre, *componage* (2) et autres provendes qu'elle comptait soustraire de la maison paternelle.

Ainsi conclue, l'affaire parut à chacune des deux parties une bonne aubaine dont elles se frottèrent les mains en leur particulier.

---

(1) Expression usitée lorsqu'on parle d'une personne morte

(2) Componage est le terme générique employé pour désigner les divers produits du laitage.

CHAPITRE III.

Comment Marie Friquette passa la nuit de Noël.

De quelle façon la Vignolette s'y prit-elle, une fois qu'elle eut l'argent en poche, pour faire accroire à ses parents qu'il lui appartenait légitimement ; comment parvint-elle à tirer de la bourse maternelle les douze livres dix-huit sous qui manquaient pour compléter ses achats ; je ne puis vous renseigner à cet égard. Cette histoire date de si loin, que beaucoup de détails doivent nécessairement avoir été omis par les conteurs successifs. Aussi je continuerai ma narration sans trop m'inquiéter des circonstances que je ne connnais pas. Donc, les quatre aunes de drap s'achetèrent, la robe se fit, et toutes les femmes du village, voire même les jeunes filles de Montmarfou, de Villarmougin et du hameau des Clercs bâtirent sur cet événement des tripots à faire sécher le gosier des plus bavardes.

Dans ces temps anciens, plus encore que de nos jours, la Noël était attendue avec impatience par toute la jeunesse des campagnes. D'ordinaire, c'était le soir de la messe de minuit que commençaient ces réunions joyeuses où filles et garçons prenaient leurs ébats simplement, honnêtement, sous les yeux des vieux parents tout regaillardis par cette gaîté et cet entrain.

Ce soir-là on décrochait, pour la première fois, de la longue perche où séchait la provision de salé du ménage, les saucisses et les andouilles, plat d'honneur du réveillon, et le chef de famille allait remplir à la feuillette du coin le premier *tarat* de vin bourru qui devait arroser les friandises du repas.

Mais ce qui donnait à la fête un caractère étrange et tout particulier, c'était la course nocturne que faisaient les villageois pour se rendre aux offices de la paroisse.

Dès que les premières volées de la cloche annonçaient l'heure de la messe, toute la population valide se réunissait au milieu du village. Les femmes portant d'énormes falots ou des lanternes borgnes, les hommes secouant de longues torches *(Brandiôs)* de paille tressée ou d'étoupe serrées et enduites de poix-résine, se mettaient en marche, chantant un Noël ancien ou quelque complainte de circonstance.

Rien n'était plus saisissant que l'aspect lointain de ces bandes de montagnards descendant les côtes raides et glacées des collines. La flamme vacillante des torches, tourmentée par la bise d'hiver, faisait étinceler, un instant, sur leur passage, les branches des arbres engivrés ou semait d'éclairs furtifs chaque brindille des buissons chargés de neige. Obligée de suivre les mille détours de chemins tracés à l'aventure, l'interminable file lumineuse, tantôt côtoyant les talus d'un ravin boisé, tantôt s'enfonçant dans une combe au fond de

laquelle roulait grondeuse une source grossie par
les pluies de la saison, s'élevait, s'abaissait, s'éclip-
sant ici pour reparaître plus loin, toujours chemi-
nant de la même allure saccadée et hésitante.

Enfant, je me suis mêlée une ou deux fois, par
grande faveur, à ces troupes de paysans se rendant
à la messe de minuit, et j'ai conservé la plus profonde impression de notre procession fantastique le
long des sentiers verglacés que nous eûmes à parcourir. Je me souviens surtout d'une complainte
patoise que chantaient les jeunes gens d'une paroisse voisine, se rendant de leur côté au service
religieux. En voici le refrain tel que je le retrouve
dans ma mémoire :

> Pe trafollâ le nant, le nant zo le vernes,
> Allomâ lo brandiôs, allomâ le lanternes.
> Ohé ! Ohé !
> Si vos tardâ 'co tant si pou,
> Le cliar va sonnâ lo trâis coups. (1)

Les voix montaient vibrantes et claires dans le
silence de la nuit, et le son, courant sur la neige,
arrivait à nos oreilles aussi net que celui de trom-
pettes de cuivre.

---

(1) Pour traverser le ruisseau, le ruisseau sous les aulnes,
Allumez les torches, allumez les lanternes.
Ohé! Ohé !
Si vous tardez encore un tant soit peu,
Le clerc va sonner les trois coups.

Tout cela est oublié, tout cela est fini : l'on boit et l'on chante encore le soir de Noël au village; mais le plus souvent c'est de la cuisine enfumée d'un cabaret que s'échappent les bruits des chansons bêtes ou obscènes, mêlées aux disputes et aux cris des buveurs attablés. Plus rien des mœurs simples et hospitalières de nos vieux paysans n'est resté dans l'esprit de leurs fils. Aujourd'hui, les discussions d'affaires, les soûleries masculines ont remplacé les naïfs récits des veilleries et les plantureuses collations où voisins et voisines fraternisaient sans arrière-pensée aucune...

Mais me voici plus loin de mon histoire que je ne l'aurais voulu ; je reviens donc à notre héroïne et à la joie qu'elle éprouva lorsqu'à huit heures sonnantes elle se trouva vêtue, coiffée, frisée à rendre jalouse une mariée.

Si jamais sa vanité eût lieu d'être satisfaite, c'est au moment où, sortant de sa maison, Friquette rencontra les gens du village d'en-haut s'en allant au rendez-vous général fixé au hameau des Clercs, qui est tout au bas de la montagne.

Compliments et coups de bec lui prouvèrent de reste qu'elle était la plus jolie et la mieux mise de toute la compagnie. Croyez cependant qu'elle ne se sentait point trop à l'aise dans sa belle robe de drap, dont l'étoffe lourde et raide était d'un poids gênant; puis le souci de frôler une épine ou de tomber dans un fondrière mettait la fillette en nage. La longue route de Tournalou au grand village se fit donc assez péniblement.

Mais en franchissant la porte de l'église toute
rayonnante de lumière et remplie déjà d'hommes et
de femmes venus de moins loin qu'elle, Friquette
se vit l'objet de la curiosité de tous ; elle se sentit
prise d'un gonflement d'orgueil très-mal placé, je
l'avoue, dans le lieu saint, mais pourtant très-
agréable à éprouver pour une personne de son âge
et de son caractère.

L'office dura longtemps. Il faisait froid, malgré
la foule entassée sur les petits bancs de bois alors
en usage. Aussi, quand la messe fut signée, Marie
Vignolet sortit une des premières, toute transie
et toute fiévreuse ; la sueur dont elle était inondée
en entrant s'était glacée sur son corps un malaise
général l'envahissait et paralysait sa gaîté habituelle. Ses compagnons, filles et garçons, s'aperçurent vite de ce changement d'humeur, et pendant
un bon bout de chemin ce fut à qui la taquinerait
par de méchants lardons. D'abord silencieuse, peu
à peu la jeune paysanne s'échauffa et rendit les
piqûres sans les compter, à tous ceux qui l'atta-
quaient Cela pouvait aller loin et gâter la fête ;
aussi quelques vieilles têtes voulurent y mettre bon
ordre, et dans le but de couper court à la querelle
naissante, la grosse Bernarde Roussilion invita
tout le monde à vider un *tarat* de vin des Char-
rières, chez son fils, à la ferme de Grange Feuillée,
avant de reprendre la dressière de Tournalou.

L'offre n'était pas à dédaigner : la maison, bien
fournie et bien rentée, avait une réputation toute

faite de bon accueil. On accepta donc sans plus de
cérémonie. au grand plaisir de la jeunesse, laquelle
ne demandait pas mieux que de baguenauder en
route et d'allonger indéfiniment la veillée.

C'était alors et c'est encore aujourd'hui une des
coquetteries des ménagères villageoises de ne
paraître jamais prises au dépourvu devant une col-
lation à servir ou un repas à improviser ; d'ailleurs, à certains jours de l'année, il est d'usage de
s'attendre à des *venues* et de garnir buffets et
placards en conséquence.

En un tour de main, l'immense couvercle de la
maie de noyer disparut sous une double rangée de
plats et d'assiettes d'étain, de corbillons d'osier,
dans lesquels s'étalaient à profusion toutes les provisions de bouche tenues en réserve : saucisses fri-
tes au vin blanc, andouilles de choux, rissoes, bei-
gnets à la ridelle faisant vis-à-vis aux *guilles* de
beurre, aux *tommes* grasses, aux gâteaux farcis et
aux châtaignes *brezolées*. Vraiment, ces gens-là
faisaient largement les choses, et l'on pouvait bien
certifier que dans tout Vil'ard-Léger il n'y avait pas
deux maisons pareilles ; seule, la grosse Bernarde
pouvait mettre sur table. à côté des *topinnées* de
miel blanc et savoureux, les pommes de reinettes
conservées deux saisons dans le vieux coffre, entre
des piles de draps neufs et des serviettes non encore blanchies.

On mangea beaucoup et l'on but longtemps, ce
soir là, chez les Roussillon. Chaque invité, mis à

l'aise par la bonne grâce des maîtres, oublia facilement sa timidité ou sa retenue, et quand on eût ri,
chanté et trinqué pour six mois, les plus enragés
parlèrent de faire une ronde dans l'aire, afin de
donner le temps aux vieux de sécher en plein les
pots et les verres.

Alors le vrai triomphe de la Friquette commença.
Mise en train par le vin bourru et les galants propos
de deux ou trois freluquets plus hardis que les autres, elle fut si gaie, si drôle, si entraînante, que les
premiers poulets chantaient partout lorsque la joyeuse bande se décida à repartir.

La Vignolette avait tant fait de sauts et de ronds
de jambe, elle s'était tant tournée et trémoussée,
tantôt avec celui-ci, tantôt avec celui-là, qu'elle
avait fait provision de chaleur pour la route ; aussi
s'en revint-elle chez ses parents chantant et bavar-
dant tout le long du chemin, sans trop sentir l'in-
convénient de porter une robe plus lourde qu'une
chape de procession, et s'endormit, s'applaudissant
d'avoir osé s'affranchir du qu'en-dira-t-on.

CHAPITRE IV.

S'il faut des soins..., pas trop n'en faut...

Quand on s'endort à l'aube, on ne saurait s'é-
veiller au point du jour. C'est ce qui arriva à Fri-

quette, laquelle prolongea son somme si avant dans
la matinée, que la mère Colastique, déjà fort irritée
de l'équipée de la nuit, s'en vint vers le lit de sa
fille avec le ferme propos de la secouer d'importance. Mais lorsque, à la lueur diffuse qui filtrait à
travers les châssis huilés de l'étroite fenêtre, elle
aperçut la figure rouge et bouffie de Marie couverte
de grosses gouttes de sueur, lorsqu'elle entendit le
souffle oppressé de son enfant passer en sifflant entre ses lèvres serrées, elle eut peur, et sa colère di-
minuant tout d'un coup de moitié, ce fut d'une
voix presque anxieuse qu'elle interpella la dor-
meuse.

A l'aspect de sa mère, la Vignolette alourdie et
haletante essaya vainement de se soulever : un soupir douloureux fut la seule réponse qu'obtint la
charbonnière. Alors, sans plus de façons, la vieille
la saisit par le bras, tâchant de la dégourdir à l'aide
d'une taloche. La pauvrette, toute endolorie, cria miséricorde et jura qu'on l'assommerait sur place sans
qu'elle pût seulement se retourner : son corps n'é-
tait qu'une douleur, sa tête résonnait comme un
tambour. Devant de telles affirmations, la fibre maternelle s'émut de nouveau, et la grosse Colastique,
perdant la tête, se prit à se lamenter si fort et si longtemps, que ses plus proches voisines vinrent s'in-
former de la cause d'un chagrin aussi retentissant.

Les plus avisées furent vite au fait de la situation, et sans perdre de temps à consoler leur commère, chacune se mit à soigner la malade suivant

ses idées, son tempérament et les notions médicales
qu'elle avait acquises. L'une agit par les fumigations, l'autre par boissons, frictions, applications
variées ; celle-ci ordonna la chaleur, celle-là conseilla les rafraîchissants, toutes enfin tourmen-
tèrent tant et si bien la patiente, qu'au coup de midi
la fièvre chaude s'empara d'elle d'une telle force
qu'elle perdit sur le-champ le parler et la connaissance.

A la première nouvelle de la maladie de Friquette,
Catheline la Bardasse arriva bruyante et empressée.
Bien des raisons l'engageaient à se hâter : d'abord,
le bonheur de se mêler des affaires des autres, puis
l'idée de tirer un parti fructueux et éclatant de son
savoir ; enfin, par-dessus tout, le souci que lui
causait sa qualité de créancière de la petite Vignolet. On pouvait croire que ce malaise subit ne serait
que passager, mais si cependant il devenait grave...
s'il devenait dangereux... s'il devenait mortel !...
Certes, il y avait de quoi réfléchir : il s'agissait en
fin de compte de sept écus !

Au fond de son âme, la Bardasse n'avait qu'un
désir : ramener la jeune imprudente à la santé
pour ne pas perdre à la fois capital et intérêts. Il est
possible même que les intérêts lui tinssent plus au
cœur que la somme principale, étant donné les
contes de Perrette que la vieille avait bâtis sur eux.
Dans tous les cas, si un malheur devait arriver, la
bonne pièce espérait bien faire dûment reconnaître
par Friquette la dette qu'elle avait contractée, mais

c'était là une suprême ressource à laquelle elle ne
comptait recourir qu'au dernier moment.

Catheline, pour tous ces motifs, se montrait assi-
due et infatigable auprès de la pauvre Marie. Rien
qu'à l'entendre vanter ses recettes, la charbonnière
se sentait réconfortée, et chaque remarque senten-
cieuse de l'incorrigible bavarde lui semblait parole
d'Evangile.

Cependant, les breuvages succédaient aux em-
plâtres sans améliorer l'état de la malade. Ce résultat tout-à-fait imprévu plongea les commères dans la
stupeur. L'inefficacité de remèdes tant de fois
éprouvés, non seulement les mortifia, mais leur fit
naître le soupçon qu'un mal si foudroyant et si re-
belle pourrait bien être l'effet d'une intervention
surnaturelle, ou seulement d'un sortilége qu'il s'a-
gissait de conjurer le plus vi e possible.

Sur ce point encore, la Bardasse fut d'un grand
secours : personne certainement ne possédait comme elle le répertoire complet des incantations, prati-
ques, remèdes, oraisons et mots mystiques destinés à délivrer des obsessions auxquelles se
croyaient en butte les habitants de nos villages.

Il fallait en effet une dose de perspicacité peu
commune pour discerner, dans le cas présent si l'on
avait à combattre un *mal donné* ou bien une *dégrâce*, deux choses totalement opposées, puisque
la première procède de sortiléges ou maléfices dus
à la méchanceté humaine, tandis que la seconde
provient de l'intervention céleste, que la *dégrâce*

soit une punition, un avertissement, ou simplement
le résultat de l'action directe de Dieu, de la Vierge
ou des sain's envers le mortel dont ils désirent les
prières et l'offrande. Ce sont là matières graves et
délicates que le vulgaire n'est pas appelé à comprendre, ce qui nécessite l'entremise d'hommes ou
de femmes *connaissants* dans la vertu des herbes et les obscurs mystères de la sorcellerie.

Il n'y avait pas de doute qu'en tout autre circonstance, moins pressante, la Bardasse ne se fût char-
gée de la cure mir..culeuse, mais le péril augmentait d'instant en instant : tantôt Friquette
s'agitait sur sa couche, en râlant ; tantôt elle retombait dans un sommeil lourd, fréquemment interrompu par d'effrayants soubresauts. Il fallait
donc aviser au plus tôt.

Après s'être suffisamment recueillie, Catheline
déclara qu'elle désirait s'adjoindre quelqu'un de
plus instruit qu'elle. Au reste, on pouvait choisir
entre la Nanon-de dessus-les-Vignes et Gaspard-
des-Embrunes, tous deux très capables vis-à-vis
des gens et des bêtes.

On chapitra longtemps, on s'injuria même un
peu avant de décider lequel des deux on irait quérir ; mais comme pendant la discussion la Friquette
avait failli deux fois rendre l'àme, Jean Vignolet
déclara qu'il allait au plus près, et, le cœur tout retourné, il s'en fut à travers les précipices de la montagne chercher *l'homme qui en savait* au Bourget-
en-Huile, où il demeurait pendant l'hiver.

CHAPITRE V.

Ce que l'on apprend en cassant l'œuf d'une poule noire.

C'était un personnage fort redouté celui que l'on attendait dans la maison du charbonnier de Tournalou. Aucun garçon, même des plus crânes et des plus solides du pays, n'eût osé sourire en voyant passer dans son étrange accoutrement ce grand vieillard aux traits durs, aux yeux couverts par des touffes de poils longs et raides comme les barbes des épis d'orge.

Vêtu d'une veste en peau de bique, d'une culotte de serge rousse, les jambes entourées de bandelettes de toile bise, il portait, en outre, hiver et été, sur son épaule, une peau de loup lui servant, suivant le besoin, de manteau, de couverture ou d'oreiller. Ses cheveux en broussailles tombaient en cascade blanche sur le col de son vêtement, et son chapeau en gros feutre noir, aussi large qu'un parapluie moderne, couvrait en partie son front plus ridé qu'une pomme de deux ans.

On ne savait rien de précis sur l'âge et sur le lieu de naissance de Gaspard-des-Embrunes. Avait-il eu des parents?... C'était probable, mais nul ne s'en souvenait. Les plus vieux de la paroisse du Bourget-en-Huile, sa résidence hivernale, disaient que depuis tous les temps ils l'avaient vu partir au printemps pour conduire son troupeau de chèvres le long des pentes herbeuses des montagnes d'Arparé-tan, de Combe-Noire, du Remord et du Grand. Charnier, jusqu'aux cimes neigeuses de Beau-voir.

Durant six mois de l'année, les fromagers des *aberts* (chalets), et les *pâstres* errants voyaient passer et repasser d'un ravin à l'autre le farouche chevrier, escaladant les rocs, sautant par-dessus les *crases* (crevasses), s'accrochant ici à une touffe d'herbes, là aux branches pendantes des sapins rabougris, toujours alerte et vigoureux, malgré l'âge et les fatigues d'une pareille vie.

Parfois, dans les jours de pluie ou d'orage, Gaspard s'abritait lui et ses chèvres dans une masure qu'il s'était construite au milieu d'un champ d'*embrunes* (myrtilles), auquel il devait le sobriquet que les gens de l'endroit lui avaient donné.

Ah ! on en contait de belles sur lui dans les veillées ! Bien qu'à proprement parler, ce vieux ne passât point pour sorcier dans la mauvaise acception du mot, il était positif *qu'il en savait... En savoir*, aux yeux des villageois de nos jours comme pour ceux du passé, c'est posséder une science et un pouvoir surnaturels sur les gens et sur les choses.

Au dire des mieux informés, le vieux chevrier avait à son actif autant de prodiges que les saints les plus prisés du paradis... Il voyait courir, disait-on, les sources dans la terre ; il tenait con-

versation avec les bêtes comme avec des
amis ; d'un coup dè sifflet il arrêtait un aigle au vol,
rassemblait les chamois effarouchés par les chas-
seurs et les faisait danser en rond au clair de la
lune en compagnie de ses huit chèvres et de ses
deux boucs. Puis on l'avait vu, cela était certain,
chasser d'un geste les nuages de grêle prêts à éclater sur sa tête, et Romain Tissot, le gardeur de vaches dès *aberts* du Bocquart, assurait l'avoir entendu parler à un ours comme un notaire parlerait
à son collègue.

Ces choses amplifiées à plaisir avaient porté la
réputation de Gaspard à un tel degré, que l'on n'hé-
sitait pas à faire cinq ou six heures de chemin pour
le consulter ou le prier de visiter un malade ou un
ensorcelé.

Lui se prêtait volontiers à jouer le rôle de *miège*
(médecin) ou de voyant vis-à-vis des montagnards
crédules. Ceux-ci, d'ailleurs, n'avaient guère d'autre secours que le sien à implorer et à attendre, en
ce temps où les médecins étaient rares, même dans
les villes. Cependant, le chevrier ne tirait point
gros profit de son savoir magique : quelques gour-
des d'eau-de vie ; de temps à autre, une pièce de
monnaie qu'il ne réclamait jamais si on oubliait de
la lui offrir ; voilà bien tout ce qu'il retirait de sa
clientèle. En ajoutant à cela le droit de parcourir à
sa guise les pâturages du pays, usant par-ci, par-
là du bien d'autrui, le vieux Gaspard se regardait
comme largement payé de ses services et de sa
peine.

Maintenant qu'on connaît l'homme, on comprendra facilement avec quelle anxiété la mère Colastique et ses encombrantes amies attendaient le retour du gros Jean, n'osant plus rien tenter pour soulager la pauvre Friquette dont l'état faisait pitié.

Enfin, vers la nuit, deux nouveaux arrivants entrèrent dans la maisonnette déjà pleine de monde, comme c'est la coutume chez les payans dès qu'il y a quelque part un malade en danger. L'un était le charbonnier, l'autre Gaspard le devin.

Sans perdre de temps en salutations, ce dernier se fit conduire de suite auprès de la malade. On y voyait à peine dans la petite chambre. La Colastique, toute pleurante, apporta une lampe.

Gaspard promena la lumière autour du visage empourpré de la jeune fille ; puis, avec la gravité d'un bonze, il accrocha le lampion à son clou et demanda cette fois-ci une assiette en terre, de l'eau et l'œuf d'une poule noire.

La Bardasse, qui brûlait de montrer son savoir, ajouta d'un air entendu qu'il serait bon de s'assurer si la poule noire avait les pattes jaunes. Tous les assistants, se bousculant pour mieux voir, chuchotaient mystérieusement entr'eux. Jean Vignolet sortit et rentra bientôt avec les objets demandés.

Alors le vieux versa l'eau dans l'assiette jusqu'à ce qu'elle fût aux trois quarts pleine, cassa avec mille précautions l'œuf, en murmurant des paroles que Catheline assura être du même latin que

celui de la messe, et, séparant le jaune du blanc, il
jeta brusquement celui-ci dans l'eau. Le blanc
d'œuf alla au fond : le chevrier se mordit les lèvres ; la Bardasse hocha la tête ; les autres se re-
gardèrent avec terreur. Jean et sa femme n'avaient
pas un fil de leur chemise qui ne fût trempé de
sueur.

— Ah! Jésus ! Maria ! dites-moi si c'est bon ou
mauvais, s'écria la mère.

— Il y a bien du mal de fait, articula sentencieusement Gaspard : l'œuf marque que c'est une *dégrâce* majeure, voilà tout. Mais à présent il faut
savoir où la petite est attachée.

Sans doute, bon nombre de nos lecteurs n'auront
pas compris la signification de ces mots mystérieux : « Il faut savoir où la petite est attachée. »
Pour ceux-là, je donnerai quelques brièves explications sur une croyance encore en grand honneur
de nos jours parmi les paysans, hommes et femmes, restés plus qu'on ne le pense sous la domi-
nation des idées mystiques du passé.

Etre attaché c'est être voué, à son insu et par la
seule permission de Dieu, à tel ou tel sanctuaire
du pays ou de l'étranger.

Il n'est pas à dire que chacun soit soumis à l'influence occulte d'une madone célèbre ou d'un saint
renommé, non ! souvent la vie entière s'écoule sans
qu'on ait l'occasion de la constater ; par contre, il
arrive aussi que, dès les premiers jours de l'existence d'un enfant, on remarque chez lui les symptô-

mes d'un mal étrange que nul médecin ne sait définir, qu'aucun remède ne peut soulager. Dans ces
cas assez fréquents, les gens experts déclarent que
le nourrisson *est attaché quelque part.* C'est alors
affaire aux parents de découvrir à quelle église,
chapelle ou oratoire ils doivent porter leur offrande
et solliciter la guérison du malade.

Pour ce faire, il existe deux moyens réputés in-
faillibles et que l'on peut employer avec une
égale chance de succès. Le premier consiste à recourir à l'intervention de personnes reconnues
pour posséder un don particu'ier : tel est, actuellement, le curé de M*** dans le département de
l'Isère, qui, dit-on, ne peut suffire aux bénédictions
journellement implorées par la foule des pèlerins.

L'autre moyen, nous allons le voir mettre en
œuvre par Gaspard-des-Embrunes à l'occasion de
notre héroïne, laquelle continuait à rester insensible au bruit et au mouvement qui se faisaient autour
de son lit.

CHAPITRE VI.

Comment saint Jean-le-Vieux perdit une
messe et Gaspard-des-Embrunes son latin.

Après s'être débarrassé, non sans peine, des curieux inutiles, le chevrier se fit apporter une cru-

che pleine de vin blanc et cinq feuilles de lierre
les plus larges et les plus unies que l'on put trouver.

Quand ces objets furent devant lui, Gaspard prit
une à une les feuilles, les marqua d'un signe diffé-
rent, et, les balançant un moment sur la flamme
fumeuse de la lampe, il les montra tour à tour aux
assistants.

— La première, dit-il, doit appartenir à Notre-
Dame de Myans, la Vierge des Vierges, qui donne
la consolation et la santé. La seconde à Notre-Dame
de Grignon, la plus grande madone noire du pays
de l'Isère : celle là est bonne pour les froidures des
membres et les mauvaises fièvres A présent, celle
qui est la troisième, je la donne au grand saint Roch
qui a sa chapelle dans les bois de Bramefarine : il
guérit le sang gâté et la pourriture du corps qui est
la peste dedans et dehors. La quatrième revient à
saint Jean le-Vieux, dans le pays de Grenoble : c'est
le saint des bonnes ressources dans les dangers
qu'on ne connaît pas ; c'est aussi le seul saint qui
combat la mort. Enfin, la cinquième, — que le saint
pouvoir de Dieu en préserve la malade, — est attachée à Notre-Dame de la Pitié, la patronne des mou-
rants, celle qui garantit les âmes des flammes de
l'enfer.

Et, l'une après l'autre, les cinq feuilles de lierre
furent plongées dans le vin. Après quoi, ayant recouvert la cruche, Gaspard-des-Embrunes la plaça
lui-même sur la plus haute étagère du buffet, dé-

fendant qu'on y touchât avant une heure, et seulement sur son ordre.

Mais ce n'étaient là que les préliminaires obligés de l'opération magique que devait accomplir le devin pour arriver à connaître les volontés célestes au sujet de Friquette.

Aussi, sans prendre un instant de repos, notre homme tira d'un bissac en toile qui ne le quittait jamais deux ou trois paquets d'herbes et de fleurs desséchées, puis un cierge à moitié consumé. Sans doute, celui-ci avait été confectionné avec des ingrédients inusités, car, dès que le vieux l'eût allumé, une odeur insupportable de graisse rancie et d'aromates inconnus se répandit dans toute la maison.

Sans se préoccuper autrement du malaise des spectateurs, Gaspard se mit en devoir de brûler, brin à brin, à la flamme de l'étrange bougie, les plantes qu'il avait apportées, psalmodiant des oraisons que tous prirent pour du pur latin. A mesure que la provision d'herbes diminuait, la fumée et la puanteur augmentaient dans l'étroit réduit, au point que l'infortunée Friquette, plus d'à moitié étouffée, se roulait comme une possédée sous ses couvertures trempées de sueur.

Quand la dernière tige eût été brûlée, le devin ouvrit la porte. Aussitôt une bouffée d'air froid et vif pénétra avec force dans la chambre. La moribonde, un instant ravivée, étendit les bras en respirant bruyamment. Gaspard eut un hochement de tête de bon augure. Jean Vignolet et sa femme joi-

gnirent les mains en signe de remerciment, et la
Bardasse, qui jusque-là n'avait pas bougé d'une
semelle, murmura entre ses dents :

— B n, le mal s'en va ! le mal s'en va !

— Maintenant, Jean, apporte la cruche, commanda gravement le chevrier ; c'est le moment
d'apprendre ce qu'on veut connaître.

Le charbonnier alla vers le buffet, rapporta avec
précaution la cruche, et, tout tremblant, la posa
sur le coffre où sa fille serrait ses robes du dimanche.

Ceux qui étaient demeurés auprès de la malade
regardaient, la bouche agrandie, le cœur serré, ce
singulier vieillard qu'ils croyaient investi d'un pouvoir au-dessus de leur compréhension, mais dont
les effets miraculeux ou réputés tels s'imposaient
aux plus incrédules.

Au milieu de l'anxiété générale, Gaspard, toujours
avec la même solennité, procéda à l'ouverture de la
cruche, tout en donnant quelques explications
sommaires sur ce qui allait se passer.

— Si les choses vont comme il faut, dit-il, la maladie de la petite sera marquée sur une des feuilles ;
ou par tache ou par trou, nous devons voir un signe,
et suivant à quelle vierge ou à quel saint elle ap-
partiendra, nous saurons ce qui reste encore à
faire.

Puis, plongeant la main dans le liquide, le devin
en retira une feuille qu'il porta vers la lampe.

Chacun s'avança curieusement.

— C'est celle de saint Roch, prononça-t-il lentement ; elle n'a pas de marque.

Et il la laissa tomber à ses pieds.

Tout le monde respira autour de lui.

Ce n'était pas la peste : on pouvait donc encore avoir de l'espoir.

Avec le même cérémonial et la même gravité, deux autres feuilles sortirent de la cruche ; l'une ne portait aucun signe apparent, c'était celle de Notre-Dame de Myans ; l'autre, à la grande stupeur des villageois, était toute marbrée de taches blanches.

— Laquelle est-ce ? Laquelle est-ce ? demandèrent avidement la charbonnière et la Bardasse.

— C'est celle de saint Jean le-Vieux, répondit Gaspard.

— Il paraît que le saint combat pour votre fille continua-t-il en s'adressant à la Colastique. Pour l'aider à continuer sa bataille contre la mort. il vous faut *lever une messe* tout de suite, avant de regarder les deux autres feuilles.

La charbonnière sortit et revint bientôt, tenant dans sa main des pièces de menue monnaie.

— C'est fait, dit-elle, avec un soupir aussi étouffé que possible.

Le chevrier mit de nouveau la main dans la cruche. Les deux dernières feuilles furent examinées : elles étaient intactes.

Il y eut comme une explosion de joie unanime.

— Saint Jean le Vieux l'en tirera, dit la Bardasse d'un air satisfait et convaincu.

— Il en a remonté bien d'autres qui étaient plus
bas que celle là, acheva Gaspard.

— Ah ! nom de vipère, je donnerais bien mon gros
mulet pour que ma filiotte retourne être drue comme
avant, articula énergiquement le gros Vignolet.

— Que vous êtes bête, pauvre homme, riposta la
Colastique, effrayée des velléités généreuses de son
mari, qu'est ce qu'il y ferait le mulet ? On la gué-
rira bien sans tant d'embarras.

— La messe est levée, c'est déjà une avance, reprit le sorcier. Pourtant, Jean, va la porter sans
manquer demain matin. Maintenant, mère Vignolet,
écoutez bien ce qu'il faut encore faire. Vous prendrez trois écuellées d'huile et vous les porterez à
Monsieur le curé : ça, c'est pour la lampe de l'é-
glise ; après l'huile, vous mettrez dans un sac cinq
livres de sel et dans un autre sac huit livres d'orge
des Pâques : ces deux choses-là, vous les donnerez à
vos voisins les plus pauvres.

La vieille geignit un peu, mais fit signe que c'était
entendu.

— l a commère sait assez ceux qui ont besoin ou
non, souffla la Bardasse.

— Il semble que la petite est déjà plus tranquille,
remarqua la Colastique, sans paraître avoir entendu
ces derniers mots.

— Eh ! si les remèdes ne servaient à rien, il n'y
aurait pas besoin de les faire, grommela Jean.

En effet, soit prostration extrême, soit que la fumée suffoquante des fumigations opérées par Gas-

pard-des-Embrunes eût provoqué chez la patiente
un engourdissement du cerveau, toujours est-il que
depuis quelques instants elle semblait apaisée, et,
n'eût été le bruit de sa respiration courte et sifflante,
on eût pu croire qu'elle reposait.

Aussi, un accès de confiance s'empara de tous les
assistants, et ce fut au milieu des bénédictions et des
remerciements de tous que l'*homme qui en savait*
reprit le chemin de la montagne, promettant de revenir dans les trois jours, sans faute.

Dès qu'il fut loin, les curieux les plus tenaces se
retirèrent chez eux. Catheline la Bardasse, en partie allégée de ses soucis, s'en alla se coucher comme
les autres, emportant déjà, comme à-compte sur les
bénéfices qu'elle rêvait, l'orge et le sel que la charbonnière avait strictement pesés, suivant l'ordon-
nance du chevrier.

Et comme la Friquette continuait à ne pas bouger
et que, d'ailleurs, il semblait qu'une fois la messe
levée et les aumônes faites la guérison devait venir
toute seule, quand tous les étrangers eurent quitté
la maison, le charbonnier se mit au lit ; et la grosse
Vignolet, accroupie sur un escabeau au chevet de sa
fille, ne tarda pas, malgré ses efforts, à s'endormir
profondément.

A la fine pointe du jour, Jean se leva pour descendre au village. Au bruit qu'il fit, la Colastique
s'éveilla, et, n'entendant plus souffler la Friquette,
elle alla décrocher la lampe qui brûlait encore.
Alors, s'approchant du lit, elle regarda... Ah ! mal-

heur ! malheur ! La Marie était morte ! La Marie
était déjà raide et glacée !...

Et voilà comment tous les orémus de Gaspard-
des-Embrunes furent inutiles et comment saint Jean-
le-Vieux dut se passer de la messe qui devait être
dite en son honneur.

CHAPITRE VII.

Ce qui arriva chez la Bardasse la septième nuit après la mort de Friquette.

Il y avait sept jours et six nuits que la Vignolette reposait dans le grand cimetière de Villard-
Léger; il y avait sept jours et six veillées que tous
ceux qui avaient le filet proprement coupé jabo-
taient sur cet événement ; il y avait enfin sept jours
et six nuits que la Bardasse ne décolérait pas.

Cette mort si inattendue et si désastreuse pour
elle l'avait, suivant son expression, assommée sur
le coup ; mais, peu à peu, sa nature violente, incon-
sidérée et querelleuse reprit le dessus. Au lieu
d'aller simplement et honnêtement réclamer à la
charbonnière le payement d'une dette que, peut-
être celle-ci eût reconnue, dans le premier moment
de sa douleur, la vieille toquée préféra remplir le
village de ses doléances et de ses criailleries.

Echauffée et furieuse, elle pérorait tout le long du
jour, au milieu du chemin, devant un groupe d'hom-

mes et d'enfants fort scandalisés des injures qu'elle
débitait contre la défunte.

— Comment ! criait-elle, hors d'elle-même, après
tout ce qu'on avait fait pour la guérir..., après les
oraisons et les mystères du devin, cette *civette* était
morte tout de même ! Et encore sans rien dire, sans
sacrements, comme une qui se cache et qui veut
faire perdre ce qu'elle doit ! D'abord, il ne fallait
pas croire qu'elle, la Catherine Bachasson, fît cadeau à ce lève-nez des sept écus qu'elle lui avait
empruntés.... Savoir si une pauvre femme pouvait
perdre son argent comme ça ! oui, son argent....,
les sous de ses deux moutons que son Tony avait
menés à la foire ! Pour ça, les parents pouvaient
s'attendre à payer, quand elle devrait les arrêter en
confession !.... D'ailleurs, pendant que les pièces
ne seraient pas revenues dans le tiroir, la Friquette
était sûre de languir dans le purgatoire. Tout le
monde savait assez qu'on n'entre pas au paradis
avec des de tes..... Il faudrait voir jusqu'à quand
ce père et cette mère auraient le cœur de laisser
leur fille en peine !...

C'était là, avec quelques variantes, le fond de
toutes ses récriminations.

Dans les commencements, cette grande colère
amusa les désœuvrés du village ; puis, comme le
même refrain revenait sans cesse, personne ne l'é-
couta plus, ce qui, loin de calmer la méchante commère, ne fit qu'accroître son ire et l'enraciner dans
son cœur.

Jean Vignolet et sa femme, charitablement tenus au courant des dits et des redits de la Bardasse, n'étaient pas gens à s'effrayer des menaces de leur voisine. Payer n'était certes pas leur fort en aucun temps, et, dans cette circonstance, ils se croyaient le droit de chicaner sur une dette très-problématique, étant donnée la réputation de leur créancière.

Du reste, tous ceux qui détestaient la vieille Bachasson s'empressèrent de leur donner raison.

Il fut toutefois décidé que, pour délivrer l'âme de Friquette des flammes du purgatoire, où, après tout, il pouvait se faire qu'elle fût *en peine*, la Colastique donnerait quatre petites messes de vingt sous, et une autre de trois francs avec Libera, les deux banquettes des morts couvertes du drap de la confrérie et tous les cierges de l'autel allumés.

Les choses en étaient là, et chacun semblait devoir reprendre son train accoutumé, lorsqu'au soir du septième jour la Bardasse, toujours rageuse et bougonnante, se mit au lit, non sans avoir défendu à son garçon de sortir de la maison.

Le gros Tony, très décidé à ne pas obéir, n'en promit pas moins tout ce qu'elle voulut, et, faisant grand tapage, il grimpa à l'échelle du fenil, lequel se trouvait en partie sur l'unique pièce de la baraque. Sa mère l'entendit quitter ses sabots, faire craquer les banquettes de sa mauvaise couchette et, tranquille du moins de ce côté-là, la vieille, pelotonnée sous sa mince couverture, ne tarda pas à s'endormir.

On ne peut pas savoir, au juste, quelle heure il était quand un bruit étrange et persistant l'éveilla. Ce bruit ce n'était ni le souffle du vent à travers les planches disjointes de la porte, ni le clapotement de la pluie sur les pierres du seuil, ni le grattement intermittent d'une souris essayant de percer la paroi ; ce bruit, c'était à la fois un peu tout cela et autre chose encore. On eût dit qu'une main se promenait sur les meubles et sur la muraille, cherchant à tâtons quelque issue ou quelque objet hors de portée. Une sorte de son guttural, étouffé et convulsif comme le râle d'un mourant, accompagnait ce frôlement inexplicable.

La Bardasse, toute lourde de sommeil, crut d'abord rêver. Depuis une semaine, du reste, ses songes étaient tourmentés et remplis d'images sinistres dues à son exaspération constante. Elle pensa donc qu'elle dormait encore ; mais après s'être raisonnablement frotté les yeux, secoué les membres et démenée de-ci de-là dans son lit, la vieille commença à comprendre qu'on ne pouvait être plus éveillée qu'elle l'était ; partant la frayeur la saisit.

— Est-ce toi, Tony, souffla-t-elle doucement, un peu pour entendre le bruit de sa propre voix, un peu pour finir de se convaincre qu'elle ne dormait point.

Les bruits continuèrent, mais nul ne répondit.

— C'est la chatte qui traîne un rat sur le plancher, se dit la Bardasse, et là-dessus elle essaya de se rendormir.

Les plaintes et le frôlement s'accentuèrent de plus belle.

— Tony, donc... est-ce toi ? interpella plus fort la mère, sentant un premier frisson lui courir dans le dos.

Au fond de sa pensée, elle était persuadée qu'un fantôme rôdait dans la maison... La Friquette peut-être ?... la Friquette pour sûr !... Elle en avait tant dit de mal, elle lui avait tant souhaité la damnation !

Mais pour diminuer la terreur qui la dominait, la Bardasse essayait de se dissimuler ses craintes. En toute autre circonstance, elle eût trouvé fort simple de se lever et de rallumer sa lampe à l'aide de quelques braises enfouies sous les cendres du foyer ; mais rien que de songer à mettre un pied à terre, ses cheveux se dressaient d'épouvante : si le revenant allait la toucher !

Et cependant, il fallait prendre un parti. Les bruits et les souffles devenaient de plus en plus forts et se rapprochaient sensiblement de son lit.

La vieille femme n'en pouvait plus : les quatre dents qui lui restaient s'entre-choquaient dans sa bouche sèche à l'étrangler, ses mains se cramponnaient machinalement à ses draps, et, toute suante, elle se sentait pourtant transie jusqu'aux moelles.

— Qui est-ce ? Qui est-ce ? Que voulez-vous ? Venez-vous de la part de Dieu ou de la part du diable ? balbutia-t-elle à moitié suffoquée de frayeur, espérant encore que personne ne répondrait.

— Catheline ! articula presque à côté d'elle une voix faible et haletante, Catheline, écoutez-moi !

La Bardasse sentit sur-le-coup son sang s'arrêter dans ses veines. Ça c'était tout de bon la voix de la Vignolette. Jésus ! Maria ! que voulait-elle ? Ah ! r'en de bon pour sûr ! Certes, dans ce moment-là, la mégère eût donné de bon cœur non-seulement capital et intérêts de la créance en question, mais encore sa croix, sa bague et le *laiton* (1) qu'elle achevait d'engraisser, pour être délivrée de la sinistre présence de celle qu'elle croyait en enfer depuis huit jours.

— Catheline ! reprit la voix suppliante, Catheline ! voulez-vous me pardonner ?...

La Bardasse, qui sentait sa langue collée à son palais, sursauta d'étonnement en entendant ces mots.

Un pardon ? c'était un pardon que venait demander la Friquette ? ce n'était donc pas pour lui reprocher sa dureté, ses insultes, ses malédictions ? Ce n'était pas pour la maudire à son tour, mais pour s'humilier, implorer sa miséricorde que cette morte était sortie de sa fosse ?

Mais alors... mais alors... cela changeait bien les choses : il n'y avait plus de quoi tant trembler, tant se donner peur !

Et, sous l'impulsion rapide de ces pensées, toute la méchanceté, toute la colère, toute la rancune dont

_____

(1) Porcelet d'un an.

l'âme de la mauvaise créature était pétrie remplacèrent sa couarde frayeur.

Sans avoir conscience de ses paroles, ni de la présence du fantôme, que du reste elle ne voyait pas et n'entendait plus, la vieille enragée cria, injuria, fit le poing aux quatre murs, répétant cent fois : — Va-t'en, damnée, va-t'en au fond de l'enfer et reste-z-y jusqu'à ce que j'aille t'y chercher !

Mais voilà qu'au beau milieu d'une malédiction, tout d'un coup, les paroles s'éteignirent de nouveau dans sa gorge, ses yeux s'agrandirent, s'agrandirent, et tout son corps redevint froid comme un glaçon. Une main, rien qu'une main, rouge et rayonnante, traversa toute la chambre, pareille à ces éclairs des nuits d'été qui fendent les nuages noirs, et vint se poser sur l'épaule de la Bardasse épouvantée, pendant que la même voix, tout-à-l'heure douce et contrite, maintenant assurée et presque menaçante, articulait ces mots :

— Catheline ! dans un an d'ici, avant les trois coups de la grand'messe de la Noël, si vous venez à la porte de l'église de la Rochette, quelqu'un vous paiera ce que je vous dois. En attendant, souvenez-vous des mots qui sont dans le Pater : « Pardonnez-nous nos offenses comme nous les pardonnons à ceux qui nous ont offensés. »

Et la main de braise disparut, et toute la chambre redevint noire et silencieuse jusqu'au matin.

CHAPITRE VIII.

Comment monsieur le notaire
Jean Thibaut,
devenu veuf, fut assailli d'humeur noire.

Dans le même temps que ces choses se passaient à Tournalou, maître Jean Thibaut le tabellion, demeurant au bourg de la Rochette, fut pris subitement d'un grand ennui de vivre seul dans la maison qu'il avait habitée pendant vingt-sept années, en compagnie de défunte dame Innocente, son épouse acariâtre et despotique.

Maître Jean *Rogne-Clou*, comme l'avait baptisé le petit monde, était, suivant l'expression populaire, un faiseur de pauvres. Depuis qu'il avait su faire courir sa plume sur le papier timbré, il avait plus volé de liards et de sous à ses clients que le Gellon et le Joudron réunis ne roulent de cailloux dans la saison des pluies.

On ne lui savait point d'amis, et dans toutes les communes du mandement il avait des débiteurs. Connaissant à fond le caractère et le tempérament du paysan, il pratiquait avec toutes sortes de raffinements l'art de plumer la poule sans la faire crier. C'était un écorcheur ; mais si grande était son adresse, que nul n'eût pu dire au premier moment :

— Monsieur le tabellion, vous me prenez trop cher.

Jamais il n'avait donné un compte, dressé une note ou une parcelle lorsqu'on les lui demandait.

— Cela se trouvera avec autre chose, disait-il de son ton bourru et pressé. Donne-moi tant pour le gouvernement ; pour ce qui est de moi, j'attendrai... je te connais assez ! — Ou bien :

— Va-t'en vite à ta besogne et laisse-moi faire la mienne... J'ai la tête cassée... Je t'enverrai ton compte quand j'aurai le temps.

Et l'homme s'en allait avec les écus qu'il avait préparés de loin pour payer la main de monsieur le notaire. L'argent s'employait, la dette s'oubliait un an, deux ans ; puis, tout par un vilain jour, il arrivait un papier, un papier couvert de chiffres, accompagné de quatre ou cinq mots bien secs, et ça juste dans un moment où la récolte était en terre, le bétail à la montagne, la cave vidée... Rien à vendre ! rien même à sacrifier ! Alors le débiteur entrait un matin, l'oreille basse, chez maître Jean.

— Ah ! te voilà... Chose... Et tu ne peux rien me donner, à ce qu'il paraît... Je t'ai pourtant laissé assez de temps pour te retourner ! Enfin !... Je ne veux pas t'étrangler... signe moi ça et je te laisserai tranquille.

« Ça, » c'était une reconnaissance, un engagement, un billet, un titre quelconque, bien *ficelé*, bien catégorique, le premier coup de griffe sur le champ, la vigne, le pré, la maison convoités. Et quand un long temps, long temps s'était écoulé, on entendait dire :

— Monsieur Thibaut a fait faire *élévation* chez un tel. Deux mois après, le pauvre diable s'en allait en loyer, et maître Jean mettait un fermier dans sa nouvelle propriété.

Voilà comment s'était fait riche le plus gros notaire du bourg de la Rochette, dans la province de Savoie Propre. Où et quand cet homme avait il rencontré une femme capable de devenir sa moitié? Ceci était bien vieux et fort peu de personnes s'en souvenaient. Toujours est-il que peut-être sans l'avoir ni cherchée, ni choisie, maître *Rogne-Clou* avait trouvé en plein sa doublure dans la personne de demoiselle Innocente Reverchon, dont le père appartenait à la très-détestée corporation des porteurs de contraintes, laquelle fournissait à monsieur le receveur des tailles et gabelles des garnisaires, gens de loisirs s'implantant chez le pauvre monde en retard avec le fisc.

Ce couple trié sur le volet avait, dès le premier jour, fait un total de ses vices et de ses travers pour les exploiter à frais et bénéfices communs.

Aussi âpres au gain que tenaces pour leurs avoirs, maître Jean et dame Innocente s'étaient partagé la lourde besogne de l'étude, ne pouvant se décider à payer un clerc, quelque diligent et appliqué qu'il pût être. Le mari minutait, minutait tout le long du jour ce que la femme expéditionnait sans relâche après lui.

Une vieille naine éclopée et sourde venait une heure ou deux, chaque matin, faire le gros du ménage, éplucher les herbes, relaver les marmites et monter l'eau. Laide comme un jour de jeûne, la *Botolion* (1), surnom qu'elle devait à sa taille exiguë, remplissait à merveille le rôle que lui avait dévolu la tabellionne, aussi férocement jalouse que maître Thibaut eût été paillard à l'occasion.

Vingt-sept ans ces deux sordides créatures menèrent, côte à côte, volontairement, cette vie dure et étroite, ne se lassant jamais d'empiler écus sur écus, d'ajouter un bois à un pré, une vigne à un champ, une lande à une broussaille, se sachant haïs et craints des petits, méprisés et rebutés des riches, mais conservant cette intime satisfaction de se savoir capables de payer tous les plaisirs qu'ils se refusaient.

A la fin, la peine tua la notaresse. Elle mourut sans maladie, comme une bête exténuée se couche après sa journée faite, heureuse de ne s'être rien coûté à elle-même, mais anxieuse de ce qu'allait devenir sans son aide et ses conseils cet époux qu'elle quittait malgré elle.

Pendant quelques mois, les choses allèrent à peu près comme devant chez maître Jean Thibaut ; il se levait plus tôt, se couchait plus tard et tenait tête à l'ouvrage, vivant sous l'impulsion de la poussée que sa femme lui avait imprimée dans une dernière et suprême recommandation :

— Ecrase les gros et mange les petits !

---

(1) Petite bouteille.

Mais peu à peu, sans que sa volonté y fût pour rien, ce bûcheur forcené sentit diminuer son énergie, s'apaiser sa soif de lucre, son ambition de posséder, en même temps que naissait en lui un inconscient besoin de repos, un vague désir de bien-être, en même temps que lui venait la lointaine perception de satisfactions inconnues répondant à des penchants vicieux non cultivés jusque-là. Cette vilaine âme muait : elle changeait de vices, ne pouvant changer de peau.

Tout, dès lors, prit autour du tabellion un autre aspect. Il vit que sa maison était sombre et vide, que ses habits étaient crasseux et étriqués, que ses meubles disloqués tombaient pièce à pièce ; pour la première fois depuis qu'elle relavait ses assiettes, il regarda la *Botolion* et la trouva abominable, son service déplaisant, sa cuisine immangeable. Et quand il eût vu tout cela, il devint triste, inquiet, ne sachant ni ce qu'il souhaitait, ni ce qu'il ne voulait plus. Le travail lui fut pénible ; il oublia les âpres contentements des temps jadis, alors que chaque ligne, chaque mot, chaque lettre lui valait quelques liards de plus.

Il voulait autre chose, et ne sachant où chercher l'objet de ses nouvelles convoitises, il se sentit insupportablement malheureux.

Et les gens de la Rochette, et tous ceux des environs, qui s'aperçurent de son changement d'humeur et d'allures, devinrent aussitôt gais et pleins de contentement.

— Bon ! se disaient-ils les uns aux autres, maître *Jean Rogne-Clou* s'ennuie, le diable aura bientôt un damné de plus à faire cuire. ·

Et tout ce qui lui restait dans le pays de cousins et cousines, du premier au quinzième degré, se prit à compter un à un les arpents de terre, les maisons, les granges, les celliers que le tabellion possédait, projetant chacun pour son propre compte un partage peu amiable de toutes ces richesses.

CHAPITRE IX.

Bonum vinum lætificat cor hominis.

Sous le coup de son ennui toujours grandissant, monsieur Jean Thibaut, sans s'ouvrir à personne, prit un matin une résolution énergique. Il congédia la Botolion, lui donnant à entendre qu'il s'absentait pour un temps indéterminé, revêtit ses plus beaux habits, ceux qu'il ne mettait que deux fois l'an, à Pâques et à la Noël, verrouilla de la cave au grenier toutes les portes de sa maison et s'en fut cogner au portail de son voisin, monsieur Amable Riton, sergent royal, lequel était trop la créature du tenace notaire pour ne pas vivre en bons termes avec lui.

Rustique, le vieux cheval de l'huissier, en savait quelque chose : chaque fois qu'une affaire appelait le tabellion hors du bourg, il était de la partie, et, le soir de ces expéditions, on était sûr de voir revenir la pauvre bête, l'oreille basse, efflanquée et fourbue, reprendre sa place au ratelier, souvent vide, de son vrai maître presque aussi avare et regrettant que le Rogne-Clou.

Cette fois comme de coutume, sur la demande de ce dernier, monsieur Riton s'empressa de seller le malheureux bidet, lequel regimba quelque peu en sentant s'installer sur sa maigre échine la lourde carrure du notaire.

— Ça, voisin Riton, dit maître Jean quand il eut Rustique entre les jambes, si toutefois je ne revenais pas ce soir, vous ne tirerez pas peine de la bête ; elle aura ce qui lui faut, soyez-en sûr.

— Allons donc ! allons donc ! monsieur Thibaut ! repartit l'huissier de ce ton qui essayait, sans y parvenir, de paraître convaincu. On sait à qui on a affaire... Faites le tour de la province avec mon cheval, si ça vous va, pourvu que vous ménagiez votre santé...

— Bon ! bon ! voisin Riton, au revoir !

— Sans adieu, monsieur Thibaut, et bon voyage ! Ah ! j'oubliais..., reprit le curieux voisin, est-ce que vous avez laissé la Botolion de garde pour l'étude ?

— Ma foi, non, répondit maître Jean, elle est si bête !... Non, j'ai fermé partout et j'ai les clefs.

— Ah ! ah ! accentua le voisin toujours plus désireux de connaître les projets du notaire, et si quelqu'un vient pour vous parler, monsieur Thibaut ?

— Eh bien ! vous les renverrez à la semaine prochaine, voisin, dit simplement maître Jean.

— Alors, c'est bon ! Je n'ai plus qu'à vous souhaiter bonne campagne et prompt retour, monsieur Thibaut.

— J'y compte bien, voisin, acheva le tabellion, mais merci tout de même...

Et là-dessus maître Jean planta son talon dans le ventre de Rustique qui toussa de douleur, et messire Amable Riton rentra chez lui en se demandant où diable s'en allait ce ladre de Rogne-Clou.

Oui, où s'en allait-il, le nez au vent, le regard fixé vers l'horizon ? où s'en allait-il au milieu du joyeux épanouissement de la floraison printanière, répondant presque gracieusement aux timides bonjours des paysans étonnés de rencontrer monsieur le notaire un jour d'œuvre en grand tralala, sur la route qui conduisait de la Rochette au vieux bourg de Chamoux ?

Il allait... il allait chez le seul ami qu'il crût avoir, le meilleur de ses clients tout au moins, chez spectable Honoré Desmasures, anciennement juge au tribunal de Maurienne, et, pour lors, vivant retiré dans son bien des Blosières, en la commune de Villard-d'Isier.

Celui là n'avait point pris la vie par le même bout que ce méchant crau de Rogne-Clou. Il s'était, au contraire, donné la tâche d'abuser de tous les plaisirs permis et d'user largement de tous ceux défendus. En tout temps, sa maison ne désemplissait pas de dîneurs, alléchés par la réputation d'un caveau plus encombré de bouteilles poudreuses que

la bibliothèque d'un savant ne l'est d'in-quarto jau-
nis et poussiéreux.

En maintes circonstances, maître Thibaut l'avait
gourmandé sur ses folies et ses prodigalités, ce qui
ne l'empêchait point de grossir à plaisir la note des
honoraires que le vieux juge lui payait pour ceci ou
cela à la fin de chaque année.

Dame Innocente, en son vivant, l'avait détesté
d'instinct et n'eût point souffert que son mari ac-
ceptât les incessantes invitations dont l'accablait le
joyeux viveur. Elle se connaissait en vices, la terrible notaresse, et savait fort bien qu'il ne faut pas
pendre un sac d'avoine à la portée d'un âne.

Mais elle n'était plus là dame Innocente... Mais
le notaire s'ennuyait... et sentant que son l'col ne
tirait plus, qu'aucune gronderie n'attristerait son
retour, qu'il avait en poche la clef de sa maison,
maître Jean s'en allait bravement, regaillardi par
l'espoir d'une franche lippée, comme un vieux mulet hennit de plaisir en face d'un champ de trèfles
en fleur.

A force de talonner sa rétive monture, notre tabellion s'arrêtait devant le grand portail du domaine des *Blosières*, juste au moment où le clerc
mettait en branle la cloche de la paroisse pour sonner l'*Angelus* de midi.

On peut dire qu'il avait du flair à en revendre,
maître Jean Thibaut ; il tombait ce jour-là en plein
festin chez le spectable magistrat. Tout était en ébullition dans la grande cuisine pleine d'odeurs appé-

tissantes : les coquemars ventrus, les larges marmites de fonte, les cloches, les poêlons, les cafe-
tières fumaient et bouillaient à qui mieux mieux
de chaque côté de la flamme claire et ardente du
foyer, au devant duquel se dorait lentement un
énorme gigot, incessamment retourné sur la flèche
d'un tournebroche monumental. Plus loin, sur un
potager vaste à rendre des trous à un fourneau
d'auberge, roussissaient, fricassaient, gratinaient,
mijotaient une kyrielle de mets activement surveillés par l'œil expert et la main diligente de dame
Pernette, l'intendante et le cordon bleu du logis.

On entendait un peu partout dans la maison les
gros rires et les joyeux propos des invités : les uns
aidant l'amphitryon à classer méthodiquement les
vins que l'on allait déguster, d'autres flânant à travers les salons et les chambres, en gens habitués
au sans-gêne des réceptions du vieux juge.

Ce fut au milieu du brouhaha de ces futures ri-
pailles que l'avisé Rogne-Clou fit son entrée inattendue. Certes, on était peu habitué à chanter l'Al-
leluia à sa venue ; mais à cette heure, il se présentait avec une mine si avenante, avec un regard si
aiguisé de convoitise, qu'il fut accueilli à bras ouverts par tous ces bons vivants en veine de liesse
et de goinfrerie.

En temps ordinaire, les repas de nos aïeux duraient longtemps déjà ; mais s'agissait-il de gala,
on n'en finissait plus.

Les convives du prodigue Mauriennais virent

passer devant eux des plats, des plats et des plats, et chacun s'y mettant de bon cœur et de bonne volonté, les gosiers et les ventres ne tardèrent pas à faire le vide autour d'eux.

A dater du second service, maître Thibaut ne se possédait plus. Comme ces néophytes de la dernière heure, ne marchandant ni leur élan ni leur enthou-siasme, messire Rogne-Clou se donna la tâche de prouver à toute la compagnie qu'il était digne de prendre sa part de cette plantureuse bombance.

Ah ! la belle chère et les bons vins ! Et comme il se sentait à l'aise entre ses deux voisins, trinqueurs acharnés, ayant à chaque bouchée un verre à vider à la santé de celui-ci ou de celui-là ! Un tourbillon de pensées voluptueuses et folâtres papillonnait dans son cerveau, excitant sa gaîté un peu lourde, un peu gauche encore, faute d'habitude, crispant ses lèvres de grimaces sensuelles et pointillant ses yeux jaunes d'éclairs de paillardise, chaque fois qu'il les dirigeait vers l'une ou l'autre des grosses filles joufflues chargées du service de la table.

En fin de compte, maître Jean Thibaut, probable-ment pour la première fois de sa vie, se grisa, mais se grisa si complétement, qu'à neuf heures moins le quart du soir, il ronflait aussi fort qu'un bœuf en-rhumé, dans un des lits de l'hospitalière maison du Mauriennais ; pendant que les autres convives et leur hôte, plus aguerris, trompaient l'attente de la traditionnelle soupe à l'oignon en risquant leur pièce de huit sous dans les hasards d'un *rimpse* passionné ou d'une *bourre* sans rachat.

Quand messire Thibaut eût dormi quatorze heures de suite sans se retourner, il se réveilla la tête lourde et l'esprit tout brouillé.

Où était-il ? — Voilà la première question qu'il se posa.

Qu'allait-on penser de lui ? — Telle fut l'autre façon d'envisager sa situation.

En rassemblant ses souvenirs, il se trouva en présence d'un fait certain : c'est qu'il avait dîné la veille comme jamais de sa vie cela ne lui était arrivé. Jusque là, rien que de fort agréable à se remémorer ; mais sur la fin, les choses lui semblaient s'être gâtées.... Il se rappelait vaguement qu'étant ivre comme un Suisse un jour de jeûne fédéral, dame Pernette l'avait maternellement étendu sur ce lit où il était encore. — Comment jugerait-on ce manque absolu de décorum de la part du notaire le plus *conséquent* de la vallée ?... Pour sûr, on jaserait. Les clients perdraient confiance, son chiffre d'affaires s'en ressentirait..... peu à peu.....

Cependant ce dîner.... c'était bien bon ! Et puis cette gaîté, cet entrain !... Qu'il y avait loin de là aux sordides privations qu'il s'imposait ! Tous ces gens-là savaient s'amuser, se distraire, vivre leur content enfin !... Et dire... et dire que depuis qu'il se connaissait, il vivait comme feu Tantale... pas même comme feu Tantale, plus bêtement encore !... Celui-là avait au moins une bonne raison pour ne pas toucher aux choses exquises qui lui faisaient venir l'eau à la bouche !... Mais lui, lui, l'homme qui récoltait les meilleurs vins du pays : les Côte-Rouge, les Bottet, la Richarde, et ses vins blancs de Villard - d'Héry, de Saint - Clair, des Gorges, des Roussettes ; eh bien ! avec tout cela, il n'avait pas dans sa cave de quoi arroser cinq repas comme celui de la veille ! Année par année, il écoulait ses cuves et ses tonneaux dans les mâconnaises des marchands de vins. Et avec cela, quelle peine ! quelle vie de chien il avait menée pour gagner de quoi abreuver les autres ! Oh ! sa femme ! sa femme !...

Et sur cette amère exclamation qui le ramenait à ses tristesses habituelles, notre homme complétement réveillé s'étira les quatre membres, chercha des yeux ses habits que la prévoyante Pernette avait placés à la portée de sa main et s'en vêtit prestement, honteux de voir resplendir à travers les fentes des volets mal joints les rayons d'un beau soleil d'avril.

A sa grande stupéfaction, le même entrain de la veille mettait en rumeur toute la maison.

Le festin allait-il donc recommencer sur nouveaux frais? maître Thibaut un peu désorienté s'en informa en passant devant la cuisine, où les casseroles faisaient derechef entendre leur grésillement des jours de fête.

Une des servantes qui se trémoussaient autour du potager lui répondit que tous les messieurs qui avaient couché comme lui à la maison, s'étaient remis à table pour déjeuner avant de partir.

— Il faut faire comme les autres, vous, monsieur le notaire, acheva sans façon la grosse fille, point du tout effarouchée du regard affriandé que ce dernier fixait sur elle.

— Eh ben, quoi ! reprit la maritorne, impatientée de voir cette vieille tête pelée lui faire la bouche en cœur, sans mot dire... Eh ben, quoi ! vous voyez bien que ce n'est pas sur mon nez que la table est mise !

Me Jean, aiguillonné tout d'un coup par la grivoise familiarité de la délurée paysanne, eut un mouvement d'audace.

— Ah ! petiote, chevrota-t-il amoureusement en lui pinçant le menton, je me contenterais pourtant bien, moi, de croquer tes deux joues pour mon régal ! Et fier de cette gaillardise inouïe de sa part, Rogne-Clou, transfiguré, entra triomphant dans la salle à manger, sans voir le geste irrévérencieux avec lequel la rougeaude montagnarde payait son compliment.

CHAPITRE X

La fugue de Rustique.

— Il n'est si bonne compagnie qu'il ne faille quitter !... soupirait mélancoliquement monsieur le tabellion de la Rochette quatre heures après s'être assis à table entre ses deux voisins de la veille ;

— il n'est si bonne compagnie qn'il ne faille quitter !

Et, tout en réitérant la promesse vingt fois demandée de venir souvent se retremper au sein de l'amitié, il pria son hôte de lui faire seller son cheval, afin de pouvoir rentrer avant la grosse nuit au bourg, où son absence devait être commentée de cent façons différentes.

Ce n'était pas précisément une promenade agréable, ce trajet de plusieurs heures sur un chemin tantôt cailiouteux comme le lit d'un torrent desséché, tantôt fangeux comme le fond d'une mare. Un peu sentier, un peu ruisseau, côtoyant ici les *moraines* boisées, là les champs nouvellement labourés, la route s'en allait droit devant elle, n'évitant ni les montées ni les descentes, fuyant les détours, n'ayant en un mot qu'un but : celui d'arriver en coupant au plus près.

Non, en vérité, ce n'était pas une simple promenade ; mais mons Rustique, aussi bien que son cavalier d'occasion, avait ce jour-là d'excellentes raisons de prendre les choses du bon côté. Elle aussi, l'heureuse bête, avait trouvé bon gîte et bonne compagnie chez l'opulent magistrat. Jamais meilleure chance ne lui était advenue ! Avoir vécu, pendant deux jours sur un pied d'intime égalité avec *Ma Joson*, la jument douairière de monsieur le Juge ! s'être gorgée de bon foin, grisée d'avoine, avoir dormi tout de son long sur une litière chaude et moelleuse comme un matelas ! n'y avait-il pas de quoi se sentir rajeunie de huit ou dix années ?...

Et ce pensant, notre bidet, requinqué, la panse ronde, la queue droite et l'œil allègre, sentant l'espace libre devant lui, sous le coup d'un vertige subit, se prit à galoper comme au temps des folles chevauchées de son jeune âge.

De son côté, maître Jean, fort échauffé par les copieuses libations de son dernier repas, se gaudissait dans le souvenir de cette joie d'un jour qu'il laissait derrière lui, mais qu'il savait pouvoir retrouver à volonté.

Car c'était bien arrêté maintenant dans son esprit : il ne se laisserait plus reprendre par sa vie misérable, plus écraser par son labeur journalier, plus affamer par son avarice. Non, non ! cent fois non ! il n'en voulait plus de ces choses du passé ! c'etait trop bon de rire, trop bon de se griser, trop bon de.... Et, comme une affriolante vision, messire Thibaut se rappelait sa galante prouesse du matin : il avait tenu entre ses deux doigts, — ces deux doigts-là justement, — le menton d'une jolie fille !...

Ah ! certes, après cela, c'était bien fini de reprendre la Botolion à son service ! La Botolion !... jamais plus ! jamais plus ! N'était-elle pas l'ombre visible de sa défunte, cette laide naine que dame Innocente lui avait imposée ? Eh bien ! qui donc le forcerait à la garder chez lui ? Qui donc l'empêcherait de la remplacer avantageusement? N'était-il pas libre? n'était-il pas veuf ? Ah ! sa femme ! sa femme ! que le bon Dieu l'eût mise en gloire ou que le diable l'eût emportée, cela lui était fort égal ; elle n'était plus là : c'était bien suffisant.

Et notre homme, étourdi par les vapeurs de l'ivresse, électrisé par la perspective des futures jouissances qu'il convoitait, se laissait entraîner, inconscient de tout danger, par l'allure échevelée de Rustique tout d'un coup métamorphosé en cheval de steeple-chasse. Et ils allaient, ils allaient ainsi, l'un la bride sur le cou, l'autre la cervelle brouillée, à travers l'enchevêtrement désordonné des ronces et sous l'épais entre-croisement des branches d'arbres croissant à volonté, sans alignement et sans élagage, comme saisis dans l'emportement d'une de ces courses fantastiques que l'on fait quelquefois en rêve, où aucun obstacle n'arrête l'élan, où tout se franchit sans hésitation et sans secousses.

Depuis longtemps le soleil avait tourné la pointe du Granier, la nuit tombait, les villages l'un après l'autre disparaissaient dans la brume du soir ; les vignes, les champs, les prés s'unissaient en se confondant dans la même teinte sombre ; plus rien ne vivait autour d'eux, et ils allaient toujours, toujours plus vite, sans que le cheval endiablé parût se fatiguer. Et quand les étoiles piquèrent le bleu noir du ciel de scintillements lumineux, et quand la lune monta ronde et pâle au-dessus des grands sapins de la montagne, quand la plaine blanchit au loin, que la chouette commença ses lamentations et le hibou ses éclats de rire lugubres, Rustique galopait encore.

En proie à un effarement sans nom, le malheureux tabellion, l'esprit égaré déjà par les capiteuses fumées des vieux vins savoyards, avait perdu par degré le sentiment de l'existence. Maintenu en équilibre par une force étrange, il s'était, dès les premiers instants de cette course infernale, abandonné sans pensée et sans résistance au vertigineux élan qui l'emportait, ne sachant s'il était la proie d'un enchantement diabolique ou le jouet d'un cauchemar de l'ivresse.

Un enchantement diabolique ! Voilà deux mots qui font sourire bien des gens aujourd'hui ; mais au temps où remonte la légende que je vous raconte, le seul soupçon d'avoir encouru l'ire de Satan ou de ses chargés d'affaires sur terre : sorciers, jeteurs de sorts ou *mâvegnants* (1), mettait en sueur le dos des plus déterminés.

Et certes, maître Jean n'était pas de la pâte des sceptiques ou des fanfarons. Toute sa vie, il avait été dur et méchant par nature, avare et fripon par entraînement ; mais dans le domaine religieux, il partageait toutes les croyances, les obscurités, les terreurs des ignorants de son époque.

Du reste, en ceci comme en tout, depuis son mariage, il avait marché dans les pas de sa femme, ne s'inquiétant guère de ce qu'il en adviendrait. Celle-ci se chargeait de le tenir en règle vis-à-vis des

(1) Littéralement : *mal-venant*, celui qui apporte le mal.

commandements de l'Eglise, aussi bien qu'elle
était exacte de s'acquitter des dîmes et redevances
fiscales envers le gouvernement. Mais en dehors de
l'observance stricte du code ecclésiastique, il y
avait encore les chapitres complémentaires auxquels ne mordaient point les affairées de ce monde,
mais que n'avait garde de négliger dame Innocente,
femme de précautions et de *voir venir*. Partant, le
couple Thibaut donnait en plein dans les croyances
pieuses, les niaiseries louables, les superstitions to-
lérées, fausse monnaie dont les pratiquants sans
morale espèrent payer leur place au paradis. Catho-
liques sans être chrétiens, assistant aux offices et
ne priant jamais, si ce n'est en temps d'orage ou
d'épidémie, afin d'éviter la grêle qui perd les récoltes
ou la fièvre qui peut vous envoyer *ad patres*, nos
époux n'avaient en réalité qu'une frayeur sincère :
c'était celle du diable, de l'enfer et de leurs tenants
et aboutissants.

On peut s'imaginer maintenant ce qu'éprouva de
transes maître Jean au seul soupçon d'être sous le
coup d'un *enchantement*. A travers les dernières
vapeurs d'une ivresse décroissante, cette idée,
d'abord vague et indécise, peu à peu se fit plus nette,
plus plausible, l'envahit, l'obséda au point de devenir une terrifiante certitude pour lui. Ses sens
même se firent les complices des aberrations de
son esprit. Haletant d'angoisse, ne se sentant plus
vivre que par le tourbillonnement de sa tête en feu,
serrant à pleines mains les poils hérissés du che-

val fou, il lui semblait voir, à travers ses paupières opiniâtrement closes, des flammes le poursui-
vre ; il entendait le sinistre crépitement d'un incendie se mêler au fracas assourdissant d'eaux furieu-
ses et mal contenues. Alors, tremblant de fièvre,
suant d'émotion, ce poltron de Rogne-Clou essaya
de se souvenir d'une prière, d'un mot, d'un signe
capable de le tirer des griffes de Satan.

— *De profundis !* bégaya-t-il d'une voix
éteinte, *De profundis!* — et n'en pouvant plus, à
bout de forces, il se laissa retomber comme une
masse inerte sur le dos de Rustique, lequel, se secouant d'une ruade furieuse, le rejeta sans façon
sur le sol.

CHAPITRE XI

Comment maître Thibaut trouva un secours inespéré.

Il ne paraît pas que notre homme mit longtemps
à reprendre la vie et le sentiment, puisqu'au moment où il rouvrit les yeux, les étoiles continuaient
à briller sur sa tête et que la lune n'était pas encore
au tiers de sa course.

S'être embarqué en plein jour, à cheval sur une
bête non suspecte d'impétuosité, et se réveiller au
milieu de la nuit, seul, au bord d'un pré, couché
sur le flanc, étourdi, moulu, contusionné, sans se

rappeler comment cette triste aventure vous est arrivée, n'est pas une chose absolument gaie ; aussi, fut-ce l'âme toute bouleversée que le tabellion jeta machinalement un regard autour de lui.

C'était un pré immense, scelui au bord duquel il était tombé, un pré plat, sans arbres, sans maison, entouré seulement d'un fouillis de broussailles et coupé dans toute sa longueur par le lit profond d'un étroit ruisseau roulant jusque-là à travers les châtaigneraies de la montagne.

Tout endolori, ne sachant point encore où il se trouvait, maître Jean n'éprouvait pas moins déjà un soulagement inconscient à ne plus être en proie aux sinistres visions qui précédèrent sa chute. Incapable de coudre une pensée à l'autre, il était dans l'état de quelqu'un qui s'éveille après un long cauchemar : quelques lueurs de vérité traversent les brouillards du songe, les faits réels se mêlent et se confondent aux terribles péripéties du rêve ; l'être dédoublé, pour ainsi dire, paraît vivre à la fois ici et ailleurs, sans que rien de complet et de logique se présente à son esprit troublé.

Mais survient-il autour du dormeur un incident matériel quelconque, un bruit, une lueur, une impression de froid ou de chaleur ? subitement, sous l'impulsion d'une force invisible produisant un ébranlement douloureux, l'hallucination cesse, l'intelligence reprend possession d'elle-même, et les sens, un moment paralysés, recouvrent leurs facultés normales.

Voici, en ce qui concerne messire Thibaut, ce qui le ramena au sentiment de sa très perplexe situation :

A deux ou trois cents pas en avant de lui, une lueur étrange vaguait à travers la prairie, ne suivant aucune ligne régulière, allant, venant, bondissant ici, pour se traîner plus loin, se haussant, se baissant, s'arrêtant pour reprendre un instant après sa lente promenade ou sa course fantastique, sans toutefois s'élever jamais à plus de deux ou trois pieds du sol. Cette clarté singulière n'avait ni le rouge éclat, ni le vacillement d'une flamme ordinaire : c'était un corps lumineux sans rayonnement, d'un blanc bleuâtre, quelque chose comme une boule phosphorescente, semblant rouler au gré de la fantaisie d'un être invisible ou que l'éloignement empêchait d'apercevoir de la place où gisait encore le notaire.

Pauvre, pauvre Rogne-Clou! Voilà que maintenant toutes ses folles terreurs le reprenaient. Et dans quel piteux état il était pour supporter de nouvelles émotions !

Bien que tout à fait revenu à lui, une prostration inouïe clouait ses membres meurtris à la place même où il était tombé. Il souffrait de tous les points de son corps et n'osait pourtant ni appeler à l'aide, ni gémir autant qu'il en sentait le besoin, de peur d'attirer sur lui l'attention de l'infernale apparition.

— C'est fini, fini de moi ! pensait l'infortuné. Ce

feu qui roule là-bas, c'est quelque sorcier qui me cherche ou le diable qui vient me prendre... Pauvre moi, je suis perdu !...

Et comme s'il s'attendait d'un moment à l'autre à être emporté par des mains invisibles, maître Jean se pelotonna sur lui-même, tâchant de couvrir sa tête de ses deux bras; puis, tout fiévreux, il écouta.

Quelqu'un marchait dans le chemin. Les pas encore éloignés étaient lents et indécis. Des cailloux, heurtés sans doute par la chaussure de l'arrivant, roulaient avec un bruit sec comme la détente d'une arme à feu.

Le cœur du notaire ne battait plus.

— Tsss ! tsss ! tsss ! articula à vingt pas de lui une voix qui le glaça complètement.

— Tsss ! bêêê !...

— Bêêê !... répéta un écho lointain.

Aussitôt, du fond de la prairie, arriva par bonds pressés un être qui sembla s'arrêter net à deux pas de l'endroit où se tenait blotti maître Jean, lequel étouffa un râle d'épouvante : il venait de sentir un souffle chaud lui passer sur le cou.

Dans la direction opposée, les pas s'étaient de plus en plus rapprochés.

— Monsieur Jean Thibaut, appela distinctement la voix qui semblait s'être fait entendre la première, monsieur Jean Thibaut !

Miséricorde ! Qui donc le connaissait si bien ? qui donc le savait là ?... Toujours plus, ce devait être le diable !... Aussi, malgré le ton rassurant de l'interpelant, le Rogne-Clou demeura muet ; mais, tournant légèrement la tête de côté, il osa entr'ouvrir un œil, afin de savoir à qui il avait affaire.

Soudain il le referma ; ce qu'il venait de voir l'avait pétrifié.

A deux pas de lui, la boule lumineuse, qui tout à l'heure vagabondait à travers la prairie, se trouvait maintenant suspendue au cou d'un animal étrange dont le museau démesurément allongé se terminait en haut par deux longues cornes recourbées, en bas par une énorme touffe de poils broussailleux.

Etait-ce cette bête qui l'avait appelé?... Sûrement, puisqu'il n'avait vu qu'elle... Cette bête?... Un bouc ! le diable ..

— Pardon ! pitié ! pardon ! gémit le notaire affolé, recouvrant par un suprême instinct de défense la force de parler, d'implorer, d'attendrir le monstre acharné à sa poursuite.

— Allons ! allons ! monsieur Thibaut, ne vous donnez pas si peur, reprit encore plus doucement que la première fois la voix vieillotte et cassée qui l'avait appelé. Je ne suis pas là pour vous faire du mal.

Il n'y avait pas à s'y tromper, cette fois : c'était bien un secours humain qui lui arrivait ; messire Satanas n'aurait pas eu des façons d'agir si doucereuses avec sa victime. Cette rapide réflexion encouragea maître Jean à se remettre sur son séant et à ouvrir tout grands ses yeux du côté d'où lui venait cette consolante assurance.

Devant lui, deux formes noires et immobiles se profilaient nettement dans la sérénité du ciel étoilé : la grande bête cornue d'abord, et, un peu en arrière, une petite femme toute courbée, toute contrefaite, s'appuyant sur un bâton aussi haut qu'elle.

En y regardant de plus près, maître Jean comprit qu'en somme il n'avait pas trop de quoi s'épouvanter : la bête, c'était une grosse chèvre ; la femme paraissait une mendiante ou une paysanne de quelque hameau voisin. Donc, sauf la boule de feu qu'il ne s'expliquait pas encore, le tabellion se sentait revenu de ses terreurs insensées.

— Qui êtes-vous ? et où est-ce que je suis ici ? demanda-t-il d'un ton redevenu plus tranquille.

— Oh ! vous me connaissez assez, monsieur Thibaut, vous connaissez la Jeanne des Avé ; elle a été de belles fois à votre porte...

— La Jeanne des Avé, murmura à part lui le notaire, se rappelant en effet le nom de cette pauvresse tant de fois éconduite, la Jeanne des Avé ! mais je croyais qu'il y avait au moins six ans qu'elle était morte.

Sans paraître avoir entendu, la petite femme reprit la parole :

— Ici, monsieur Thibaut, vous êtes près du *nant* des Alisses. N'entendez-vous pas l'eau qui roule à trente pas de nous ? Eh bien ! votre cheval est justement étendu mort à côté de la grosse pierre du *nant*. Pauvre bête ! elle a reniflé si fort avant de crever, que je l'ai entendue depuis le coin de mon feu.

Alors, je suis sortie pour voir ; j'ai reconnu le rousseau de M. Riton, l'huissier, et comme je vous avais vu passer tous deux hier, j'ai pensé qu'il y avait quelque chose de mauvais pour vous qui venait d'arriver par-là. J'ai pris mon bâton, je suis venue à la recherche, et voilà tout ce qui en est, acheva la vieille, qui, malgré son apparence peu solide, aidait bravement le notaire à se remettre sur ses jambes.

Pendant que celle qui s'était donné le nom singulier de Jeanne des Avé se mettait charitablement au service de maître Jean, tout en répondant aux multiples questions qu'il lui adressait, la chèvre brune gambadait follement, en bêlant, autour de sa maîtresse.

— Laisse-nous la paix, Mion, lui dit amicalement la vieille ; laisse-nous, et va-t'en redonner un coup de dent au fond du pré ; quand j'aurai besoin de toi, je t'appellerai.

— Bêêêê ! fit la chèvre avec un ton de joyeux assentiment.

Et, reprenant sa course, elle disparut en un clin d'œil.

Il y avait dans ce colloque quelque chose de mystérieux qui intrigua et inquiéta de nouveau le peureux tabellion, déjà payé pour se méfier. Après tout, Lucifer n'était pas le seul à lui donner la chair de poule ! Et les sorciers ? Cette vieille était-elle bien la mendiante qu'il avait si souvent renvoyée sans lui rien donner ?... On la disait morte depuis des

années, cette Jeanne des Avé, et voilà qu'il la re-
retrouvait, lui, en pleine nuit, dans un pays où elle
n'avait, à sa connaissance, ni feu ni lieu... Et cette
chèvre qui comprenait la parole humaine mieux
que quantité de villageois ne comprennent les prônes du dimanche?... C'était louche, louche, mais
qu'y faire? Il fallait bien se confier à la seule main
secourable qui lui était tendue.

CHAPITRE XII

Où maître Jean fait une nouvelle connaissance.

La vieille n'avait pas menti d'une syllabe, il n'y
avait guère que trente pas à faire pour atteindre le
ruisseau ; mais tel que maître Jean était accommo-
dé, il lui fallut un grand quart d'heure pour y arriver en boitant et geignant à faire pitié.

Enfin, après bien des haltes, nos deux personnages se trouvèrent tout près de la pierre du *nant*, où
gisait le cadavre déjà raidi du pauvre Rustique,
sans doute mort foudroyé par un coup de sang
avant d'avoir pu franchir le cours d'eau fort grossi
par la fonte des neiges.

Quelques rayons obliques de lune, glissant à travers les branches embrouillées des hauts noyers,
dessinaient par place les contours de cette carcasse

osseuse et efflanquée, et zébraient de reflets lumineux les poils roux de sa crinière encore suante et
hérissée par la violence de sa course dernière.

Le Rogne-Clou jeta un regard attristé de son
côté.

— Maudit festin! murmura-t-il en étouffant un
soupir plus gros que les autres, — maudit festin!
tu vas me coûter cher.

La vieille, cette fois encore, n'eut pas l'air d'avoir
entendu l'aparté.

— Voilà la ferme des Alisses, monsieur Thibaut,
dit-elle; vous allez pouvoir vous reposer à votre
aise.

En effet, de l'autre côté du chemin, se dressait
une masse noire de bâtiments en ruine; les murs
décrépits, éventrés, croulants, ne paraissaient tenir
debout que par un reste d'habitude; le toit, crevé
en maints endroits sous le poids des neiges de cent
hivers, laissait pendre çà et là des poutrelles et des
lattes à moitié rompues; aux fenêtres, veuves de
vitrages, comme du reste toutes celles des maisons
villageoises de ce temps-là, quelques ferrures ron-
gées par la rouille retenaient, à grand'peine, des
débris de planches vermoulues, souvenirs de volets
dont chaque tempête, chaque ouragan emportait un
morceau.

C'était pour tout le pays un lieu sinistre que celui-
là; la vieille femme avait reçu jadis une *maudition*,
suivant le terme populaire. Pourquoi? On n'en savait rien. Les vieux disaient que les habitants s'é-

taient dispersés après un grand malheur, — et rien
de plus. Et comme pendant les douze mois de l'année on entendait les quatre vents se battre dans
cette masure de mauvaise mine, que l'eau du *nant*
voisin mêlait son éternel grondement aux bruits
étranges qu'ils y faisaient, comme les rares passants attardés le soir sur cette route déserte voyaient
par les trous et les lézardes la clarté de la lune se
refléter en taches blafardes sur les pierres noircies,
chacun frissonnait à l'idée de se trouver seul la
nuit auprès de la ferme *pleurante* des Alisses.

Maître Jean Thibaut n'avait garde d'échapper à
cette émotion, lui qui connaissait à fond toutes les
histoires vraies ou fantaisistes de son canton ; aussi
fut-ce avec une répugnance très visible qu'il con-
sentit à suivre la mendiante vers un des angles les
moins délabrés de l'habitation. Il était à bout de
forces, du reste, et sentait trop le besoin impérieux
de se reposer pour ne pas passer par-dessus les
craintes secrètes qu'il éprouvait.

Une porte basse et large se trouvait devant eux ;
la vieille la poussa, elle n'était pas même fermée
au loquet. La flamme joyeuse d'un feu bien entretenu vint frapper le regard du notaire, l'empêchant
de distinguer de prime abord les objets qui l'entouraient.

— Tiens! il fait bon entrer chez vous, fit-il, en
sentant la chaleur du brasier arriver jusqu'à lui.

Et, faisant un ou deux pas de plus, il chercha un
siège pour s'y asseoir. Tout d'un coup il recula...

une autre femme que la vieille se trouvait devant lui... Quelle était cette inconnue ? Maître Jean se sentit froid en la regardant.

Elle était jeune assurément ; peut-être eût-elle été fort jolie en même temps, mais sa figure si pâle, si pâle, encore blanchie par les lueurs vacillantes qui venaient du foyer, la faisait ressembler à une trépassée. Deux yeux brillants comme des diamants noirs animaient seuls ce visage sérieux et triste. Cette femme portait le costume grossier des paysannes de la montagne. Sans rien dire, elle présenta un escabeau boiteux et mal raboté au notaire.

— Il faut prendre patience chez les pauvres, monsieur Thibaut, dit la Jeanne des Avé, en avançant les broussailles qui se consumaient sur le landier.

Le Rogne-Clou, sans répondre directement à la remarque, se laissa choir lourdement sur le siège rustique.

— Je croyais que vous demeuriez seule ici ? dit-il d'un ton interrogateur.

— Je ne demeure pas plus ici qu'ailleurs, monsieur Thibaut, répliqua la femme : les mendiants, vous le savez bien, sont un jour à un endroit, le lendemain plus loin ; on va où l'on peut, on couche où l'on est.

Tout cela était dit tristement, mais sans amertume et sans colère.

La jeune fille, toujours debout, demeura silencieuse et comme étrangère à la conversation.

— Est-ce votre fille, celle-là ? demanda enfin un peu brusquement maître Jean, las d'attendre les explications que la vieille ne se hâtait pas de lui donner.

— Non, monsieur, non ; c'est une pauvre orpheline du pays d'en haut qui reste avec moi en, attendant de trouver quelque place de servante.

Le tabellion se retourna vivement pour mieux voir celle dont il était question.

— Elle, une servante ? murmura-t-il, et, sans le vouloir, il frissonna.

— J'ai besoin de gagner, monsieur le notaire, dit d'une voix faible l'étrange créature. J'ai besoin... répéta-t-elle.

Ces mots accentués d'un ton douloureux, presque suppliant, frappèrent le cœur endurci du notaire; pourtant, il resta muet, la paysanne lui faisait peur.

— J'ai bien soif, articula-t-il au bout de quelques moments d'attente. Pouvez-vous me donner quelque chose à boire ?

— Un peu d'eau *dégourdie,* avec une croûte de pain brûlé, monsieur, s'empressa de répondre la Jeanne, je n'ai rien autre.....

Pendant que le pain rôtissait sur les braises, la mendiante tira d'un trou de la muraille une espèce d'écuelle ébréchée, l'emplit d'eau, y jeta le croûton grillé et présenta le tout au tabellion, lequel, en faisant une grimace de dégoût, avala cependant le liquide jusqu'à la dernière goutte.

— Ah ! mon lit me fait bien faute ! soupira-t-il

après un moment de silence, en jetant un regard
piteux sur une misérable escabelle sœur de celle
qu'il occupait et seul meuble existant dans ce taudis, plutôt étable à porc que logis de chrétien.

La jeune paysanne, qui s'était retirée dans un
coin de la baraque, s'avança de nouveau.

— Monsieur le notaire, dit-elle, si vous le voulez,
je puis vous faire conduire chez vous tout de suite.

Maître Jean, en entendant pour la seconde fois
cette voix douce et presque éteinte, eut un tressail-
lement involontaire.

Il leva les yeux sur l'étrange créature et demeura
bouche béante comme fasciné par le regard de
braise qu'elle fixait sur lui. Ce ne fut que par un
effort de sa volonté qu'il retrouva le courage de
parler.

— Toi, ma fille, dit-il, tu me parais bien trop
malade pour aller ainsi courir, la nuit, par les chemins, à la recherche d'une carriole et d'un voitu-
rier.

— Je ne suis pas malade, monsieur le notaire, répondit d'un ton plus haut et plus résolu la paysanne
pâle, et je ne suis jamais fatiguée.

— Et tu n'as pas peur non plus ?

Elle sourit d'une singulière façon.

— Je n'ai pas peur, prononça-t-elle brièvement.
Elle demeura calme, sans paraître avoir conscience
de l'effet qu'elle produisait, attendant la décision
qu'il allait prendre.

La vieille, assise sur la large pierre qui servait

de landier, avançait brin à brin les broussailles sè-
ches, dont il y avait ample provision dans la masure.

Pendant un long temps, tous trois demeurèrent
silencieux.

— Est-ce vrai, demanda tout d'un coup le notaire,
est-ce vrai que tu peux me faire ramener à la Rochette avant le jour?

— Aussitôt que vous aurez dit : « Va! » répondit
la jeune fille.

— Je donnerai un écu, tu sais!...

— Je ne veux pas votre argent, monsieur, dit-elle ;
un service ne se vend pas ; le travail seul doit être
payé.

Le Rogne-Clou était peu habitué à de pareilles
répliques.

— Tu es une drôle de fille, toi, et je n'en ai jamais vu de ta sorte... Mais j'ai trop besoin de me
tirer de là pour ne pas prendre pour bonne l'offre
que tu me fais... Va!

Comme si elle avait glissé sur le sol sans remuer
les pieds, la paysanne disparut tellement prompte-
ment, qu'on eût pu croire qu'elle s'était évanouie,
comme une vapeur, à travers les ais disjoints de la
porte.

Maître Jean, écrasé de fatigue, secoué par tant
d'émotions violentes, se sentait incapable de supporter une longue attente ; aussi se démenait-il péniblement sur son escabeau boiteux, lançant de
temps à autre une apostrophe de mauvaise humeur

à l'adresse de Jeanne des Avé, toujours placide et réservée.

Du reste, parler était un besoin pour lui dans la disposition d'esprit où il se trouvait ; un peu la frayeur et beaucoup la curiosité l'engageaient à ne pas laisser tomber la conversation que la mendiante ne paraissait pas désireuse d'entretenir.

— Il y a fort longtemps que je ne vous ai vue chez nous, lui demanda-t-il une fois. Où vous êtes-vous tenue pendant ce temps ?...

— Il y a huit ans, à tel jour, monsieur Thibaut, que votre femme — le bon Dieu lui fasse miséricorde !— a fait pour moi ce que j'ai fait ce soir pour vous, répondit la vieille. Depuis cette fois-là, je ne suis plus repassée par la Rochette.

— Quel service, interrogea maître Jean, ma femme vous a-t-elle rendu ? Ça m'étonne diantrement, acheva-t-il entre ses dents, elle n'en était pas coutumière ?

— Elle m'a mise à l'abri de la grosse pluie dans l'écurie de vos lapins, monsieur Thibaut, et j'ai passé toute la nuit au chaud, moi avec la Mion.

— Il fallait bien qu'elle eût fait ses pâques la veille pour avoir tant pitié d'une *roulante !* remarqua maître Jean. Ça ne lui est pas arrivé souvent de recommencer...

— Une fois fait le bon poids quand il s'agit d'aumône, articula sentencieusement la Jeanne. Le bon Dieu lui en a tenu compte, soyez sûr, monsieur Thibaut.

— Tant mieux pour elle, grogna celui ci, elle en avait assez besoin !...

Et comme ce sujet d'entretien déplaisait à notre homme, il redevint muet et songeur.

Au bout d'un peu de temps, il se fit quelque bruit au dehors.

Presque aussitôt la porte fut poussée doucement, et la pâle montagnarde reparut. Derrière elle, la tête velue et haut cornée de la grande chèvre maigre se faufila entre l'huis et la muraille.

— Quand vous voudrez partir, monsieur le notaire, dit la jeune fille, la carriole attend de l'autre côté du *nant*. Il n'y a que dix pas à faire.

Maître Jean, en proie à un malaise physique et moral indéfinissable, en face de ces trois créatures plus qu'étranges, ne savait quel parti prendre. Transi de fièvre, pris d'une peur inconsciente, par moment croyant rêver encore, et d'autres fois ramené brusquement à la réalité par une circonstance en apparence naturelle, il se sentait entraîné malgré lui dans les péripéties d'une aventure qu'il avait le plus urgent besoin de voir se terminer.

— Alors, tu as trouvé quelqu'un qui peut me conduire ? demanda-t-il, plutôt pour gagner du temps et se convaincre qu'il allait reprendre enfin le cours simple et prosaïque de sa vie.

— J'ai quelqu'un, oui, monsieur le notaire, dit-elle. Mais si vous voulez me croire, vous agirez avec votre conducteur suivant ce que je vous dirai.

Maître Thibaut dressa l'oreille.

— Est-il aussi de ta sorte, celui-là ? fit-il d'un ton perplexe et peu avenant.

— Celui-là, souligna tristement la paysanne, vous le connaissez pour sûr : c'est Braise (1) Cavagnat, Braise l'Endormi, comme on l'appelle.

Le tabellion chercha un moment.

— Je crois que oui, dit-il, j'ai entendu parler de lui.

— Alors, vous savez qu'il peut aller et venir en dormant la nuit comme s'il était en plein jour et bien réveillé.

— C'est bien quelque chose comme ça qu'on m'a raconté en effet, dit maître Jean ; mais pourquoi es-tu allée chercher ce garçon-là au lieu d'un autre ?...

— Je le connaissais, lui, et puis... — la montagnarde eut une imperceptible hésitation dans la voix — et puis je savais qu'il viendrait si j'allais l'appeler.

CHAPITRE XIII

Comment maître Jean trouva tout de suite ce qu'il n'avait pas encore cherché.

Tout en parlant, le notaire s'était à grand'peine remis sur ses jambes. La vieille des Avé se présenta pour lui aider à faire les premiers pas. La chèvre

---

(1) Braise : diminutif d'Ambroise.

elle-même avança curieusement sa longue tête, dardant ses yeux jaunes sur cette figure décomposée.

Maître Jean lui lança un regard de travers.

—Face de Satan! mâchonna-t-il entre ses dents, c'est bien temps que je ne te voie plus !

Ramené cependant aux convenances de la situation, il ne voulut point quitter la mendiante sans lui témoigner, à sa manière, la reconnaissance qu'il lui devait.

—A présent, dit-il, en faisant sonner au fond de sa poche la monnaie qui s'y trouvait, à présent ce n'est pas tout... Je vous dois quelque petite chose, vieille, et je ne veux pas que ça se passe comme ça... voyons !

Mais les pièces tintaient toujours sans sortir du gousset.

— Je vous ai déjà dit, monsieur Thibaut, que je n'ai rendu que ce que je devais, répliqua simplement la Jeanne.

— Allons donc ! allons donc, insista le Rogne-Clou, devenant pressant à mesure que le danger de débourser son argent semblait diminuer, je ne veux pas qn'il soit dit..... non, non, tenez !.....
Et d'un geste décidé, il tendit sa main fermée vers la pauvresse.

Celle-ci la repoussa tranquillement.

— Ça se retrouvera plus tard, monsieur Thibaut, dit-elle d'un ton particulier ; on est bien gens de revue.

— Eh bien ! soit dit, vieille, quand vous passerez par la Rochette, venez me voir ! dit le tabellion remettant en poche sa monnaie.

— C'est entendu, j'irai pour la Noël qui vient... En attendant, que le bon Dieu vous garde, monsieur Thibaut !

— Merci, merci, dit prestement le tabellion, déjà hors de la baraque et désireux d'en finir au plus vite.

Et tirant des deux jambes, notre homme suivit la jeune paysanne en avance de quelques pas sur lui.

La Jeanne des Avé, immobile sur le seuil de la masure, le regarda s'éloigner dans la nuit devenue plus claire, maintenant que la lune avait tourné les crêtes boisées de la Table et les collines de Rotherens et du Verneil.

— Va ! murmura-t-elle. Oui, ça se retrouvera avec tout le reste...

Et, faisant signe à sa chèvre, la mendiante rentra avec elle dans son misérable réduit.

Si d'aventure un montagnard attardé eût longé la ferme *pleurante* des Allisses un quart d'heure après le départ de maître Jean, il ne se fût certes pas douté que des êtres vivants venaient d'y passer plusieurs heures. Nul bruit intérieur, si ce n'est l'éternel frémissement de toutes ces choses mortes; aucune lueur, aucun mouvement, nul indice de vie humaine n'apparaissaient plus autour de la vieille masure, et le lendemain et les jours suivants personne ne put dire avoir vu rôder dans le pays la vieille Jeanne des Avé, qui, du reste, passait pour morte depuis des années déjà.

Quand maître Thibaut fut arrivé près de la carriole qui devait le reconduire dans ses pénates, il avait reçu les instructions très précises de sa mystérieuse compagne.

— Vous n'adresserez pas la parole à celui qui vous conduira, lui dit-elle, sans cela je ne réponds de rien.

Maître Jean, tout en se sentant de nouveau retombé dans le fanatisme, n'eut garde de se montrer récalcitrant. Après tout, s'il y avait du sortilège dans son fait, il était obligé de convenir qu'il n'en avait récolté que des bénéfices, et sa nature égoïste et intéressée lui commandait de ménager les gens dont il avait un besoin immédiat, quitte à les malmener au moment de payer leurs services.

— C'est bon, je ne lui dirai rien ; mais sait-il au moins où il doit s'arrêter ?

— Je ferai la route avec vous, monsieur le notaire, répondit l'étrange fille.

Notre homme ne parut que fort peu reconnaissant de l'attention.

— Montez sur le banc de derrière, monsieur, dit la paysanne, je vais vous aider.

Et sans la moindre apparence d'effort, elle souleva sous les bras le notaire éclopé et le hissa doucement sur la carriole.

Le conducteur, assis sur l'espèce de planche plate qui servait de siège, était demeuré, pendant tout le coloque, aussi raide et aussi immobile que s'il eût été une statue. Son costume sombre, son grand chapeau baissé et surtout l'obscurité, empêchaient de rien distinguer de sa taille et de ses traits. Il tenait ramassées, dans l'une de ses mains, les cordes servant de brides, et laissait pendre l'autre le long de son corps. Le fouet était fiché droit dans une courroie de cuir clouée à l'un des montants de la charrette.

La jeune montagnarde sauta légèrement à côté du tabellion; mais, avant de s'asseoir, elle se pencha à l'oreille de l'homme-fantôme et murmura doucement quelques paroles que maître Jean ne put entendre.

Un frisson fit trembler ce corps rigide, un grand soupir sortit de sa poitrine, et sa main, tirant sur les guides, imprima une secousse au mors que mâchait patiemment la vieille mule noire attelée à la carriole, laquelle, comprenant cet ordre muet, se mit en route sur-le-champ.

Jusque-là, maître Jean s'était pour ainsi dire laissé faire, soit par les événements, soit par les personnages qui s'étaient successivement présentés à lui, croyant fermement n'être que le jouet d'un de ces rêves prolongés et pénibles, résultant d'une préoccupation violente ou d'un écart de régime.

Mais lorsqu'il se vit en face de ces paysages qui, tout voilés qu'ils étaient par les ombres de la nuit, n'en étaient pas moins très connus de lui, quand il se fut assuré que la mule qui traînait l'attelage était

du caractère le plus paisible, que le silencieux voi-
turier continuait à demeurer assis ferme et droit
comme une barre de fer ; lorsqu'enfin notre peureux notaire eut bien constaté que la fille pâle se
tenait tranquillement dans son coin sans souffler
mot, une certaine sécurité succéda en lui aux tremblantes émotions qu'il venait d'éprouver. De là à
redevenir lui-même, il n'y avait pas loin. Une fois
sur cette pente, ses réflexions le ramenèrent au souvenir de ce passé vieux seulement de quelques
heures. Il reconstruisit, instant par instant, cette
journée si accidentée, et parvint à se persuader que
tout ce qui lui était arrivé restait dans le domaine
du possible.

Revenant par la pensée dans la joyeuse demeure de son ami Desmasures, il voyait encore la table garnie de ces mets délicats dont il avait tant
apprécié la saveur ; il entendait les gros rires bruyants qui éclataient en chœur à chaque propos
grivois, accompagnant le récit des victoires et
conquêtes, dont les hôtes du domaine des Blosières
se vantaient d'être les héros. Cette vie de jouis-
sance, de volupté, il ne l'avait jamais connue. Dame
Innocente, se concentrant dans son avarice, l'avait
privé de tous plaisirs pour accumuler les uns sur
les autres les écus serrés dans son coffre ou prêtés
à la *grand'semaine*.

Eh bien ! maintenant, de cet argent qui était à
lui, qu'il avait dûment gagné par son travail, ses
privations et son *savoir-faire*, il voulait en jouir.

Il voulait, lui aussi, faire bonne chère, boire du bon vin, avoir des maîtresses ; enfin, passer gaiement le temps qu'il lui restait à vivre.

Comme on le voit, les vapeurs des vins de Côte-Rouge et de Villard-d'Héry agissaient encore sur le cerveau non refroidi du tabellion, malgré la chute qu'il avait faite et sa halte forcée dans la ferme des Alisses.

Le notaire promena lentement ses longs doigts décharnés sur son crâne nu, comme pour y chercher des idées, regardant alternativement le cocher toujours roide et inerte sur son siège, et la pâle et silencieuse paysanne assise auprès de lui.

Fou, se dit-il tout à coup, au lieu de me nourrir de souvenirs et d'espérance, la réalité n'est-elle pas là, près de moi ?... Il faut que je m'attache cette jeune fille que Dieu ou le diable a mise sur mon chemin. Elle veut se placer comme domestique. Eh bien ! puisque j'ai eu l'heureuse idée de me débarrasser de la *Botolion*, je la prends à mon service, et... si elle y consent, je ferai son bonheur, foi de notaire.

On commençait à traverser le petit village de Rotherens. Un *crouaiju* jetait sa faible clarté sur la route, au travers d'une porte entr'ouverte. Le véhicule du tabellion traversa ce rayon de lumière qui illumina, comme un éclair, le blanc et fantastique visage de sa compagne. Cette figure de vierge excita de nouveau ses désirs.

Nous approchons du logis, il faut une décision,

pensa-t-il, et d'une voix mal assurée, qu'il essaya
de rendre douce, il s'adressa à la jeune fiile.

— Tu m'as dit, petite, que tu voulais te placer
comme domestique ?

— Je le dois, monsieur le notaire.

— Veux-tu venir chez moi ?

— Aussi bien chez vous que chez un autre.

— Et... pourras-tu entrer bientôt ?

— Tout de suite. Ce soir, si vous le voulez.

— Certainement que je le veux, car je suis seul
et n'ai personne pour me soigner. Eh bien! si tu es
gentille... soumise et fidèle, dit le notaire, en appuyant sur chaque mot, je serai généreux.

— Je prie Dieu qu'il m'accorde la grâce de bien
faire mon service, répondit simplement la jeune
paysanne.

— Et quel prix mets-tu à ton service ? reprit
Rogne-Clou avec un peu d'hésitation, car, malgré
ses promesses de générosité, il sentait revivre son
avarice et craignait que sa nouvelle servante mît
déjà à profit la bonne volonté qu'il avait démontrée.

— Juste de quoi payer une dette que j'ai, dit la
pauvre fille en poussant un profond soupir.

— A combien se monte cette dette ?

— Sept écus de six livres et les intérêts d'un an.

— Quarante-quatre livres deux sous, quoi ! Et
quel temps penses-tu mettre à gagner cette somme?

— J'ai jusqu'à la nuit de Noël qui vient.

— La nuit de Noël ! Voilà une singulière échéance.

— Les accords sont les accords, monsieur, c'est mon convenu.

— Comment t'appelles-tu ?

— Marie.

— Et l'autre nom ?

— Pour le moment, je n'ai que celui-là.

Cette réponse parut étrange à maître Thibaut, qui se demanda quel pouvait être le motif qui poussait sa nouvelle domestique à lui cacher son nom de famille. Cependant, il n'insista pas, se réservant d'éclaircir ce point plus tard.

— Et quand tu auras payé ton dû, Marie, reprit-il, est-ce que tu ne voudras plus rester chez moi ?

— Après, monsieur, répondit-elle sentencieusement, il en sera pour vous comme pour moi, à la volonté de Dieu.

Les prétentions de la jeune fiille ne parurent pas exagérées au notaire, car il y avait encore huit longs mois avant la Noël. Quant à l'engager à prolonger le service au-delà de l'échéance, il comptait le faire en temps opportun, surtout s'il était satisfait.

— Marché conclu et tope là, petite, dit-il en tendant une de ses longues mains ridées

Marie ne fit qu'effleurer d'une main celle que lui présentait son maître. Celui-ci frissonna... Cette main était glacée !

La carriole s'engagea sur les pavés mal joints de la grand'rue de la Rochette, et bientôt s'arrêta devant la porte cochère de la demeure du notaire.

La chute de maître Thibaut, la fraîcheur de la
nuit et les cahotements de la voiture avaient tellement roidi son pauvre corps qu'il se souleva
avec peine ; mais en un clin d'œil Marie fut à terre,
et saisissant son maître avec autant de facilité
qu'elle l'avait fait pour le hisser snr son banc, elle
le déposa sur le pavé.

Maître Jean resta stupéfait de trouver tant de
force dans cette créature qui paraissait si chétive
et si frêle.

Revenu de son étonnement, il mit la main à sa
poche :

— J'ai promis un écu, dit-il en se retournant pour
le tendre au conducteur, mais... voiture et cocher,
tout avait disparu.

— C'est mon affaire, monsieur, dit Marie ; je ré-
glerai avec Braise ; tout est compris dans les sept
écus de gage.

Etrange ! étrange ! murmura maître Thibaut, en
remettant distraitement l'écu en place et s'achemi-
nant clopin-clopant vers sa maison, précédé de sa
nouvelle domestique, qui entra délibérément et
semblait se mouvoir dans cette habitation comme
si elle y avait toujours vécu.

A peine maître Jean se fut-il glissé dans ce lit tant
désiré que, abattu et alourdi par les libations et les
fatigues de la veille, il s'endormit profondément.
Bientôt, au milieu d'un ronflement aussi sonore
que la note basse d'un orgue de cathédrale, il rêva
qu'une statue de marbre blanc était couchée à côté

de lui, superbe de figure et de formes, et que, plus heureux que le sculpteur antique amoureux de son œuvre, il était parvenu à la réchauffer et à l'animer à force de baisers brûlants...

CHAPITRE XIV

Le trouble et les angoisses de maître Jean Thibaut.

Le soleil laissait tomber depuis plus d'une heure ses rayons brillants da.is la chambre à coucher du notaire, lorsqu'il s'éveilla.

Son sommeil avait dû être pénible et agité, car, bien que l'on ne fût pas encore dans la chaude saison, de nombreuses gouttes de sueur perlaient sur son front.

Maître Jean dirigea nonchalamment la main droite sous son oreiller et, prenant un large mouchoir à carreaux bleu, blanc et rouille, il s'épongea soigneusement la figure.

Ouf ! quel rêve, fit-il, et refermant lentement les paupières, il essaya de recomposer les faits dont il restait si vivement impressionné.

Il paraît, se dit-il, que j'ai accompli, en dormant, le projet que j'avais formé d'aller voir mon ami Desmasures : un grand repas... joyeuse compagnie... bon vin... course échevelée sur une monture quelconque... puis, je me suis trouvé, je ne sais

comment, à la ferme des Alisses avec le diable
sous la forme d'un bouc et une sorcière morte depuis longtemps... retour en compagnie de deux
fantômes dont l'un s'évanouit à ma porte et l'autre
se change en statue de marbre...

A ce souvenir, notre paillard eut un sourire de
contentement et regarda à côté de lui :

Songe, mensonge, soupira-t-il.

Tout à coup il frémit, se signa et sauta à bas du
lit. Ses yeux venaient de se rencontrer avec ceux de
dame Innocente, avec ces yeux roux qu'un peintre
de quatrième ordre avait dessinés au pastel sur une
toile accrochée en face du lit de son ancien
époux.

Afin de rendre moins repoussante cette figure
laide et sévère, le peintre avait essayé de fixer un
sourire sur cette bouche torse, et n'avait réussi
qu'à la faire grimaçante et, vu la circonstance,
l'époux infidèle lui avait trouvé un air goguenard.
Aussi, s'habilla-t-il complètement sans oser donner
un second regard au portrait de son ancienne
moitié.

Le *coucou* de la salle à manger chanta neuf fois.

Neuf heures, se dit maître Jean. Il y a bien longtemps que je ne me suis levé aussi tard. Je suis
sûr que ma *Botolion* doit être étonnée de ce je n'ai
pas encore demandé mon café. Et s'approchant
d'un vieux cordon de sonnette, il le tira fortement.

Bientôt la porte s'ouvrit, et la nouvelle domestique parut apportant le café.

— Marie ! exclama le notaire en fixant la jeune fille.

Sans faire attention à cette exclamation, la paysanne déposa sur une table le plateau qu'elle tenait à la main et se retira.

— Marie ! répéta le tabellion. Alors... ce n'est pas un rêve ? Et ses yeux se portèrent aussitôt sur son lit. Mais... il n'y avait que l'empreinte d'un seul corps.

C'est à en perdre la raison. Suis-je réellement bien éveillé ?

Il s'avança vers une des croisées de sa chambre et l'ouvrit. La journée était magnifique. Le soleil dardait ses rayons dorés sur la belle colline de Montraillan et illuminait sa végétation luxuriante. En même temps une légère brise vint rafraîchir le cerveau du pauvre notaire.

Cet air lui fit du bien.

— Allons, oui ; c'est un rêve, fit-il d'un air décidé.

Cependant, pour s'enlever un dernier doute, il prit sur le rayon d'une étagère une tabatière de réserve dont il n'usait que dans les grandes circonstances et pour s'éclaircir les idées, dame Innocente, par économie, ne l'ayant pas autorisé à s'en servir habituellement. Il renifla une forte prise de tabac qui produisit bientôt son effet par plusieurs éternuements retentissants.

Il parut satisfait de l'épreuve, et, s'approchant de la table, maître Jean versa le café dans la tasse, y mit une petite cuillerée de cassonade et s'assit.

Pendant longtemps sa main distraite tourna et remua le liquide, tandis que, le regard fixe, il laissait de nouveau vagabonder sa pensée. Cet état aurait pu durer longtemps, si quelques coups n'avaient retenti sur la porte cochère. Le tabellion, rappelé à lui, avala son café devenu froid.

— Allons, pensa-t-il, laissons de côté rêve et illusions, et revenons à la vie réelle. C'est un client, sans doute. Un notaire se doit au public. Et il passa dans son cabinet.

Peu après, la porte se rouvrit.

— Bonjour, monsieur Thibaut.

— Bonjour, voisin Riton.

— J'ai vu votre fenêtre ouverte, et je suis venu vous demander si vous aviez fait un bon voyage, puis vous débarrasser de ma bête.

— Bon voyage... votre bête... Mais quel voyage? quelle bête ?

— Je ne sais où vous êtes allé, monsieur Thibaut, ce que je sais, c'est qu'avant-hier vous m'avez demandé Rustique, et que tous deux vous vous êtes acheminés le long de la grand'rue, du côté de Rotherens.

— Mais alors, ce n'est pas un rêve! exclama pour la deuxième fois le malheureux notaire, qui se mit à arpenter fiévreusement l'étude. Puis se plaçant les bras croisés en face du visiteur :

— Êtes-vous bien sûr, Riton, que je sois parti et que je sois revenu?

Cette question parut si ébouriffante à l'huissier,

qu'il resta interloqué et se demanda si maître Jean
n'avait pas perdu la tête. Cependant, même dans ce
cas, il ne fallait pas brusquer, et voyant que *Rogne-
Clou* attendait sa réponse avec une certaine anxiété,
il répliqua simplement :

— Je suis bien sûr de votre départ, monsieur
Thibaut, puisque je l'ai vu moi-même. Quant à être
revenu, je ne puis en douter, puisque je vous
vois là.

— C'est juste. Alors... alors... si c'est vrai, Rustique est resté mort près du *nant* de la ferme des
Alisses.

— Mort! Rustique! Mais comment?

— Je ne sais pas bien, voisin. Ce matin, je ne
puis parvenir à débrouiller mes souvenirs. Mais
allez voir, je vous prie. Et, s'il est nécessaire, demandez des renseignements à la Jeanne des Avé,
qui demeure dans la maison des Alisses.

— Il y a beau temps que la Jeanne des Avé est
morte, et que cette maison n'est plus habitée, monsieur Thibaut! reprit l'huissier, de plus en plus
convaincu que son interlocuteur était devenu fou,
ou bien était rentré tellement ivre qu'il en avait
perdu la mémoire.

Cette réponse renouvela toutes les angoisses du
pauvre tabellion.

— Quoi qu'il en soit, reprit le sergent royal, je
vais voir dans votre écurie si, par hasard, Rustique
n'y est pas. En cas contraire, j'irai à la recherche,
et j'espère encore le trouver vivant. Une si bonne

hête... si douce... si sage... si sûre... infatigable et
encore jeune...

— Oui, oui, s'empressa de riposter *Rogne-Clou,*
qui vit poindre l'attaque que l'huissier voulait faire
à sa bourse; oui, les morts ont toujours toutes les
vertus qu'ils auraient dû avoir. Si votre haridelle
n'est plus et qu'elle soit réellement trépassée en
servant à mon usage, je vous la paierai à sa juste
valeur, soyez-en persuadé, voisin Riton.

L'huissier n'osa pas insister sur ce sujet sensible
et pensa que plus tard, le cas échéant, il saurait
bien faire valoir tous ses droits et faire payer à
l'avare toutes les qualités que son cheval aurait pu
avoir.

— Pardon, monsieur Thibaut, reprit-il, si ce n'est
pas une indiscrétion, où donc avez-vous pris cette
jeunesse qui m'a ouvert la porte tout à l'heure?

— Ah! oui, Marie... mais c'est aussi aux Alisses,
et je l'ai ramenée avec moi dans la carriole de
Braise l'Endormi.

— Braise l'Endormi? mais il y a bien au moins
quatre ans qu'il n'est plus de ce monde.

Pour le coup, maître Jean devint cramoisi. C'était
à craindre une attaque.

— Allons, décidément, la tête a déménagé, pensa
l'huissier. Inutile de chercher à raisonner plus
longtemps avec lui. M'est avis que sous peu il faudra le conduire au Betton. Et, sans plus de compliments, il salua et sortit.

Resté seul, le notaire se mit de nouveau à arpenter son cabinet.

Cette pièce assez vaste, toujours ouverte au public, était presque interdite à la domestique qui, sous prétexte de nettoyage, aurait pu changer de place, perdre ou égarer quelques papiers importants. Telle était du moins l'opinion de dame Innocente qui, pendant qu'elle vivait, s'était réservé la propreté du bureau. Elle s'était acquittée de cette charge sans trop user balais et plumeaux, et, depuis lors, ce n'était que le dimanche matin que la *Botolion,* sous l'œil du maître, venait balayer les ordures de la semaine, toutefois après les avoir humectées d'un grand arrosoir d'eau. Tant pis s'il avait plu, neigé ou grêlé, la boue délaissée par la chaussure des clients restait en place jusqu'au jour et à l'heure indiqués.

Contre l'un des pans de cette salle étaient établis plusieurs rayons en bois de sapin, sur lesquels on voyait entassés les uns sur les autres de grossiers papiers, des parchemins et de très rares livres.

Deux croisées éclairaient cette pièce qui faisait angle dans la maison. De l'une de ces fenêtres, située du même côté que celle de la chambre à coucher du notaire, on apercevait, comme nous l'avons déjà dit, le superbe panorama de la colline de Montraillan, s'étendant jusqu'au château des seigneurs de Montmayeur. Par l'autre, on voyait une partie du bourg et, par-dessus, dominant une forêt d'arbres toujours verts, le château de la Rochette, ce magnifique château qui était alors dans toute sa splendeur, qui avait, disait-on, autant de fenêtres qu'il y a de jours dans l'année, et dont les propriétaires étaient si riches qu'ils jouaient aux boules avec des boules en or.

Près de chaque croisée était placé un long et large pupitre de sapin coloré en noir, garni d'une écritoire en faïence peinte, contenant plusieurs plumes d'oie, crayons, canif, et l'indispensable sablier rempli du sable le plus fin que l'on eût pu trouver dans le torrent de Bréda. Puis des règles, un compas, l'ancien pied de Savoie en buis, avec ses divisions en pouces et lignes, et enfin une quantité de papiers et parchemins éparpillés par-ci par-là.

Devant chaque pupitre était un fauteuil en noyer avec le siège muni d'une *torche* en maroquin, autrefois d'un vert sombre, mais devenu tendre à force de contact avec les fonds de culotte de maître *Rogne-Clou*.

Un de ces fauteuils et l'un de ces pupitres avaient été occupés par dame Innocente, de son vivant. Depuis lors, le notaire se servait indifféremment de l'un ou de l'autre, suivant les exigences des affaires.

Une demi-douzaine de chaises avec dossier et siège en bois, étaient disséminées un peu partout pour l'usage des clients.

Au milieu de la salle, une grande table carrée servait d'entrepôt à toutes sortes d'objets.

Un peu plus loin, un très haut poêle en faïence, dont les tuyaux traversaient toute la pièce et allaient aboutir à plusieurs pieds au-dessus d'une vaste cheminée. Sur le rebord en mollasse de ladite

cheminée, étaient étalés, sans symétrie et sans ordre, quatre chandeliers en étain garnis de chan-
delles de suif en partie consumées. Tout auprès,
un éteignoir en cuivre et une paire de mouchettes
sur son petit support en fer-blanc vernissé. Tout à
fait à l'angle, un lanternin garni de sa *queue de
rat,* qui servait aux maîtres du logis ponr leurs
petites courses à travers les appartements lorsque
l'obscurité était venue.

Le tout, très sale et couvert d'une épaisse couche
de poussière.

Telle était la pièce où maître Jean Thibaut, le
notaire le plus riche et le plus *couru* du canton,
passait les trois quarts de son existence.

Après une assez longue promenade, entrecoupée d'arrêts et de gestes déclamatoires, le tabellion
se laissa choir sur son fauteuil,

Impossible de rien tirer au clair, se dit-il. Que,
monté sur l'haridelle de Riton, je sois allé aux
Blosières, c'est tout naturel... Que je me sois...
grisé et que Rustique m'ait semé en route, cela se
peut encore. Mais avoir vu et parlé à la Jeanne des
Ave... être revenu avec Braise l'Endormi, tous
deux morts depuis longtemps... avoir couché avec
cette statue de marbre, qui... Non, c'est impossible, que diantre ! Il n'y a pas de revenants...
donc, c'est un rêve. Mais alors, où commence-t-il ?
Où finit-il ?

Et Marie ! Marie que j'ai trouvée aux Alisses, qui
m'a procuré la carriole, Marie qui est ici, que j'ai

vue ce matin... et Riton aussi. Voilà que je retombe dans le fantastique. Vrai, c'est à en devenir fou !

Voyons, se dit-il après un moment de silence, il faut y mettre de l'énergie et réagir. Pour cela, il faut se remettre courageusement à l'ouvrage ; c'est le seul moyen de fixer la pensée. J'ai promis à Novel de la Table que je tiendrais son acte prêt et qu'il pourrait venir faire *sa croix* au premier jour de marché ; commençons par celui-là.

Le tabellion prit une feuille de papier, donna un léger coup de canif au bec de sa plume d'oie et écrivit :

« L'an mil six cent huitante-huit et le treize du mois d'avril, par-devant moi notaire ducal soussigné, ont comparu :

« D'une part, le sieur Rustique... »

— Inutile ! inutile ! exclama le malheureux notaire, je ne ferai que des bêtises aujourd'hui, et tout démonté et découragé, il s'achemina vers la fenêtre, où il se mit à tambouriner distraitement sur une vitre, tandis que ses regards se fixaient au dehors.

CHAPITRE XV

Comment maître Jean Thibaut reste vertueux malgré lui.

L'angélus de midi sonnait au bourg et se prolongeait en écho dans les communes voisines, quand deux petits coups furent discrètement frappés à la

porte de l'étude. Bientôt après, Marie apparut sur le
seuil ; elle venait dire à son maître qu'elle servirait
le dîner s'il le désirait.

Le notaire fit un signe d'adhésion et passa dans
la salle à manger.

Comment la nouvelle domestique avait-elle su
préparer le dîner, elle qui était depuis si peu de
temps dans la maison ? c'est ce que l'on peut se
demander et ce qu'il serait très difficile d'expliquer,
si tout ce qui tenait à la jeune fille ne touchait pas
au surnaturel. Douée d'une rare intuition et d'une
espèce de double vue, elle devinait ce qu'il était
nécessaire de savoir et voyait à travers portes et
murailles ce que toute autre créature humaine
n'aurait pu apercevoir.

C'est ainsi que, sans vouloir distraire son maître
d'occupations qu'elle devait croire importantes,
elle avait pris connaissance de quelques provisions
qui se trouvaient dans la maison, puis, ayant vu
dans un des tiroirs du buffet de la cuisine deux
tailles qu'elle pensa être celles du boucher et du
boulanger, elle s'était acheminée dans le bourg
avec un cabas au bras. Quelques indications qu'elle
récolta sur son passage lui eurent bientôt fait trouver la demeure des fournisseurs. •

Le service continua à se faire ainsi, sans l'intervention du notaire, qui, dégagé de toutes préoccupations matérielles, aurait pu s'adonner au travail,
s'il n'avait continué à être obsédé par les péripéties
de son voyage aux Blosières. Il avait eu beau s'in—

former, réfléchir et se souvenir, son retour était resté énigmatique. Il n'y avait de certain que la perte de Rustique, dont il avait dû payer le prix à son maître, après l'avoir longuement discuté.

L'apparition de la nouvelle domestique dans les rues de la Rochette fit naître plus d'un sourire, et quelques *bonnes langues* disaient, en se pinçant les lèvres, que le *Rogne-Clou* n'était pas aussi fou que l'huissier Riton avait voulu le dire.

Les petits cancans allèrent bon train pendant quelques jours; mais en remarquant le maintien doux et modeste de la jeune fille, sa figure si pâle et si triste, on se dit qu'avec cet air-là elle devait certainement être sage. D'ailleurs, on avait rencontré quelquefois le notaire, et, à le voir sombre et préoccupé, on pouvait être sûr que cet homme n'était pas *heureux* dans son ménage.

La mère Coppet, une des commères les plus bavardes de la localité et qui avait été une des premières à mal juger la domestique, était devenue son défenseur. Elle aurait mis sa main au feu pour soutenir qu'elle était honnête.

Maître Jean Thibaut, lui, n'avait pas besoin d'être converti. Du premier moment qu'il avait vu la jeune fille, il s'était senti subjugué. Son extérieur, du reste, était plutôt agréable; à des traits réguliers elle joignait une grâce naturelle qui, avec son air maladif et souffrant, attiraient tout d'abord l'intérêt et la sympathie. Sa mise était simple, mais toujours d'une propreté irréprochable. Quant à sa démarche, elle était tellement légère qu'elle semblait glisser sur le sol.

Tout en elle plaisait au notaire, même ses allures mystérieuses et étranges ; aussi éprouvait-il, en la voyant, des impressions qu'il n'avait jamais ressenties et qu'il ne savait pas définir.

Jamais ce cuistre n'avait connu l'amour.

Dès son enfance, une seule passion l'avait dominé : c'était celle du lucre, et, lorsqu'il épousa demoiselle Innocente, c'était un peu à cause de la sympathie qui existait entre eux sous le rapport du gain et de l'économie, et beaucoup parce que le notaire avait besoin des écus que le père Reverchon donnait en dot à sa fille unique, pour finir de payer l'achat de son étude.

Après son mariage, la féroce jalousie de Mᵐᵉ Thibaut l'avait maintenu dans les limites de la fidélité conjugale.

Mais depuis son veuvage, maître Jean n'était plus le même. Nous l'avons dit, il s'ennuyait, et, fatigué d'empiler des écus et d'acquérir du terrain, il ambitionnait une vie plus douce et plus agréable que celle qu'il avait menée jusqu'alors.

Il ne lui serait cependant pas venu en idée de contracter un autre mariage. Il avait subi le joug du premier ; mais, appréciant sa délivrance, il n'aurait plus voulu laisser enchaîner sa liberté. Et puis, il n'était plus assez jeune, et disons-le, pas assez considéré dans le pays pour trouver une personne de son rang qui l'eût accepté pour conjoint.

Depuis que Marie était à son service, le notaire
avait senti se réveiller tous ses instincts de volupté.
Bien des fois, en la regardant, il s'était souvenu de
cette statue de marbre qu'il avait animée, et il se
livrait à l'espoir de voir ce rêve converti en réalité.
Souvent l'idée d'une séduction et même d'une violence lui était venue, mais toujours il avait été retenu par le regard sévère de la jeune fllle, par ce
maintien modeste qui commande le respect. Et
maître Jean vivait ainsi, tantôt livré aux atteintes
farouches de sa passion, tantôt dominé par cette
force irrésistible qui l'obligeait aux convenances et
même à la crainte.

Cependant, l'image de la jeune fille le suivait
partout, son travail en souffrait, sa santé dépéris-
sait, et, pour comble de malechance, chaque fois
qu'il rentrait dans sa chambre à coucher, il rencontrait le sourire gouailleur de dame Innocente. Il
aurait voulu l'éviter, il se disait qu'il ne voulait plus
regarder ce portrait qui était un reproche constant
pour lui, et toujours, comme fasciné, il ne pouvait
s'empêcher d'interroger cette figure grimaçante.

La situation était devenue insupportable. Il fallait
une solution; aussi maître Jean prit une résolution
virile.

Il se souvint que le seul jour où il avait eu un peu
de *courage*, c'était le jour de sa visite à son client
Desmasures, et ce courage il l'avait trouvé dans le
bon vin et la bonne chère.

Un matin donc qu'il se sentait encore plus surexcité que d'habitude, il passa dans sa cuisine, et sans oser regarder sa domestique :

— Marie, dit-il, soigne bien le dîner d'aujour-d'hui, je te prie, puis tu iras au caveau et tu prendras une bouteille de mon plus vieux vin de Bottet et une de mon meilleur vin blanc de Côte-Rouge.

— Monsieur attend quelqu'un à dîner?

— Non, mais...

Et ne sachant que dire, le pauvre homme se sauva dans son étude pour cacher sa confusion.

— Lâche ! se dit-il. Non, jamais je n'oserai... et cependant je ne puis plus rester ainsi, il faut absolument que je lui parle.

Le dîner fut tel qu'il l'avait désiré. Il savoura lentement les mets qui lui furent servis, but beaucoup et toujours *sec*. Chaque fois que la domestique paraissait dans la salle à manger, il la suivait d'un regard avide qui devint de plus en plus ardent à mesure qu'il dégustait les vins généreux qu'il avait fait monter de son caveau. Il prit encore une tasse du plus pur moka, suivie d'un double *gloria*, puis, se sentant fort, il commença l'exécution de ses projets.

Tout d'abord, il entra dans sa chambre à coucher, et, montant sur une chaise, il décrocha le portrait de son ex-moitié, passa ensuite dans la cuisine et le suspendit à un clou déjà placé au-dessus de la cheminée. Pendant tout le temps de cette *exécution capitale*, l'infidèle avait eu soin de baisser les yeux, de crainte de rencontrer le regard jaloux, ironique et menaçant de la défunte.

Satisfait de cette première expédition, maître Thibaut passa de nouveau dans sa chambre à coucher,
et, après quelques mouvements un peu agités, la
figure rouge comme le jabot d'un dindon, il fit un
geste résolu, et, s'avançant vers le cordon de sonnette, il le tira vivement.

Quelques secondes après la domestique paraissait. Le notaire la fit entrer, et, après avoir refermé
la porte :

— Marie, lui dit il avec une voix qui avait plusieurs raisons pour être émue, depuis le premier
jour que je t'ai vue, j'ai ressenti pour toi un sentiment inexplicable. Je crois que je ne pourrais vivre
sans toi, et j'ai le projet de t'attacher à moi par des
liens indissolubles. Tu le sais, je suis riche... J'ai de
l'argent de quoi assouvir les désirs d'un avare...
des biens, autant que le marquis de Carabas. Eh
bien ! toute cette fortune peut être à toi. Veux-tu
être ma femme ?

La passion du notaire était vive, mais l'amour du
lucre ne l'avait pas abandonné. Il faisait l'offre de
sa fortune comme moyen de tentation, de séduction,
mais il espérait bien posséder la jeune fille avant
qu'il n'eût rien abandonné de ses avoirs, ni fait
mettre de l'eau bénite sur leur union. Aussi, il eut
presque un soupir d'allégement quand il entendit sa
domestique lui répondre timidement :

— C'est impossible, monsieur Thibaut.

— Impossible ! Pourquoi donc ?

— Pour des motifs que je ne puis vous dire, mais
que vous saurez peut-être plus tard.

— Encore un mystère ?... Marie, ne me désespère pas... si tu savais comme je t'aime !... Tu ne veux pas devenir ma femme, je respecte tes raisons, mais par pitié, je t'en supplie, accorde-moi au moins une nuit de faveur... mets-y le prix que tu voudras, mais ne me refuse pas... Crois-le, un damné ne peut souffrir plus que moi !...

Un sourire indéfinissable parut sur les lèvres de la jeune fille à ces dernières paroles.

— Ecoutez bien, monsieur Thibaut, répondit-elle, je vous accorde ce que vous sollicitez, mais vous m'avez permis d'y mettre les conditions que je voudrais ?

— J'accepte tout, s'empressa de répondre le notaire transporté.

— Eh bien ! le rendez-vous est pour la veille de Noël, quelques minutes avant minuit.

— La nuit de Noël ! Oh ! non, non, c'est impossible. Il faut attendre deux mois encore !

— Vous avez accepté d'avance toutes mes conditions, monsieur. Et j'ajoute que d'ici là, vous ne me tiendrez aucun propos d'amour, vous ne ferez aucune tentative envers moi, autrement je retire ma promesse.

Et sans donner à son maître le temps de répliquer, la jeune fille se retira prestement.

XVI

Comment Marie Vignolet paie sa dette.

Nous sommes au 24 décembre. Il est près de onze heures du matin ; le temps est sombre, le ciel chargé de nuages, et bien que la terre soit couverte de neige, il menace d'en tomber encore. Un froid rigoureux se fait sentir, et maître Thibaut, outre le feu qui pétille dans la cheminée de son étude, a fait aussi allumer son grand poêle de faïence.

Le notaire est dans son fauteuil, les pieds nonchalamment étendus vers le feu ; sa domestique qui vient d'entrer se tient respectueusement à deux pas de lui.

— Monsieur Thibaut, dit-elle timidement, êtes-vous content de mon service ?

— Certainement, Marie.

— Alors, monsieur, le moment est venu de tenir votre parole et de me payer notre convenu.

— C'est sept écus et les intérêts d'un an, n'est-ce pas ?

— Oui, monsieur, mais si vous le voulez bien, vous ne me donnerez pas d'argent et me ferez seulement une quittance comme je vous l'indiquerai.

— Explique-toi un peu mieux ?

— Voilà. Est-ce que Catherine Bachasson, de Villard-Léger, ne vous doit pas sept écus payables à la Saint–François prochain ?

— En effet.

— Eh bien! c'est elle qui est ma créancière. Ayez donc la bonté, monsieur, de lui faire quittance de ce qu'elle vous doit, et dites que c'est pour le service que Marie Vignolet a fait chez vous.

— Vignolet! répéta le notaire, qui entendait ce nom pour la première fois et cherchait à deviner pourquoi la jeune paysanne n'avait pas voulu le dire quand il le lui avait demandé. Puis, comme ce nom ne lui rappelait rien, il n'y attacha pas d'importance, et il se leva pour aller écrire le reçu demandé.

— Voilà, Marie, dit-il en lui tendant le papier et en essayant de grimacer un sourire qu'il voulait rendre gracieux, je tiens ma promesse... tu tiendras la tienne ?

— Ce que j'ai dit est dit, monsieur Thibaut.

— Merci, Marie, exclama l'heureux tabellion.

Puis, comme frappé d'une idée subite, il reprit vivement :

— Quoique tu m'aies demandé tes gages, j'espère bien que tu ne penses pas à me quitter ?

— Tout se décidera ce soir, repartit la jeune fille, qui s'esquiva lestement.

« Tout se décidera ce soir... » ce n'est donc pas sûr, se dit avec anxiété le malheureux notaire, qui se laissa retomber tout découragé sur son fauteuil.

Quelques minutes après, trois coups furent frappés sur la porte cochère. Marie alla ouvrir.

— C'est vous, Jeanne, dit la domestique en tendant la main à une bonne vieille femme munie d'un gros bâton ferré et suivie d'une chèvre qui se mit à gambader de çà de là en entrant dans la cour ; je vous attendais... merci d'être venue.

Elle remit à la pauvresse le papier que son maître lui avait donné un peu auparavant, lui dit quelques mots à voix basse, rouvrit la porte et lui souhaita bon voyage.

Psss ! Mion, fit la vieille.

— Bêêê ! répondit la chèvre en sautillant et suivant sa maîtresse.

Il y avait loin de la Rochette à Villard-Léger ; les chemins étaient couverts de neige gelée et, bien que la vieille connut tous les sentiers de traverse du pays, elle mit longtemps à arriver à destination.

La veille de Noël est déjà un peu fête au village. Chacun se prépare pour le lendemain, et cette activité de tous met de l'animation partout. La messe de minuit est surtout très impatiemment attendue par les jeunes gens, qui trouvent dans les préliminaires l'occasion de rire un brin, et espèrent souvent dans l'obscurité pour faire des aveux qu'ils ont gardés jusqu'alors. Aussi, la course nocturne que font les habitants de chaque hameau pour se rendre à l'église de paroisse, ressemble-t-elle plus souvent à un retour de *vogue* qu'à un pèlerinage de dévotion.

Ce jour-là, comme d'habitude, il avait été entendu que les gens de Tournalou viendraient se joindre au village des Clercs, et qu'à dix heures sonnantes on s'acheminerait tous ensemble vers l'église de Villard-Léger. La réunion avait lieu chez Pierre

Riboud *le dégourdi*. Ce jeune homme avait reçu
ce surnom pour son activité infatigable et son aptitude à toutes sortes de métiers. Il était, au besoin,
maçon ou charpentier, maréchal-ferrant ou vétéri-
naire, et son bien était le mieux travaillé du pays. A
vingt-quatre ans il avait épousé une femme charmante qui lui avait apporté une grosse dot ; enfin, il
avait si bien su faire qu'il était devenu le *gros
bonnet* de la localité. En outre, comme il savait lire
et écrire,— chose rare à cette époque,— il avait été
nommé vice-syndic de la commune.

Donc, à la grosse nuit, Catheline la *Bardasse*,
notre ancienne connaissance du village de Tournalou, arrivait au lieu du rendez-vous avec son gros
Tony et plusieurs autres personnes.

Aussitôt que les cloches, avec leur gai carillon,
eurent fait appel aux paroissiens, Pierre *le dégourdi*
donna le signal du départ en entonnant le Noël de
circonstance. Bientôt torches, lanternes et falots furent allumés, et la bande joyeuse se mit en marche
en répétant le refrain.

— Nous sommes moins nombreux que l'année
dernière, dit Pierre ; il paraît que les vieux de Tournalou se sont donnés peur des chemins ?

— De Tournalou il ne manque que le père Manot
et la Friquette, tous deux morts, répondit quelqu'un
de la troupe.

— Bin oui ! parlons-en de cette mijaurée, se hâta
de dire la *Bardasse*. Il y a juste un an aujourd'hui
qu'elle avait voulu être belle, comme l'était autre-

fois la femme des seigneurs de Montmayeur, et puis,
c'est moi qui ai payé la robe ! Oh ! mais... elle ne
doit pas l'avoir portée en paradis... faire perdre une
pauvre malheureuse comme moi, c'est une abomi-
nation... Ce n'est pas facile de refaire les sept écus
que je devais donner à monsieur Thibaut, et quand
viendra la Saint-François, je suis bien sûre d'être
mise dehors de ma baraque, car il n'est pas tendre
le *Rogne-clou.*

— N'avez-vous pas raconté, Catheline, que la Friquette était venue vous voir un soir et qu'elle vous
avait dit qu'elle vous payerait pour la nuit de
Noël?

— Oui, et à la porte de l'église de la Rochette, encore... J'avais la berlue, quoi ! Pas si bête d'aller
faire cette trotte par de pareils chemins, sans avoir
plus d'assurance..... mes écus sont bien perdus,
allez.

— Avant de dire ça, il faut attendre à demain, dit
Tony, qui avait toujours eu un faible pour Marie
Vignolet et ne partageait pas les rancunes de sa
mère.

— Les morts sont bien morts et ne reviennent pas,
riposta sentencieusement la *Bardasse;* monsieur
le curé l'a dit bien souvent. Cependant... ce soir-là,
j'aurais parié que c'était la Friquette qui me parlait.

— Oh ! monsieur le curé dit qu'il n'y a pas de
revenants, parce qu'il n'en n'a jamais vu, dit une
femme, mais moi, je dis qu'il y en a. Quand mon
pauvre *Joset* est mort,— le bon Dieu ait son âme,—

pendant bien longtemps, tous les soirs il venait frapper trois coups au pied de mon lit.

— Mais l'avez-vous vu ?

— Oh non !

— Eh bien, c'est seulement un *signe* pour demander des prières. Mais les *revenants*, c'est quand les gens reviennent en chair et en os.

— J'en ai vu un, moi, reprit un jeune homme. C'était une nuit qu'il menaçait de pleuvoir ; nous avions laissé du blé dehors, et comme j'allais au *grand champ* pour le rentrer, il y avait devant moi un fantôme tout blanc qui ne touchait pas terre, et puis il a disparu tout à coup.

— Mais qu'est ce donc que l'on voit là bas ? dit le *dégourdi*, en désignant quelque chose de l'index.

Toute la troupe s'arrêta et se groupa. La conversation que l'on venait de tenir n'était pas faite pour donner du courage ; aussi, les jeunes filles se rapprochèrent des garçons, qui ne demandaient pas mieux que d'être leurs défenseurs et surtout d'avoir l'occasion de les serrer de près.

A une centaine de pas d'eux, une faible lumière allait, venait, sautillait de droite et de gauche pour rester parfois immobile.

— Un *feufollet*, dit la *Bardasse*.

— Il n'y a pas plus de *feux-follets* que de *revenants*, riposta Pierre ; la lumière s'approche, nous allons bien voir ce que c'est.

— Qui va là ? cria-t-il fortement.

— Ami, répondit une voix aigrelette.

— Si c'est un ami, il faut attendre. Quelqu'un, sans doute, qui a envie de faire route avec nous.

Peu après le mystère fut éclairci. Une chèvre ayant une petite lanterne suspendue à son cou arrivait en gambadant et précédait une vieille femme.

— Avez-vous parmi-vous Catherine Bachasson ? dit la nouvelle venue, en s'adressant à la société.

— La *Bardasse !* Oui, répondirent plusieurs voix.

— J'ai une commission pour elle. Et la vieille tendit un papier.

— Une lettre ! miséricorde ! Ils veulent se moquer de moi ; on sait bien que je ne sais pas lire.

— On lira pour toi, Catheline, à moins que tu ne veuilles pas que l'on sache ce que ton amoureux t'écrit, dit le vice-syndic.

Un rire général accueillit cette grosse plaisanterie.

On se rapprocha des lumières, et Pierre lut à haute voix :

« Je soussigné déclare devoir pour gages, à Marie Vignolet, la somme de sept écus de six livres, avec les intérêts d'un an, et sur sa demande j'en fais quittance à Catherine Bachasson, de Villard–Léger, ma débitrice.

« En foi de quoi,

« JEAN THIBAUT,

« Notaire à la Rochette. »

— Jésus ! Marie !

— La Friquette !

— Seigneur ! exclamèrent plusieurs voix.

On se retourna du côté de la commissionnaire pour lui demander des explications, mais femme et chèvre, tout avait disparu.

— Eh bien, mère, vous voilà payée, s'empressa de dire Tony. Vous pouvez bien vous repentir maintenant de tout ce que vous avez dit contre cette pauvre Marie.

Tous restaient plantés sur place comme des champignons sous un sapin.

— En route! cria la voix retentissante du *dégourdi*.

Tout le cortège se remit en marche.

— Jarnicoton! dit enfin la *Bardasse*, c'est à n'y rien comprendre, car enfin, si la Friquette est morte, elle n'a pas pu aller servir chez monsieur le notaire. Tout ça n'est peut-être que de la farce.

— Alors, non, dit le vice-syndic. J'ai vu souvent des actes de M° Thibaut, et je vous assure que c'est son écriture et sa signature.

— Pas moins vrai que je veux tirer la chose au clair, et, pas plus tard que demain matin, j'irai à la Rochette. Puisque vous dites qu'il n'y a pas de *revenants*, comment expliquez-vous la chose, Pierre?

— Je ne puis l'expliquer, c'est vrai, et cependant, je vous le répète, le reçu est bien de la main du notaire.

— Ainsi soit-il! fit la *Bardasse*.

— Quant à dire qu'il n'y a pas de revenants, c'est pas vrai, dit la Maurise Bibolet, qui jusque-là n'avait dit mot. Moi, j'en ai vu comme je vous vois là. On dit que le bon Dieu accorde quelquefois la grâce de revenir sur terre à des âmes qui ont besoin de prières ou de se faire pardonner quelque chose.

— Oui, mais revenir en corps et en âme pour faire une domestique, cela ne s'est jamais vu. Alors il ne vaudrait pas la peine de mourir.

— Puisque le bon Dieu est tout-puissant, il peut bien faire ce qu'il veut.

— C'est juste, dirent plusieurs voix.

La petite troupe continua de discourir sur l'incident survenu sur les *revenants*, *fantômes*, *sarvants*, *signes* et *feux follets*, et arriva dans l'église comme le clerc venait de sonner les trois coups.

L'office commença. La *Bardasse* courbée sur son banc de bois, paraissait absorbée ; son regard était fixe et sa bouche ne murmurait aucune prière. Elle resta longtemps ainsi.

« Mon Dieu ! dit-elle enfin, pardonnez-moi tout ce que j'ai dit de mal contre Marie Vignolet, d'aussi bon cœur que je lui pardonne moi-même, et mettez-là dans votre saint paradis. »

CHAPITRE XVII

Le rendez-vous de Friquette.

Pendant que les faits que nous venons de raconter se passaient dans la commune de Villard-Léger, maître Jean Thibaut attendait avec impatience l'heure fixée pour le rendez-vous. La journée avait été excessivement pénible. Depuis le moment où sa domestique lui avait laissé entrevoir la possibilité de quitter son service, le pauvre homme n'avait plus eu un moment de tranquillité. Cette perspective ne lui était pas venue en idée plus tôt, et il se demandait sérieusement s'il lui serait possible de vivre sans cette créature qui lui était devenue si nécessaire sous tous les rapports. C'est que, outre la passion qu'il avait conçue pour elle, il reconnaissait que son ménage n'avait jamais été aussi bien tenu, et puis, il lui avait découvert une qualité inappréciable : elle ne mangeait pas ou presque rien. On conçoit donc combien ce cuistre, qui savait mener plusieurs vices de front, avait intérêt à conserver cette domestique. Aussi, il était arrivé à la nuit bourrelé entre le bonheur de voir s'approcher le moment où il espérait satisfaire ses désirs et la crainte d'être abandonné.

Plusieurs fois dans l'après-midi, il avait été sur le point de s'adresser directement à la jeune fille pour se faire rassurer sur ce doute qui l'accablait, mais toujours il avait été retenu par une crainte inexplicable, et aussi par cette fatuité inhérente à tous les hommes de croire que, dans l'intimité de l'entrevue qui lui avait été promise, il saurait faire valoir des raisons plus convaincantes pour la décider à rester auprès de lui. Il était donc bien décidé à employer tous les moyens de séduction qui étaient en son pouvoir, et, à cet effet, il avait aussi bourré

ses poches d'argent, — argument qu'il croyait irrésistible.

Son inquiétude, un peu calmée par ces derniers
préparatifs et diverses considérations, il ne pensa
plus qu'au bonheur qu'il espérait et, en attendant,
il arpentait fiévreusement son étude, consultant de
temps à autre une grosse montre d'argent en forme
d'oignon, qu'il tirait soigneusement de son gousset, tout en s'exerçant aux phrases brûlantes qu'il
voulait débiter pour préparer sa victoire.

La grosse cloche de la Rochette venait de sonner
à toute volée. Maître Jean s'approcha de la fenêtre
et regarda le manteau de neige qui couvrait le bourg.

Allez, dévots et dévotes, se disait-il en souriant
malicieusement, courez à la messe de minuit, vous
ne trouverez pas dans vos *oremus* la félicité que je
vais goûter sans aller la chercher si loin.

Gourmands et gourmandes, préparez seulement
vos pâtés, vos saucisses et vos rissoles, vous ne
ferez pas un meilleur réveillon que moi !...

Et le notaire reprit sa marche agitée.

Peu après il consulta de nouveau sa montre.
Enfin ! dit-il avec un soupir de satisfaction, et se
dirigeant vers la cheminée, il prit le lanternin. Il eut
de la peine à allumer la petite bougie, tant il tremblait ; jamais il n'avait éprouvé une émotion aussi
vive. Notre vieux mit une main sur son cœur, comme pour en comprimer les battements, et c'est dans
cette attitude, ridicule pour son âge, qu'il s'achemina sans bruit, sur la pointe des pieds.

Il entra dans la salle à manger et, comme il fallait aussi traverser la cuisine pour aller à la chambre de la domestique, il s'aperçut, par la porte
mal jointe, qu'il y avait encore de la lumière dans
cette pièce.

Le notaire étonné s'arrêta déconcerté.

Dans ce moment il entendit comme une plainte
arrachée par la souffrance; surpris il prêta l'oreille,
mais un gémissement nouveau suivit bientôt le premier.

Elle est malade, sans doute, se dit maître Thibaut, et il entra résolûment dans la cuisine.

Un spectacle inattendu et affreux s'offrit à sa vue.
Marie, couchée tout de son long devant la cheminée,
revêtue d'une belle robe de drap noir et mise comme
un jour de grande fête, avait ses pieds nus posés
sur le chenet, au-dessus d'un feu ardent.

La pauvre enfant se tordait de douleur.

Le notaire restait terrifié.

— Vous voilà, monsieur Thibaut, dit la jeune
fille d'une voix entrecoupée de soupirs déchirants...
vous avez bien fait de ne pas oublier mon rendez-
vous... il faut que mon exemple vous soit salu-
taire·

Par coquetterie, l'année dernière, j'ai emprunté de
l'argent pour m'acheter la robe de drap que j'ai sur
moi, et je suis morte sans avoir pu le rendre... Depuis lors, chaque soir, je souffre ce que vous voyez,
heureuse encore d'avoir pu obtenir de Dieu la grâce
de revenir gagner pour payer ma dette.

Monsieur Thibaut, souvenez-vous que le bien d'autrui n'entre pas en paradis.

A peine eut-elle achevé ces mots, — prononcés sans doute dans le même moment que la *Bardasse* faisait son invocation à Dieu, — qu'il se passa un phénomène étrange. Le feu qui était sous les pieds de la pauvre martyre s'éteignit subitement ; il ne resta qu'une clarté douce qui forma une auréole tout autour d'elle. De noire qu'elle était, sa robe se changea en vêtement blanc d'une légèreté idéale, et son visage si souffrant prit un air rayonnant. Puis, lentement, elle s'éleva comme portée sur un nuage.

— Marie ! Marie ! exclama le notaire en tendant les bras vers elle.

Mais tout à coup il tomba foudroyé !

A la clarté de l'auréole, il avait vu le sourire railleur et le regard sévère de dame Innocente.

CHAPITRE XVIII

Comment un brave homme peut se trouver dans la peau d'un fripon.

Le jour commençait à poindre, quand une vieille femme suivie d'une chèvre entra dans la maison de M. Thibaut.

Le notaire, encore étendu à terre, roulait des yeux hébétés autour de lui, comme une personne qui sort d'un long évanouissement et cherche à rappeler ses souvenirs. En voyant la chèvre, il se couvrit les yeux d'une main.

— Ne vous effrayez pas, monsieur, c'est moi, la *Jeanne des Ave;* ne vous avais-je pas dit que je viendrais vous voir pour la Noël ?

Ce nom n'était pas fait pour rassurer le notaire, il avait entendu dire si souvent que cette femme était morte.

— Venez-vous de la part de Satan ? dit-il en se signant.

— De la part de Marie, qui m'a envoyée pour vous secourir et pour vous recommander de vous souvenir. Allons, monsieur, il faut vous mettre au lit ; vous tremblez, vous avez la fièvre.

La vieille aida maître Jean à se soulever et l'accompagna dans sa chambre.

— Et maintenant, lui dit-elle, après l'avoir arrangé maternellement dans son lit, à nous revoir dans un monde meilleur, monsieur Thibaut. Je vais prévenir le médecin et vous envoyer de la compagnie.

Aussitôt seul, le notaire chercha à se remémorer les événements de cette nuit terrible : « Il faut que mon exemple vous soit salutaire ! » a dit Marie. Et ensuite : « Souvenez-vous que le bien d'autrui n'entre pas en paradis ! » Le bien d'autrui... mais c'est toute ma fortune ! Et le notaire resta longtemps absorbé.

Il fut tiré de ses réflexions par deux ou trois petits coups frappés à sa porte.

— Entrez, dit-il.

— Faites excuse, monsieur, si j'ai pris la liberté de venir jusque dans votre chambre ; je ne savais pas que vous étiez encore couché. J'ai trouvé la porte ouverte et personne pour me répondre. Mais, puisque j'ai la chance de vous voir, permettez que je vous demande un petit renseignement.

Vous ne me reconnaissez peut-être pas? Je suis Catheline Bachasson, de Villard-Léger. Une personne m'a apporté, hier soir, une quittance de ce que je vous dois, et je viens vous demander si c'est bien vous qui l'avez faite ?

— Oui, Catherine, le reçu est bien de moi et vous ne me devez plus rien.

— Mais comment donc que ça s'est fait que la Vignolette, qui était morte, est revenue en service chez vous ?

— Rien n'est impossible à Dieu, Catherine.

La porte s'ouvrit de nouveau, et deux personnes entrèrent à la fois : c'était le médecin et l'huissier Riton.

Après les saluts et compliments d'usage, le docteur tâta le pouls du malade, examina sa langue et l'engagea à lui conter à quoi il pouvait attribuer son malaise.

Le notaire narra simplement ce qui était arrivé, sans omettre aucune circonstance ni aucun détail.

Pendant le récit, le médecin hochait de temps en temps la tête ; puis, quand il eut fini, s'adressant à l'huissier :

— Bien malade !... il bat la campagne. Je vais

d'abord pratiquer une saignée, nous verrons ensuite.

— Non, docteur, reprit maître Jean, je ne délire
pas, et je ne pense pas être aussi malade que vous
le croyez. Je comprends que les émotions de cette
nuit m'aient donné la fièvre, mais j'espère être remis sous peu. Quoique très invraisemblables, les
faits que je viens de vous raconter sont vrais ; je ne
saurais vous les expliquer, comme tout ce qui m'est
arrivé depuis près d'un an. Attendez donc à ce soir
avant de m'infliger aucun remède.

Voisin Riton, je compte sur vous pour m'aider
dans l'accomplissement d'une résolution qui est
inébranlable. Veuillez aller dire au syndic que je le
prie de faire annoncer, au son du tambour, — afin
qu'on le sache dans tout le canton, — que mes biens
sont en vente, et que toutes les personnes qui ont à
se plaindre de moi pour une chose ou l'autre, n'ont
qu'à se présenter, et justice leur sera faite.

Quant à vous, Catherine, puisque la Providence
vous a envoyée ici, je vous serais reconnaissant de
rester encore quelques jours avec moi ; je paierai
ce qu'il faudra.

Quelques heures plus tard, toute la Rochette connaissait les événements arrivés chez M⁰ Thibaut, et
chacun les commentait à sa manière. Ce qui éton-
nait le plus, c'est que le *Rogne-Clou* se résignât à
restituer.

Pendant plusieurs jours, ce fut un va-et-vient continuel chez le notaire, qui s'occupa du règlement de

ses affaires avec une activité fébrile, vendit ses
biens, rendit des avoirs mal acquis, restitua des honoraires indûment perçus, distribua des aumônes,
augmenta des indemnités, etc., etc., enfin tous ceux
qui se présentèrent reçurent satisfaction. Il n'y eut
pas jusqu'à l'huissier Riton qui ne profita de cet élan
de générosité pour faire ajouter encore quatre écus au
dédommagement déjà discuté et payé de *Rustique*.

Puis, un beau jour, maître Thibaut congédia la
Bardasse, après l'avoir largement rétribuée, et,
portant une valise qui contenait le reste de sa fortune, il alla frapper à la porte de la Chartreuse de
Saint-Hugon.

— C'est un pêcheur qui demande l'entrée du couvent pour prier et faire pénitence, dit-il au supérieur.

— Soyez le bien venu, frère Jean, lui fut il répondu.

Pendant plusieurs années après, on donna de
fortes aumônes, soit à l'abbaye même, soit à la
maison de Saint-Clair, sur la Rochette, qui était une
succursale. Le jour de Noël surtout, il y avait une
distribution générale. C'était la fortune du frère
Jean qui s'en allait en bonnes œuvres.

Cette histoire fit grand bruit dans le pays ; elle
s'est conservée de mère en fille, et maintenant encore, dans les soirées d'hiver, quand il s'agit de
donner une leçon de morale à une jeune fille trop
coquette ou à de petits maraudeurs, la grand'mère,
en tillant son chanvre, raconte la légende de la
Marie aux pieds brûlés.

LA FERRURE DE LA MAURISE

————✳————

La Maurise Porraz fut pendant trente-cinq ans
notre fermière. C'était, quand j'avais huit ans, une
bonne grosse mère, vive et gaie comme une alouette,
n'ayant jamais une minute de repos. De l'aube à
minuit elle travaillait toujours. Ses enfants, son
ménage, les bouvillons, les porcs, les poules, elle
tenait à tout. L'ouvrage lui fondait dans les mains,
et quand la maison était propre, la soupe cuite, la
basse-cour tranquille, la Maurise prenait une pioche
et s'en allait retourner un carré du jardin dont elle
seule prenait souci. Toutes ces choses, elle les faisait sans grand fracas, heureuse de contenter son
monde et de voir tout prospérer autour d'elle.

Ceux qui l'avaient connue jeune disaient qu'on
n'avait jamais baptisé une aussi jolie fille dans la
paroisse de Triviers. Elle était née, disait-elle, l'an
qu'on avait tué le roi de France, et s'était mariée
l'année après la grande misère : c'était là tout ce
qu'elle savait d'histoire et de chronologie.

Voici comment se fit son mariage, dont tout le

pays parla longtemps. L'aventure est aussi véridi-
que que curieuse, et peut-être trouverait-on encore
à Challes quelques vieilles gens qui s'en souvien-
draient comme moi.

La Maurise était la seconde fille de Bernard
Couter, un cadet de famille qui n'avait rien. Je me
trompe : il avait une mauvaise baraque près des
châtaigniers de Bois-Plan, où deux douzaines de
poules eussent été fort gênées, mais où il vivait,
lui, sa femme, ses deux filles et une chèvre.

C'était un journalier, travaillant tantôt ici, tantôt
là pendant les mois chauds de l'année, rapportant
fidèlement à la Clinon, sa querelleuse moitié, les
quelques sous qu'il recevait pour prix de son labeur.

L'aînée des filles, laide mais forte et vaillante,
s'était vite casée : un vigneron du château de Challes l'avait épousée. Restait la jolie Maurise, non
moins robuste et entendue que sa sœur, mais qui
par malheur s'était prise, dès longtemps, d'amitié
pour Claude Porraz ; un cadet aussi celui-là, beau
garçon et fort comme un cric, seulement n'ayant pas
plus de patrimoine que la Maurise n'avait de dot.

Ils avaient trente-cinq ans à eux deux quand leurs
amours commencèrent. C'était un enfantillage encore ; on n'y prenait pas garde ; quelques-uns même
en riaient, mais eux, du premier jour, mirent tout
leur cœur dans l'espoir de vivre unis.

Bernard Couter, qui savait ce qu'il en était de la
pauvreté, moralisait sa fille à perte de vue sur les
inconvénients de marier la faim avec la soif. De

leur côté, les parents de Claude ne voulaient point
entendre parler de ses projets, quelque éloignés
qu'ils puissent paraître, François leur aîné ayant
amené déjà une belle-fille dans la maison, ce qui.
à leur dire, suffisait amplement pour mettre la misère au landier.

Donc, les pauvres amoureux continuaient à passer leurs veillées d'hiver et leurs après-vêpres d'été
ensemble, sans trop savoir ce qu'il adviendrait plus
tard, supportant les lazzis des uns et les remontrances des autres avec bonne grâce, mais bien
décidés à en arriver un jour ou l'autre à leurs fins...

— Mais, mon garçon, disait Bernard, quand vous
seriez tous deux en âge et que je te dirais oui, où
en serais-tu tout de même?... As-tu seulement de
quoi *ferrer* ta femme ?...

Cela, c'était vrai de reste : notre galant n'aurait
pas su où prendre les trois louis nécessaires à
l'achat de la croix avec son cœur d'or et la bague
d'argent, qui constituaient ce qu'autrefois on appelait *la ferrure* de l'épouse.

Et c'est parce qu'il pensait à toutes ces choses,
qu'il était bien triste et bien découragé, Claude Porraz, chaque fois qu'il quittait la Maurise pour retourner au Chaffard, où ses parents demeuraient.

Dans ce temps-là, le grand Napoléon prenait tous
les garçons depuis l'âge de dix-huit ans pour les
emmener avec lui faire la guerre aux quatre coins de
l'Europe; il ne laissait dans les villes et les villages que les bossus, les borgnes, les boiteux et les

manchots. La conscription enleva donc Claude comme les autres ; seulement, parce qu'il était grand et fort, on en fit un canonnier de la garde de l'Empereur. C'était un honneur dont il se serait bien passé, mais il n'y avait rien à dire : c'était réglé comme ça d'avance, on allait où l'on vous envoyait... et voilà !

Quand il vint faire ses adieux à la Maurise, celle-ci lui prit la main, et le regardant dans le fond des yeux :

— Va seulement, Daudon (1), lui dit-elle, je t'attendrai tout le temps qu'il faudra.

Et les unes après les autres les années se passèrent sans que la jeune fille changeât d'idée.

Malgré qu'elle fût devenue plus fraîche et plus avenante qu'une rose des haies, aucun des jeunes gens, qui, par faveur ou autrement, demeuraient au pays, n'osaient s'arrêter à causer avec elle, quand elle travaillait aux champs ou menait paître le long des fossés de la route sa vieille chèvre blanche.

On savait que c'était peine perdue de lui parler mariage, et chacun respectait son sentiment.

Pourtant c'était bien dur alors, l'absence... bien peu savaient lire de ceux qui étaient partis... De loin en loin, il arrivait d'Espagne, de Russie ou d'Allemagne une lettre d'un soldat de la paroisse.

Ces pages, écrites par un camarade complaisant, disaient toujours les mêmes choses : on s'était battu ;

---

(1) Claude, en français.

on se battait, on allait se battre..... c'était là le ré-
sumé de la vie de l'époque.

Pauvres lettres! que de temps on mettait à les
lire, à deviner ces noms de pays ou de villes que
jamais on n'avait entendus!... Les voisins, avertis,
arrivaient les uns après les autres, et à chaque nouvelle entrée, on recommençait la lecture.

Claude, lui, était le seul du village qui fût canonnier de la Garde ; aussi jamais personne ne
donna de ses nouvelles, jamais il n'écrivit, c'était
comme s'il eût été mort.

Enfin, quand toutes les guerres furent terminées,
que les Anglais eurent emmené une bonne fois pour
toutes de l'autre côté de la mer l'empereur de France,
ce qui restait de soldats en vie revint au pays.

Il y eut alors dans toutes les maisons une grande
fête ou un grand deuil. Les mères, les sœurs, les
fiancées s'attardaient, soir et matin, au détour de
chaque sentier, au sommet de chaque côte déboi-
sée, et regardant loin, bien loin devant elles si quelqu'un des leurs ne cheminait point dans les replis
sinueux de la route ou dans les chemins caillouteux
du village

Les premiers venus parlaient des autres : un tel
était mort à Moscou, l'autre en Espagne ; celui-ci
était passé caporal ou sergent, celui-là n'avait plus
donné de ses nouvelles... Et les parents pleuraient
le mort ou continuaient à espérer le retour de l'ab-
sent.

Claude Porraz revint des derniers. Fait prisonnier dans la campagne de France, il lui avait fallu du temps pour être libre et revenir du fond de l'Allemagne, où les Prussiens l'avaient emmené.

Au Chaffard, on le croyait mort ; mais la Maurise, sans rien savoir de lui, l'attendait toujours.

Un soir enfin, il frappa à la porte de Bernard Couter ; c'était la première habitation sur la route de Chambéry à Triviers. Les deux vieux étaient seuls. Claude eut de la peine à se faire reconnaître, il était si changé ! Après les premiers bonjours, il demanda tout tremblant si la Maurise ne demeurait plus avec eux. La Clinon grommela quelques paroles entre ses dents d'un air fâché. Elle n'avait jamais aimé le jeune homme et lui en voulait d'avoir empêché sa fille de se marier richement.

Bernard, plus franc et moins intéressé que sa femme, secoua la tête tristement et répondit :

— Ne sais-tu pas, garçon, ce que la Maurise t'avait promis ?... Eh bien ! malgré l'ennui et. . la misère, la petite t'a tenu parole, elle t'a attendu...

Depuis ce jour-là, les deux amoureux semblèrent reprendre leur vie d'autrefois ; mais hélas ! il ne pouvait être encore question de mariage pour eux. Les temps étaient devenus si durs, la famine s'était si bien abattue sur tout le pays de Savoie que, dans les meilleures maisons des villages, le pain manquait et que les pauvres n'avaient plus d'autres aliments que l'herbe des prés et quelque peu de graines fourragères ramassées sur les planches des fenils ou dans les coins oubliés des vieux greniers. Plus de

travail, plus de ressources, plus d'espérances ! On
entendait derrière les portes closes des pleurs
d'enfants qu'aucune parole ne pouvait apaiser, et
le long des champs et des haies, on voyait errer,
sombres et désespérés, des pères et des mères cherchant quelques pousses d'herbes nouvelles ou dé-
terrant les racines de chicorées et d'oseilles sauvages pour la maigre soupe du soir.

Oh ! la sinistre année que celle-là, et comme le
souvenir en est resté vif et poignant dans la mémoire des vieux ! On venait d'avoir l'une après
l'autre les deux invasions ; la terreur des habits
blancs était à peine calmée. Chacun essayait de
réparer ses pertes, de se reprendre au travail trop
longtemps interrompu par les sanglantes fantaisies
de Napoléon ; les champs étaient de nouveau labourés et ensemencés ; on espérait vivre tranquille
en peinant et se privant autant que les paysans savent le faire quand ils le veulent.

Mais, hélas ! le froid, la pluie, l'inondation même
vinrent paralyser tous les efforts, abattre tous les
courages. Que faire contre le manque de soleil, les
bourrasques, les averses continuelles ? Que faire
quand le foin versé pourrissait sur plante, quand
le peu d'épis venus à bien germait sur la tige en
andains, en javelles ? Que faire des pommes de terre
gâtées, du raisin resté vert, des fruits tombés avant
la maturité ? Jamais misère pareille ne s'était vue :
le froment se vendait cinquante francs le sac ; le
vin ?... il n'y en avait pas !

Avec ça, le pays n'était pas tranquille. Il y avait des bandes de rôdeurs de nuit, on arrêtait les voitures sur les grandes routes et les colporteurs dans les chemins écartés. Toutes sortes de mauvais bruits couraient parmi les gens du hameau : on avait enlevé la vache du vieux Chiron dans son écurie ; on avait arrêté Ambroise Basset au pont Dégala ; parfois, ceux qui rentraient tard voyaient des bandes de cinq ou six hommes filer le long des bois de Barby, gravir les rocs pelés des Combes de Challes, et disparaître, à la moindre alerte, derrière les grandes haies ou les massifs de buis bordant les vignes du mas du château. Quels étaient ces individus? où allaient-ils? Quelques uns prétendaient que les Mandrins, ces vieux débris des bandes du célèbre brigand, tentaient de se reformer dans les environs de Chambéry. La Savoie les connaissait bien ces terribles aventuriers que rien n'arrêtait. Les grands-pères en avaient tant parlé le soir dans les veillées que tout le monde tremblait au souvenir des orgies, des vols, des massacres dont les vallées de Nance, de Novalaise et des Echelles avaient jadis été le théâtre. La terreur s'ajoutait donc aux autres souffrances, et l'on était triste, triste, et personne n'osait penser à l'avenir.

Chez Bernard Couter, plus qu'ailleurs peut-être, la misère noire et tenace s'était fait sentir.

Ceux-là n'avaient pas eu de prés à faucher, de champs à moissonner, de bétail à vendre !...

Si fait, cependant. A la dernière extrémité, quand

toute l'herbe sèche avait été mangée, quand les
ronces n'eurent plus de feuilles, les broussailles de
pousses tendres à ronger, Bernard s'était défait de
la chèvre blanche. Les deux écus qu'il en avait tirés
durèrent un peu de temps, puis il n'y eut plus rien,
plus rien dans la baraque de Bois-Plan.

La Clinon, hargneuse et méchante, accablait de
reproches son mari. Pour la Maurise, elle n'eût
point osé l'attaquer en face, elle savait trop que la
jeune fille saurait se défendre à l'occasion. Mais
Bernard... c'était autre chose !

Depuis près de trente ans qu'elle le tourmentait
de querelles journalières, le pauvre homme n'avait
jamais eu l'idée de lui clore la bouche d'un soufflet
ou d'une taloche. Ah ! Bernard... il était à elle,
c'était son homme, son souffre-douleur et son gagne-
pain ; elle pouvait donc, la mégère, l'accabler d'insultes et de malédictions ! Et, certes, il n'en chômait pas.

— Ah ! s'il n'avait pas été toute sa vie un lâche,
un *pousse-mou*, un *gaga*, est-ce qu'il n'aurait pas
forcé sa fille à se mettre au pain !... Pourquoi n'a-
vait-elle pas pris Jacquot des Voiron ?... Parce
qu'il était borgne ? La belle raison ! Ça l'empê-
chait-il de faucher son *andain* aussi droit que les
autres ? Et le vieux Grisard de Saint-Baldoph, il
n'était peut-être pas assez bon pour son lève-nez
de fille qui n'avait que les ongles et les dents ?...
Et c'était ainsi, des journées entières, une avalanche
d'injures que le placide Bernard se gardait bien
d'arrêter.

Au fond du cœur, il eût peut-être bien désiré que la Maurise ne se fût pas entêtée à aimer son Claude, mais il ne se sentait ni la force, ni la volonté de la contrarier. Elle ne voulait pas?... Eh bien ! elle ne voulait pas, puis voilà ! Si elle restait à marier, elle ne resterait pas à mourir, après tout ! Chacun n'était-il pas maître de sa peau, aussi bien une fille qu'un garçon ?

C'était, d'habitude, par ces raisonnements assez concluants que se terminaient les fréquentes altercations des deux vieux, qui, du reste, avaient toujours lieu en l'absence de leur fille

Celle-ci, sans en avoir l'air, n'ignorait pas ce qui se passait entre son père et sa mère, et c'était son *crève-cœur*, mais elle se sentait devenir toute froide à l'idée de prendre un autre mari que le canonnier, comme on l'appelait dans la paroisse.

Certainement, du train dont les choses marchaient, elle avait encore de belles croûtes à manger avant d'être sa femme !... Claude lui avait dit assez souvent que le gros Porraz ne voulait pas deux belles-filles à la maison, et que s'ils se mariaient, il leur faudrait aller en ferme tout de suite.

Etre fermière ! ah ! cela ne l'effrayait pas la courageuse jeune fille, bien au contraire ! Avoir des bœufs, des vaches, des poules, se sentir sur les bras autant de besogne qu'on en peut faire, avoir de la peine, des embarras, un grand branle en un mot, quel rêve pour la Maurise ! Mais pour cela il aurait fallu des avances, de l'argent pour le cheptel, de

l'argent pour les outils, les semences et la première
cense... et que d'autres choses encore... cela faisait trembler rien que d'y penser !

Autrefois, avant que Claude partît pour son sort,
tout leur temps se passait en rires et en chansons,
c'était à celui qui aurait plus vite tillé son paquet
de chanvre, dépouillé le plus gros tas de maïs,
rempli le premier sa benne de raisins foulés, et lorsqu'assis sous le grand poirier du pré, les après-
midi des dimanches, ils causaient du temps lointain où ils puiseraient la soupe à la même marmite,
jamais une pensée de tristesse, jamais un souci
n'était venu assombrir leur front. Maintenant ils
ne pouvaient plus se voir sans se sentir envie de
pleurer... Lui, Claude, si crâne au travail, si dur
à la fatigue, était tout sombre et tout accablé devant la Maurise, et de longues heures se passaient
dans un silence douloureux.

Il savait bien, le brave cœur, que chez les Couter
les cendres du foyer n'étaient pas souvent chaudes,
que la *maie* était vide et le buffet sans provisions ;
il savait bien que la Clinon passait sa vie à le maudire, que Bernard souffrait sans se plaindre et que
surtout la Maurise séchait d'ennui...

Mais que faire ? que faire ?... Plus il y pensait,
plus les choses se brouillaient dans sa tête, et moins
il trouvait le moyen de sortir d'embarras,

Un dimanche, en quittant la jeune fille à l'heure
habituelle, Claude rencontra un camarade de Barby.
Sans avoir grande envie de causer, il répondit

cependant honnêtement à Paul Guidon qui était, lui, un passe-à-quatre fini, tenant aussi ferme la fourchette à table que la pioche à la vigne, et faisant sonner à toute occasion la monnaie dont son gousset était garni.

On ne savait pas, par exemple, d'où venait cet argent. Fils d'un fermier des hospices qui payait un lourd fermage, il était peu probable que son père lui donnât les pièces blanches avec lesquelles il *faisait le garçon* le dimanche.

Pourtant, il en avait, et c'était là un mystère qui faisait jaser bien des gens.

Paul s'aperçut vite que Claude était sombre et contraint. Du reste, il savait dès longtemps d'où provenait l'ennui de son compagnon.

— Ecoute, lui dit-il après s'être entretenu de choses insignifiantes, parlons peu et que ce soit bon. Tu veux te marier avec la Maurise de Bernard Couter ? De ce côté-là, tu as raison, c'est une bonne luronne qui vous retourne les mottes de terre comme un cuisinier une omelette, elle fera donc ton affaire si tu prends une ferme, ou comme que ce soit ; mais ton père ne veut rien te donner ; toi, tu n'as pas le premier sou pour t'acheter une marmite, tu te casses les reins à piocher pour ton frère et sa marmaille, et de tout ça, tu es gonfle de chagrin et tu ne sais pas que devenir. Eh bien ! là, tu as tort, parce que, vois-tu, celui-là qui veut gagner de l'argent y arrive toujours. Tiens, regarde ! j'en ai bien moi, est-ce que tu crois que c'est le père Colas qui m'en donne ? Ah ! ben, oui ! Comptes-y !

Et, ce disant, le jeune homme montrait à Claude une poignée de gros sous et de menue monnaie.

— C'est bien aisé de dire : on peut, on peut, reprit Porraz d'un ton piteux, encore faut-il savoir où tu le trouves l'argent que tu as... A moins de le voler, je ne saurais où en prendre, moi !...

— Ah ! canonnier, mets un peu le sabot à ta langue, répliqua Paul. Qui te parle de voler ? Je ne suis pas un Mandrin, moi ! je ne prends pas l'argent dans la poche des autres, et les sous que je gagne ne font pleurer personne !

— Je ne dis pas... mais alors, interrogea Claude, je ne puis pas comprendre, et... cependant, je donnerais gros pour en savoir autant que toi.

— Veux-tu venir coucher chez nous ce soir, Daudon, reprit Guidon, je te conterai l'affaire.

A dater de cette nuit-là, Claude changea à la fois d'humeur et d'allures. Durant toute la semaine, il travaillait avec ses parents, ne marchandant pas sa peine ni sa bonne volonté ; mais quand venait le samedi soir, notre garçon quittait les champs de bonne heure, s'en allait accrocher sa pioche au râtelier, chaussait ses gros souliers d'hiver, et muni d'un fort bâton d'épines qu'il avait cuit lui-même au four, il prenait d'un bon pas la route de Chambéry, et personne ne le revoyait plus avant le lendemain matin. Que faisait-il toute la soirée et même une partie de la nuit ? C'est ce qui avait d'abord inquiété son père et sa mère. Mais lui, il avait si bien répondu à toutes les questions, il les avait si bien déroutés

dans leurs suppositions, que ceux-ci finirent par
croire que son cœur s'était tourné d'un autre côté
et qu'il allait courtiser quelque autre fille de Saint-
Alban ou de Bassens.

S'ils eussent été moins éloignés de la maison
des Couter, ils auraient su que, loin d'oublier sa
prétendue, leur garçon passait chaque dimanche
toutes les heures de liberté auprès d'elle.

Il semblait, du reste, redevenir gai et parleur
comme aux premiers temps de leurs amours, et ce
qui était tout à fait extraordinaire, c'est qu'il était
parvenu à apaiser un peu l'*ire* de la Clinon. On
pouvait même prévoir le temps prochain où elle
lui ferait un accueil relativement gracieux.

C'est que Claude, depuis sa rencontre avec Paul
Guidon, n'arrivait plus les mains vides : tantôt ceci,
tantôt cela, le jeune homme trouvait toujours un prétexte pour apporter quelques menues friandises auxquelles la mère Couter faisait grand honneur. Un
jour même, le canonnier posa sur la table une
bouteille d'eau-de-vie, en disant que rien ne gué-
rirait mieux les maux d'estomac de la vieille femme
qu'un doigt ou deux de goutte de temps en temps.
Cette fois-là, Claude parut se croire tout de bon de
la famille, tant sa future belle-mère lui fit des
protestations d'amitié.

Eh bien ! ce qui aurait dû combler d'aise la
Maurise la rendait, au contraire, triste et soucieuse ;
sans bien s'en rendre compte, la conduite nouvelle
de Claude la tourmentait ; elle ne pouvait compren-

dre ce qui motivait ce changement si brusque d'hu
meur, puis ces cadeaux, bien modestes, il est vrai,
mais qui se renouvelaient si souvent... Comment
se procurait il l'argent nécessaire pour en faire
l'achat, car la jeune fille en savait assez sur les
Porraz pour croire que toute cette provende ne
venait pas de chez eux... Et alors?... Elle avait
essayé de faire parler Claude ; mais celui-ci, tou -
jours sur ses gardes, ne s'était point embrouillé
dans ses réponses, et la Maurise avait dû se contenter des explications que son fiancé lui donnait.

Quant à Bernard, il comptait si peu dans la maison, que personne ne lui demandait son avis, et,
pensa-t-il bien ou mal, il jugeait plus prudent de
laisser faire ce qu'il ne pouvait empêcher.

Pourtant, les jours et les mois se passaient.

La nouvelle récolte s'annonçait bonne, les paysans reprenaient confiance, les visages s'épanouis-
saient un peu en voyant les riches promesses de la
terre, et plus que tout autre, Claude paraissait franchement heureux. Depuis quelque temps surtout,
on eût dit qu'un espoir grandissant lui redonnait
force et courage ; il parlait plus souvent de mariage
à la Maurise, l'assurant qu'ils seraient plus tôt mariés qu'elle ne le croyait, et que certainement avant
l'autre carnaval, c'est-à-dire avant quinze mois, ils
seraient mari et femme.

— Comment peux-tu me parler comme ça, Daudon ? lui dit-elle finalement un jour. Tu sais bien
que nous ne sommes pas plus avancés à présent

qu'il y a sept ans : tu n'as rien, ni moi non plus...

Et de grosses larmes vinrent aux yeux de la pauvre petite.

— Maurise, ne te fâche pas de mes paroles, reprit Claude tout attristé des larmes de la jeune fille, ce que j'ai dit, je le maintiens, tu me connais assez pour savoir que je ne parle pas en l'air !

— Et alors, avec quoi comptes-tu payer les dépenses et nous mettre en ménage ? demanda un peu brusquement la Maurise. Voyons ! explique-toi une bonne fois, moi je ne puis plus tenir comme ça..., réponds donc, avec quoi ?...

Claude, pris au piège, et désireux de convaincre sa fiancée, tira de sa poche un écu presque neuf, et le faisant reluire fièrement au soleil, il répliqua :

— Avec quelques douzaines de ceux-là !...

En voyant la pièce blanche, la Maurise avait pâli.

— Oh ! malheureux ! où as-tu pris ça, où as-tu pris ça ?... dit-elle. Et tremblante, elle secouait le bras de Claude pour le presser de répondre.

Celui-ci se rapprocha d'elle.

Ne te tourmente pas, mie, lui dit-il d'un ton soumis et caressant. Je sais bien que j'ai eu tort, que je devais tout te dire puisqu'on est pour être mari et femme..... mais, vois-tu, dans les premiers temps je t'ai caché les choses parce que j'avais crainte de t'ennuyer et que tu me fisses renoncer à mon idée... Tu sais bien, continua-t-il, que si je ne m'aide pas de moi-même, il faudra passer toute notre jeunesse l'un sans l'autre... Alors, j'ai fait à ma tête... et voilà tout.

Eh bien ! à présent, dis-moi de quoi il s'agit, reprit la paysanne, et s'il n'y a point de mal à faire ce que tu fais, je te promets que je te laisserai libre de gagner de quoi nous marier et que je te garderai le secret.

Oh! Maurise, se récria Claude, tu peux bien penser que je ne veux faire de tort à personne et que, quand ce serait encore pour nous mettre tous deux chez nous, je ne prendrais pas deux liards à un enfant. Ne me connais-tu pas, mie... depuis le temps qu'on se parle ! acheva le jeune homme d'un air un peu fâché.

— Que si, Daudon, que si je te connais! et je ne veux pas te faire de la peine, mais que veux-tu ? quand on ne sait pas, on pense tout de travers... Voyons, pria de nouveau la jeune fille, soit franc dis-moi ce que c'est.

Claude, un peu décontenancé, mais se sentant forcé de parler, mit sa bouche tout près de l'oreille de la Maurise.

— Je me suis fait contrebandier, prononça-t-il à demi voix.

— Oh ! Jésus ! Marie ! nous sommes perdus, murmura la pauvrette. Contrebandier ! mais tu vas te faire tuer, mon Daudon, tu vas aller par les galères! Ah! pauvre moi ! Contreband'er ! Je ne veux pas que tu fasses ce métier-là, entends-tu ? Je ne veux pas! J'aime cent fois mieux rester fille le reste de mes jours que de te savoir par les routes toutes les nuits avec les *gâpians* à tes trousses... Et puis,

continua vivement la paysanne, c'est un péché de
frauder le gouvernement. Comment feras-tu pour
tes Pâques ? Le curé t'arrêtera en confession et toute
la paroisse le saura. Non, non, laisse-moi ces gens
tranquilles. Si on n'a rien, on n'a rien, mais au
moins on garde son honneur sur sa tête.

Ils parlèrent comme ça bien longtemps, l'un
expliquant ses raisons et tâchant de rassurer sa
craintive fiancée, l'autre grondant, priant, se fâchant
tour à tour, afin de faire renoncer Claude à ses
périlleuses expéditions.

En fin de compte, et comme compromis, le jeune
homme jura qu'il ne ferait plus que trois voyages
pour tenir ses engagements, puis il quitterait la
bande de Paul Guidon pour reprendre sa vie
d'autrefois.

Ceci bien promis et bien signé par deux ou trois
baisers, les amoureux se dirent adieu jusqu'au prochain dimanche.

La fille de Bernard Couter n'avait point exagéré la
frayeur et l'éloignement qu'éprouvaient les simples
paysans à ce nom de contrebandier, qui avait alors
une toute autre signification et une toute autre portée que de nos jours. Les lois étaient si cruelles
pour les fraudeurs ! On allait fort bien en galère
pour avoir passé six livres de sel sans déclaration,
absolument comme y allaient les meurtriers, les
incendiaires et les voleurs de grands chemins.
L'homme des champs, habitué à juger de la gravité
des choses par leurs résultats matériels, ne pou-

vait manquer d'ériger en crime une faute qui mettait le coupable au rang des pires scélérats. Puis, il y avait encore la crainte de la réprobation religieuse, Les curés, seuls régulateurs de la morale publique, seuls arbitres de la conscience, n'entendaient pas badinage sur certains sujets, la contrebande était du nombre. Quiconque avait enfreint les règlements douaniers pour une valeur de trois francs, ne pouvait recevoir l'absolution, et ce n'était pas là, croyez-le, une punition d'écolier ! Etre arrêté en confession !.. il y avait de quoi y réfléchir. Toute la paroisse le savait, tout le monde en jasait, sans compter que fort souvent le prône du dimanche contenait des allusions plus ou moins voilées à l'adresse de ceux qui n'avaient point fait leurs Pâques.

Toutes ces raisons réunies faisaient que le métier de contrebandier, quelque lucratif qu'il fût dans un pays enclavé comme le nôtre entre deux frontières, n'était exercé que par des hommes n'attachant qu'une importance très limitée aux avantages d'une bonne renommée et aux pieuses faveurs de l'Eglise.

Pourtant, soit la misère présente, soit manque d'ouvrage, depuis que la Savoie était redevenue une province du royaume de Sardaigne, le nombre de fraudeurs s'était considérablement accru, et plus d'un cultivateur, garçon ou père de famille, s'était embauché, ainsi que Claude Porraz, dans les bandes nouvellement organisées par des chefs intelligents et audacieux, traitant les affaires sur une grande échelle.

Ainsi établie, la contrebande devenait une véritable industrie profitant, il est vrai, plus aux commerçants suisses et français qu'aux pauvres diables qui risquaient leur peau ou au moins leur liberté pour un gain peu proportionné à leur peine. Mais il fallait vivre... mais l'argent était rare, bien rare, et après tout, avec un peu d'adresse, de bonnes jambes, un écu était tantôt gagné !

Les choses, d'ailleurs, étaient fort bien organisées, et les douaniers perdaient de belles heures en embuscade pour n'arrêter par-ci par-là qu'un pauvre diable moins leste que les autres. Je pourrais écrire bien des pages à propos des aventures que j'entendis raconter dans mon enfance, dont les héros ou les victimes étaient des contrebandiers fort connus dans le pays.

On ne saurait s'imaginer quelle fécondité d'imagination déployaient ces hommes pour éluder la surveillance incessante des *gâpians* et pour tenir à distance les curieux qui, trop souvent, devenaient des espions ou des délateurs.

Je me souviens avoir vu, le soir de la Toussaint, la farandole des morts dans les bois de Bramefarine, situés entre Allevard et Pontcharra. C'était, autant que l'éloignement et l'obscurité permettaient d'en juger, une ronde de fantômes agitant chacun une torche fumeuse et tournant, tournant avec une vertigineuse rapidité le long des côtes ravinées de la montagne ; à la ronde fantastique succédaient des simulacres de combats, une mêlée, une cohue où les flammes tremblantes des *brandons* jouaient le rôle d'épées et de lances flamboyantes. Les villageois se signaient tout autour de moi, jurant que c'étaient les âmes des protestants que l'on avait massacrés dans les gorges de Bréda et de Saint-Hugon du temps des vieilles guerres, et qui se réunissaient chaque année la veille des Morts pour célébrer quelque fête diabolique. J'avais plus peur qu'eux, et je n'osais plus m'attarder le soir dans mes courses à travers champs, je revoyais toujours la farandole.

Plus tard, après l'annexion de la Savoie à la France, un vieux bonhomme de *** me donna l'explication fort simple de ces apparitions. C'était, me dit-il, une bande de contrebandiers qui, pour frapper de terreur les gens du pays et rester libres d'arpenter en tous sens les grands bois d'Avalon, des Bretonnières et du Moutaret, avaient imaginé de jouer aux revenants et y avaient, ma foi, fort bien réussi. Si les fraudeurs de la vallée de l'Isère n'étaient point à court de ruses pour échapper à la surveillance des douaniers, ceux des frontières de la Suisse, des départements de l'Ain et du Rhône ne manquaient pas d'expédients pour arriver au même but. Leurs bandes s'étaient divisées en équipes de six ou sept hommes, lesquels se rendaient à un endroit désigné à l'avance, et trouvaient là les ballots de marchandises déposés par une autre troupe ne faisant qu'un trajet déterminé.

Cette organisation permettait d'employer des gens connaissant parfaitement tous les sentiers, couloirs, embuscades fréquentés par les douaniers ; en outre, les distances étant très limitées, chaque homme conservait ses forces entières en cas de course forcée.

La troupe de Paul Guidon, à laquelle appartenait Claude, *se chargeait* à Chambéry et s'en allait déposer ses ballots près d'une masure du mas de la Maladière, le fameux vignoble de Montmélian.

Pour plus de précautions, l'ordre était que chacun se rendrait isolément au lieu du chargement, prendrait sa balle et partirait sans attendre ses compagnons, marchant, du reste, à volonté, par les chemins qu'il préférait.

Impossible aussi aux douaniers de suivre dans des directions opposées ces hommes qui paraissaient revenir de la ville et se rendre directement chez eux.

L'organisation, comme on le voit, laissait peu à désirer, et les chances de succès restaient certainement du côté des contrebandiers, au grand dommage des finances de l'Etat, ce qui ne touchait guère de pauvres diables de paysans besoigneux et ignorants.

C'était le troisième samedi d'octobre. Claude, ce soir-là, devait faire sa dernière course, suivant la promesse exigée par la Maurise.

Comme d'habitude, il était parti a la nuit du Chaffard, mais au lieu de prendre par les marais pour rejoindre la route au-delà de La Ravoire, une fantaisie d'amoureux le poussa vers Bois-Plan. Il

voulait faire encore une tentative auprès de sa
fiancée avant de se délier complètement vis-à-vis
de Paul Guidon.

Hélas! ce fut bien inutilement qu'il répéta, pour
la vingtième fois peut-être, ses meilleures raisons
à la jeune fille. Celle-ci lui signifia carrément que
s'il voulait continuer ce métier-là, il ne fallait plus
penser à elle.

—Si c'est comme ça que tu me parles, Maurise,
je vois bien que tu ne tiens pas tant à moi que moi
je tiens à toi, dit tristement Claude; enfin, puisque
ce n'est tout de bon pas ton idée, je dirai ce soir à
Paul que je me dédis. Tant pis pour après! acheva-
t-il avec un geste de découragement.

—Ne te mets pas tant l'ennui dans la tête, Daudon, reprit la Maurise amicalement, il y en a bien
d'autres que nous qui s'en sont tirés sans avoir
deux quarts vaillants d'avance. Nous en ferons autant qu'eux quand le bon Dieu voudra que ce soit
notre tour. Il y a plus de rosée sur l'herbe que sur
le chêne.

—Plaise à Dieu que ce soit vrai ce que tu dis,
Maurise, soupira Claude, qui, sur ce souhait, reprit
rapidement la direction de Chambéry. Il faisait
froid, la matinière (vent d'est) soufflait dur, fouet-
tant les cimes des grands noyers, tourmentant les
rameaux pendants des haies et chassant en tourbil-
lons épais les feuilles déjà jaunes et desséchées.

Il y avait dans l'air toute espèce de bruits lugubres : sifflement du vent, craquement des branches

mortes, froissement des feuilles, tout faisait rage et vacarme. Néanmoins le ciel était clair comme un miroir et tout piqué d'étoiles. Pas de lune,— elle ne devait se lever qu'un peu avant le jour. — C'était bien la nuit qu'il fallait aux contrebandiers comme aux voleurs.

Claude Porraz avançait, avançait toujours sans prendre garde au tintamarre qui se faisait autour de lui. Tristement, il songeait que maintenant c'était fini de croire à son prochain mariage... fini d'espé-rer avoir un chez lui, une famille, un avenir, fini... fini, tout fini, et le pauvre garçon sentait son cœur se gonfler de chagrin, sa gorge se s rrer et ses yeux se remplir de larmes. Oh ! pourquoi la Maurise ne voulait-elle pas se laisser convaincre ? Pourquoi ? pourquoi ?

Si tout avait marché comme j'avais pensé, se di-sait notre désolé garçon, à l'autre Saint-Jean j'aurais pris la ferme du vieux monsieur Gaillard. Ce n'est pas bien grand, mais les terres sont bonnes et de bon rapport ; nous aurions fait marcher ça ronde-ment, la Maurise et moi, en faisant des plantations ou seulement en soignant bien ce que l'on aurait fait. Nous aurions tenu de bonnes vaches, qui au-raient servi pour labourer et qui nous auraient don-né des élèves, du lait, du beurre, des tommes. J'aurais acheté, pour la foire froide, une truie qui nous aurait fait une grosse portée de cochons pen-dant l'hiver. En les vendant pour la Saint-Pierre, — mettons dix à vingt-cinq francs pièce,— cela aurait fait deux cent cinquante francs... Nous aurions tenu des poules et, en en faisant couver une demi-douzaine, on aurait pu vendre des œufs et des pou·lets. Chaque samedi la Maurise, en allant au marché à Chambéry, aurait pu rapporter sa pièce de cent sous... et en mettant les' écus les uns à côté des autres, non seulement nous aurions eu pour payer la cense à chaque Saint André, mais on aurait encore pu mettre de côté pour s'habiller, s'outiller et faire élever les enfants...

Et le pauvre garçon poussa un profond soupir.

Tout en faisant ces comptes à la Perrette, Claude enfilait la grand'rue du faubourg Montmélian. En arrivant au lieu du chargement, il trouva Paul Guidon qui avait déjà son ballot prêt et se disposait à sortir. Son cœur se serra de nouveau en pensant à la pénible commission qu'il avait à lui faire ; aussi, ce fut avec un certain tremblement dans la voix qu'il lui dit :

— Dis donc, Pau', veux-tu me faire le plaisir de m'attendre vers les capucins ? J'ai quelque chose à te dire.

— C'est bon, on t'attendra, répondit laconiquement le jeune homme, qui, en voyant l'air de Claude, soupçonna de suite une mauvaise nouvelle.

Quelques minutes après les deux contrebandiers se trouvaient réunis.

— Eh bien, qu'as-tu à me dire ? interpella Paul, sans autre préambule.

— Je veux te prévenir que je quitte la bande et que je fais ce soir mon dernier voyage.

— Je ne te croyais pas un capon, mon pauvre Daudon, mais puisque tu as peur, tu fais bien.

— Oh, Paul ! tu ne pouvais pas me faire une plus grosse injure que de me dire que je suis un *couyon*.

Tu sais bien que ce n'est pas vrai et, si tu voulais me croire, je te dirais que c'est avec le plus grand regret que je renonce au métier.

— Et alors, qu'est-ce qui t'y force ? N'es-tu pas majeur ?

— C'est vrai, mais vois tu, la Maurise ne veut pas. Elle s'est inquiétée de mes absences et a voulu en connaître la cause ; j'ai été obligé de lui dire ce que je faisais,et elle m'a fait promettre de renoncer à être contrebandier, autrement elle ne voudrait plus m'épouser. Et tu sais que je ne pourrais pas vivre sans elle. C'était déjà pour gagner de quoi acheter *la ferrure* que j'avais suivi ton conseil.

— Es-tu donc déjà assez riche pour t'en passer ?

— Certes, non ! mais puisqu'elle ne veut pas.

Tout en causant,les jeunes gens ne se départaient pas de leur vigilance habituelle, et promenaient de tous côtés des regards inquiets.

—Attention, dit tout à coup Paul Guidon après avoir jeté un coup d'œil en arrière, m'est avis que nous avons derrière nous deux *gogos* qui ont tout l'air de nous moucharder. Pressons le pas et, s'ils nous emboîtent, nous nous glissons sous le pont Dégala.

Malgré l'heure avancée, à la lueur du dernier reverbère de la ville, on voyait deux personnes marcher très vite. Paul ne s'était pas trompé ; les contrebandiers étaient surveillés, et plus ils pressaient leur marche, plus les ombres qui les poursuivaient gagnaient du terrain.

— Filons, et lestement, Daudon.

Et tous deux se mirent à courir à toutes jambes. Ils eurent bientôt distancé les poursuivants et, pour les dépister, se glissèrent sous le pont Dégala.

Il y avait au-dessous du tablier de ce pont une petite excavation bien connue des contrebandiers et qui servait souvent de refuge à eux et à leurs ballots, suivant les circonstances.

La tradition rapporte, à ce sujet, qu'il existait autrefois une communication souterraine entre ledit pont et une maison voisine qui servit plusieurs fois d'asile à Mandrin et à sa bande. Quelques personnes du pays racontent même, pour l'avoir entendu dire à leurs ancêtres, que le célèbre brigand y séjourna assez longtemps en compagnie d'une maîtresse que les habitants de la localité désignaient sous le nom de la *dame aux grands talons !*

Favorisés par l'obscurité, les jeunes gens purent disparaître sans avoir été aperçus, et ce fut avec une certaine satisfaction qu'ils entendirent ce petit colloque des douaniers passant au-dessus d'eux :

Que diable sont-ils devenus, Pinet ?

— Tu leur as vu prendre la *patelle*. Sois sûr que c'étaient bien des contrebandiers et que nous avons été reconnus.

— Je le crois aussi. Eh bien! puisque nous avons perdu la piste, il vaut mieux nous en retourner; ces gaillards pourraient être cachés dans quelque coin, nous tomber dessus avec leurs bâtons ferrés, et nous faire passer le goût du pain sans même nous crier gare! Ma foi, le gouvernement n'est pas assez généreux pour que je lui fasse hommage de mes cervelles. Allons nous-en.

Il paraît que l'autre douanier fut du même avis, car on les entendit repasser le pont et retourner en silence du côté de Chambéry.

La Maurise a tout de même raison, se disait Claude Porraz du fond de sa cachette, ce n'est pas sans danger que l'on fait ce métier. Nous avons pu échapper aujourd'hui, c'est bien, mais il ne faut qu'une fois pour qu'un malheur arrive. Si cela avait été de jour, ou seulement une nuit de clair de lune, ils avaient cependant le droit de nous tirer dessus comme on a le droit de tuer un chien enragé. S'ils avaient su où nous trouver, ils auraient pu nous prendre comme des rats dans une trape et nous faire condamner aux galères... On se défendrait, me dirait Guidon... Oui! avec nos bâtons, pendant qu'ils ont des fusils... Et puis, on n'assomme pas des chrétiens comme un bœuf à l'abattoir; pour moi d'abord, je n'aurais jamais ce courage, quel que soit le danger. Paul a donc bien raison de me dire que je suis un *capon*. D'ailleurs, il n'y a plus à hésiter, puisque la Maurise ne le veut pas, ce sera fait comme elle l'a dit. Et puis tant pis, ce sera à la volonté de Dieu.

Les deux jeunes gens, après avoir attendu quelques minutes pour laisser aux douaniers le temps de s'éloigner, s'apprêtaient à sortir de leur retraite, quand ils entendirent dans le lointain un bruit de grelots et le roulement d'une voiture.

C'est le courrier de Turin, dit Paul, laissons-le passer, nous sortirons ensuite, et le bruit que nous pourrions faire sera couvert par celui de la voiture.

Mais tout à coup ils entendirent les grelots s'agiter vivement, le fouet claquer plus fortement et des voix qui semblaient appeler au secours.

— Qu'est-ce que cela ? exclama Claude, en prêtant l'oreille et en appuyant la main sur le bras de son compagnon.

— Au secours ! au secours ! cria-t-on de nouveau.

Nos jeunes gens laissèrent leurs ballots sur place, ne conservant que leurs bâtons, et en deux ou trois bonds furent sur la grande route.

Ils eurent bientôt reconnu d'où venait l'appel. A quelque distance d'eux un bruit confus de voix, de coups de fouet, de cris, de piétinements de chevaux se faisait entendre.

— Bien sûr que c'est un mauvais coup que l'on veut faire, dit Guidon, et ils se mirent à courir de toutes leurs forces.

A mesure qu'ils avançaient, le bruit paraissait diminuer ; on n'entendait plus que de temps à autre le son des grelots.

— Courage ! courage ! on y va, cria Claude, quand

ils ne furent plus qu'à quelques pas de la voiture.

Aussitôt la scène changea.Les jeunes gens virent deux ombres quitter la route et fuir à toutes jambes à travers champs.

— Les lapins se sauvent, dit Paul ; c'est du gibier de carabiniers,et nous ne sommes pas à la chasse. Voyons plutôt le mal qu'ils ont fait ou voulaient faire Ce disant, il donnait du pied contre une masse noire qui se débattait à terre.

— En voilà déjà un, reprit-il, en essayant de relever l'individu qui gigottait.

— Et moi j'en tiens un autre, dit Claude en remettant sur pied un second personnage.

— Avez vous du mal ?

— Qui êtes-vous ?

— Que vous est-il arrivé ? demandèrent ensemble chacun des jeunes gens.

Un des voyageurs put enfin se débarrasser d'un bâillon qu'on lui avait mis dans la bouche et répondre à ces différentes questions.

Le véhicule était celui de milord Wilman, voyageant en poste et venant de Turin. Malgré la célérité des chevaux, la route ayant été empierrée à frais, on n'avait pu arriver plus tôt à Chambéry, le seul endroit où un voyageur de ce rang pouvait décemment loger. En arrivant dans la plaine de la Madeleine, deux individus étaient sauté au cou des chevaux, avaient fait descendre le postillon, l'avaient bâillonné et lié ; la même chose avait été faite pour l'Anglais, et tous deux, couchés sur le bord de la route, étaient tenus en respect par un des brigands muni d'un pistolet, pendant que l'au-tre fouillait la voiture.

C'était dans ce moment que les deux contreban-diers étaient arrivés au secours.

Le postillon, qui était d'Aiguebelle, avait raconté tout ceci d'une voix tremblante. Quant à milord Wilman, il était tellement effrayé qu'il ne pouvait rien dire. On le débarrassa à son tour de ses liens.

— Avez-vous du mal ? lui demanda Guidon.

— Je ne sais pas, répondit-il, sans bien savoir ce qu'il disait.

— Et vous, cocher ?

— Je ne crois pas, sauf que j'ai eu une peur que je ne sais plus où j'en suis.

— C'est bon, buvez tous deux une goutte de ceci. Et Paul tendit à l'Anglais d'abord et au postillon ensuite, une gourde remplie d'excellente eau-de-vie qu'il portait toujours avec lui dans ses expédi-tions nocturnes.

— Pour le moment, ils ne valent pas plus l'un que l'autre, dit Guidon à son compagnon, et nous ne pouvons les abandonner ; mets-les tous deux dans le carrosse, pendant que je vais chercher les ballots et nous les conduirons quelque part.

Ainsi que nous l'avons déjà dit, Claude Porraz était un robuste paysan, fort comme un turc ; il prit à bras le-corps milord Wilman qui restait collé sur place, et le déposa doucement sur les coussins de la voiture en le câlant de son mieux, fit monter

le postillon sur le banc de face, et quand Paul Guidon fut de retour :

— Ecoute, lui dit Claude, je crois, qu'il ne faut
pas aller sur Chambéry ; d'abord, on pourrait nous
pincer avec nos ballots,et nous ne saurions pas non
plus que faire de nos voyageurs. Retournons du
côté de Montmélian, ça nous rapproche de la Maladière, et à Saint-Jeoire nous nous arrêterons à
l'hôtel du père Thomas où nous sommes connus.

— Bien pensé, répondit Paul, qui entreposa les
ballots sur le siège, et, ayant fait retourner les chevaux, nos deux amis reprirent à pied et au pas la
route de Montmélian, tout en causant des événements qui venaient d'arriver.

A cette époque il n'était pas rare de rencontrer
des chaises de poste. Ce moyen de transport avait
surtout été adopté par les Anglais qui, poussés par
leur caractère aventureux, allaient au loin dépenser
leur or et promener leur nullité, espérant trouver
dans une existence hasardeuse un remède à leur
spleen.

Ces voyageurs de profession se faisaient cons-
truire des berlines qui contenaient dans leur intérieur tout le confort nécessaire à ces enfants gâtés
de la fortune et, de poste en poste, de relais en
relais, ils faisaient dans les différentes contrées
civilisées de l'Europe des voyages qui duraient
plusieurs années.

Aujourd'hui que les chemins de fer ont simplifié
les moyens de transport, cette race de nomades est
à peu près disparue.

La lune commençait à éclairer faiblement la campagne. De temps à autre nos jeunes contrebandiers, heureux de leur bonne action, allaient prendre des nouvelles des voyageurs, et c'était avec une véritable satisfaction qu'ils leur voyaient reprendre vie et courage.

On arrivait près de Saint-Jeoire.

Daudon, dit Paul, il ne faut pas qu'une affaire en fasse négliger une autre. Je vais me charger des deux ballots pour les porter à destination, et toi tu prendras soin des voyageurs.

— C'est entendu, et je ferai de mon mieux.

— Est-ce donc tout de bon que tu ne veux plus du métier ?

— Puisque ma promise ne veut pas, dit simplement Claude.

— Eh bien ! comme tu voudras ; mais, tu sais, garde ta langue au chaud à présent que tu connais nos secrets ; et puis, si tu as besoin d'un ami, rappelle-toi que nous avons couru les dangers ensemble et que je ne suis pas un Cosaque, moi.

— Merci, dit Claude ému, en serrant la main que son compagnon lui tendait.

Paul prit les deux ballots et disparut

Arrivé à Saint-Jeoire, Claude frappa à la porte de l'hôtel qu'il connaissait. C'était encore de très bonne heure, un profond silence régnait partout. Il fallut frapper de nouveau et très fort pour se faire entendre. Une tête parut enfin à la fenêtre.

— Venez nous ouvrir, monsieur Thomas, dit Porraz ; il y a chevaux et voyageurs à soigner.

— On y va, répondit l'hôtelier, qui, apercevant la berline, flaira de suite une bonne aubaine.

Bientôt maître et valet furent sur pied. Ce dernier se hâta de dételer les chevaux et de les conduire dans l'écurie, où les pauvres bêtes trouvèrent bon foin et bonne litière.

De son côté, le patron engageait les voyageurs à passer dans la grande cuisine de l'auberge. Mais, avant de quitter la voiture, l'Anglais, qui avait repris ses sens et son sang-froid, demanda qu'on lui apportât de la lumière. Il fit alors une perquisition minutieuse du véhicule, et ce fut avec une satisfaction non dissimulée qu'il constata que les caissons n'avaient pu être forcés, que sa grande malle était encore ficelée derrière la berline, et que le vol dont il avait été victime ne consistait que dans la perte de sa canne et de son parapluie, objets très faciles à remplacer.

Soulagé de cette inquiétude, il entra plus calme dans la grande salle, où bientôt tous se réchauffaient près d'un bon feu, et se réconfortaient avec tout ce que l'hôtelier avait pu leur servir de mieux.

Peu après, le postillon disparut. Sous prétexte d'aller donner un coup d'œil à ses chevaux, il s'étendit sur une botte de paille et s'endormit profondément.

Milord Wilman, resté seul avec Claude, s'occupa enfin de son sauveur, et, dans un français un peu martyrisé, il le remercia et lui demanda comment lui et son compagnon se trouvaient sur la route à une heure aussi avancée de la nuit.

Cette question embarrassa beaucoup le pauvre garçon. Il resta un moment sans rien dire, et la rougeur lui monta au front. Il comprit que ne pas répondre c'était faire naître de fâcheux soupçons ; cependant pouvait-il avouer qu'il faisait de la contrebande ? C'est alors qu'il comprit encore que le métier n'était pas honnête, puisqu'il n'osait en parler ouvertement.

Après un moment d'hésitation, voyant le regard interrogateur de l'Anglais fixé sur lui, il se dit qu'après tout il pouvait bien se confier à un homme qui, dans quelques jours, serait loin du pays, et ne pouvait ni lui vouloir du mal ni lui porter préjudice. Il lui raconta donc tout simplement comment il s'était fait contrebandier, afin de gagner quelque chose pour pouvoir se marier avec une jeune fille qu'il aimait.

L'Anglais prit beaucoup d'intérêt au récit du jeune homme, lui demanda même plusieurs explications sur sa position et ses projets, et comme il apprit que le village que Claude habitait se trouvait sur la route qu'il fallait parcourir pour aller à Chambéry, il lui témoigna le désir de voir sa fiancée en passant.

Après cette nuit d'émotion, milord Wilman avait besoin d'un peu de repos. Il demanda une chambre, mais avant de se retirer, il fit promettre à son sauveur qu'il attendrait son réveil, et qu'ils retourneraient ensemble dans la commune de Challes.

Il était plus de midi quand nos trois voyageurs

se retrouvèrent sur pied. Après avoir encore pris un repas, le postillon monta sur son cheval, l'Anglais et Claude dans la voiture, et l'équipage reprit au grand trot la route de Chambéry.

Les deux premiers avaient pu dormir, et ce sommeil réparateur les avait remis dans leur état normal, mais il avait été impossible au jeune paysan de fermer les yeux. Toute la matinée, il avait songé à l'inquiétude que devaient avoir ses parents sur son absence prolongée, et peut-être aussi sa chère Maurise. Combien il regrettait d'avoir promis d'attendre, au lieu de courir les rassurer tous. Chaque minute lui paraissait des heures.

Le brave garçon ne s'était pas trompé dans ses suppositions. Quand le père Porraz eut reconnu que son fils n'était pas venu coucher, il avait commencé à grommeler dans la maison, puis il était descendu chez les Couter, pensant qu'il y avait passé la nuit à *blonder*. Son intention était de lui donner une forte semonce, car il lui était arrivé quelquefois de rentrer tard, mais il ne découchait jamais, à moins de causes sérieuses, et toujours il en prévenait ses parents à l'avance.

Quel ne fut donc pas l'étonnement et le désappointement du père Porraz quand on lui apprit que l'on n'avait pas vu son garçon depuis la veille, à la tombée de la nuit. Il s'en retourna très inquiet en ruminant toutes sortes de suppositions, sans cependant aborder celle de la contrebande et de ses dangers, puisqu'il ne connaissait pas les engagements de son fils à ce sujet.

Il n'en était pas de même de la pauvre Maurise,
et le père Porraz, en venant réclamer son fils chez
les Couter, ne se doutait pas du mal qu'il venait de
faire à la jeune fille. Elle savait bien, elle, que son
fiancé était parti pour faire un voyage de contrebande, et elle avait tout droit de croire qu'il lui
était arrivé un malheur. Ah ! comme elle se reprochait d'avoir été aussi faible et d'avoir encore autorisé cette dernière course qui devait lui être si fatale. A coup sûr, son Daudon gisait dans quelque
coin, tué par ces vilains *gâpians*... ou bien il avait
été pris par eux, et, pour le moment, il était en
prison en attendant qu'on l'envoie aux galères. Et,
dans ces tristes alternatives, la pauvre enfant pleurait toutes les larmes de ses yeux.

C'était un dimanche, impossible de penser à aller
à la messe dans cet état; elle était donc restée toute
la journée avec ces sombres pensées, sans vouloir
les communiquer à ses parents, et regardant à
chaque instant dans le lointain, espérant toujours
voir arriver son amoureux.

Enfin, la voiture roulait vers le village et ce grand
chagrin devait se changer en grande joie.

Pendant le trajet, milord Wilman remercia de
nouveau chaleureusement Claude du secours que,
lui et son compagnon, lui avaient donné dans la nuit
et lui offrit un rouleau de pièces d'or comme gage
de sa reconnaissance.

Le brave garçon ne voulait pas le recevoir. Il lui
semblait que ce n'était pas de l'argent *gagné*, ou

tout au moins qu'il y en avait trop pour le *petit* service qu'il avait rendu. Mais l'Anglais y mit de l'insistance ; d'un autre côté, Claude y vit la réalisation
de son mariage, et il accepta non seulement pour
lui, mais aussi pour son compagnon.

On approchait de Challes et, ainsi qu'il en avait
été convenu, le jeune paysan indiqua au postillon
le chemin qu'il devait prendre pour arriver devant
la baraque des Couter.

De loin, on voyait les villageois sortant des vêpres se disséminer de côté et d'autre pour rentrer
à domicile. Claude avait donc l'espoir de trouver de
suite sa chère Maurise. Son cœur battait bien fort ;
il se représentait la surprise des Couter et même
de tous les habitants en le voyant arriver en voiture à deux chevaux ; il s'essayait à raconter l'histoire des voleurs sans parler en rien de ce qui
touchait à la contrebande, enfin il jouissait à l'avance
de la joie de sa promise quand il lui montrerait sa
main pleine d'or et qu'il lui dirait : à présent nous
pouvons nous marier !

Une chaise de poste ne s'était jamais vue dans les
chemins caillouteux de Challes ; aussi fut-elle suivie par un grand nombre d'enfants et même de
grandes personnes, tous curieux de savoir ce qui
arrivait. La voiture s'arrêta devant la maison indiquée, et quelle ne fut pas la surprise de chacun
quand ils en virent descendre Claude Porraz et un
monsieur qui, ma foi, avait l'air d'être bien cossu.

— Bonjour Clinon, bonjour père Bernard, dit

Claude, en voyant le père et la mère Couter parai-
tre sur leur porte. Où donc est la Maurise ?

— Ah ! Seigneur, tu fais bien d'arriver mon
pauvre garçon ; depuis ce matin elle pleure que
c'est une fontaine, dit le père très étonné de voir
arriver son futur gendre en équipage.

La jeune fille paraissait à son tour et se précipi-
tait dans les bras de son fiancé en lui disant :

— Ah ! mon pauvre Daudon... que j'ai eu peur !
que ton absence m'a fait de mal. Qu'est-il donc
arrivé ? Et elle le regardait avec des yeux encore
pleins de larmes.

Le jeune homme la pressa contre lui et lui mit
un gros baiser sur le front.

En ce moment elle aperçut seulement la voiture
et l'étranger.

— Qui est ce monsieur ? dit-elle.

L'Anglais, debout à quelques pas de distance, les
regardait d'un air ému.

— Entrons d'abord, dit Claude, et offre ta meilleure chaise à ce brave milord, car c'est un bienfaiteur.

Après qu'ils furent tous assis, sauf la Clinon, par
la raison toute simple qu'il n'y avait plus de siège,
le jeune homme prit la parole.

Il raconta comme quoi, la veille au soir, il était
allé à Chambéry pour une commission, qu'il s'y
était rencontré avec Paul Guidon et que, revenant
tous deux sur le tard, ils avaient été assez heureux
pour porter secours à ce monsieur qui venait d'être

attaqué par des voleurs ; qu'ensuite ils étaient revenus jusqu'à Saint-Jeoire, etc., etc. Enfin, parlant de la générosité de milord Wilman, il rompit le rouleau qui lui avait été donné et montra sa main pleine de pièces d'or.

A ce spectacle inattendu, il y eut une exclamation générale. Le père et la mère Couter ouvraient des yeux grands comme des verres de lanterne. Quant à la Maurise, sa joie était muette, mais son émotion bien visible.

— Yes, dit alors l'Anglais, qui comprenait beaucoup mieux le français qu'il ne le parlait, et qui, pendant tout le temps du récit, s'était contenté de faire des signes de tête affirmatifs, yes, lui a sauvé la bourse et la vie de moa et j'ai donné à lui mon gratitude.

Charmante miss, ajouta-t-il en s'adressant plus directement à la jeune paysanne, je voulais donner aussi à vô mon petite...

Après un moment d'hésitation, le mot faisant visiblement défaut, l'Anglais plongea la main dans une des nombreuses poches de sa confortable douillette et en retira un petit livre qu'il consulta.

— Mon petite cadeau de noce, dit-il enfin, et il lui offrit une jolie bourse tricotée en cordonnet bleu, à travers les mailles de laquelle on voyait briller quelques pièces d'or.

Il y eut alors une nouvelle explosion de la Clinon et du père Bernard, mais la Maurise restait confondue, et c'est à peine si elle put murmurer quelques paroles de remerciment.

L'Anglais se leva, prit la main de la jeune paysanne, la mit dans celle de Claude, et les pressant
toutes deux dans les siennes : pensez toujours, leur
dit-il, que j'étais l'ami de vô.

Et après cette espèce de fiançailles il sortit gravement, mais visiblement impressionné.

Claude embrassa sur les deux joues sa chère
Maurise : à ce soir, mie, lui dit-il, je vais rassurer
le père et la mère Porraz. Et il suivit l'Anglais.

La berline continuait à être entourée de curieux.
Les enfants ne pouvaient se lasser d'admirer cette
belle voiture peinte en marron avec des filets rouges. Tout ce petit monde allait, venait, inspectait,
commentait les moindres détails en se communi-
quant des réflexions qui excitaient l'envie ou l'hila-
rité générale. Les plus hardis se tenaient près des
chevaux, essayaient de leur faire une petite caresse
en leur passant la main sur le museau, et se recu-
laient effrayés quand ceux-ci piaffaient d'impatience ou relevaient fièrement la tête en faisant
sonner leurs grelots.

Le postillon avait mis pied à terre et, après avoir
recouvert ses chevaux d'une grossière couverture
en laine, il profita de ce temps d'arrêt pour *fumer*
une pipe. Tandis qu'il battait le briquet, un jeune
homme un peu plus osé que les autres essaya de
lui faire quelques questions, auxquelles il répondit
avec tant de complaisance que bientôt un cercle
nombreux se forma autour de lui, et, pendant qu'à
l'intérieur de la chaumière, Claude faisait part à la

famille Couter de ce qui s'était passé et de la libé-
ralité de l'Anglais, le conducteur, de son côté, racontait à ses curieux auditeurs les événements de
la nuit. Aussi, le soir de ce même jour, tout Challes
connaissait l'aventure de Daudon Porraz, et chacun
en jasait et la commentait à sa manière.

Claude aida milord Wilman à remonter en voiture et à se calfeutrer dans ses magnifiques four-
rures, puis il accompagna l'équipage jusqu'au
moment où celui-ci quitta le chemin du village
pour prendre la grande route blanche de Chambéry.

Alors, il serra une dernière fois la main de ce
bienfaiteur qu'il ne devait plus revoir, et lui souhaita
bon voyage.

La berline s'ébranla ; les roues écrasèrent le
gravier avec un bruit sec ; les sabots des chevaux
lancèrent des étincelles. Le jeune paysan regarda
la voiture qui s'éloignait rapidement et la suivit
jusqu'à ce qu'il la vit enfin disparaître dans un
nuage de poussière, doré par le soleil couchant. Et
tandis que l'Anglais, livré à ses réflexions, se félici-
tait du plaisir d'avoir fait deux heureux et de l'a-
venture qui l'avait distrait de la monotonie de son
voyage, Claude prenait allègrement le chemin du
Chaffard.

Les Porraz avaient déjà appris, par la rumeur
publique, une partie des événements arrivés à leur
garçon, mais ils n'en connaissaient ni les heureux
résultats, ni les détails ; aussi, pendant le repas du

soir, celui-ci dut satisfaire la légitime curiosité de ses parents en répondant à une foule de questions qui lui furent adressées.

A la veillée, il retourna chez les Couter, où il était impatiemment attendu, et c'est alors qu'on mena les projets à grandes guides. Il fut convenu que dès le lendemain Claude irait arrêter la petite ferme de M. Gaillard, bien qu'elle ne fût libre qu'à la Saint-Jean prochaine.

Le mariage fut fixé bientôt après Pâques, et en attendant que les jeunes époux pussent entrer dans la ferme, Claude viendrait habiter chez les parents de sa femme et les aiderait dans les travaux du printemps.

La petite fortune fut comptée : la bourse longue offerte à la jeune paysanne contenait cinq pièces d'or de chaque côté, et il y en avait trente dans le rouleau remis à Claude; seulement, il fallait en soustraire dix pour Paul Guidon. L'Anglais avait lui-même fixé cette somme, tenant à donner au contre-bandier un gage de sa reconnaissance, tout en avantageant Porraz afin de favoriser son mariage et son établissement dans une ferme. Le jeune homme déclara que le lendemain, à l'aube, il irait porter la part de Paul et l'inviterait à la noce comme premier garçon d'honneur.

Malgré les dix louis prélevés, il restait encore amplement aux futurs époux pour acheter un peu de linge et préparer leur entrée en ménage.

On choisit une belle journée de carnaval pour

aller acheter la *ferrure* à Chambéry, et certes, le fiancé ne lésina pas, car, je ne vis jamais plus gros cœur d'or et plus belle croix que celle que la vaillante fermière portait, du reste, très fièrement.

Telle est l'histoire que je me suis fait raconter bien souvent par la Maurise elle-même, et que j'écoutais chaque fois avec un nouveau plaisir.

Bien des événements sont survenus depuis. Après la mort de grand'mère, mon père vendit sa petite propriété de Challes et emmena les Porraz à la ferme de la Chapelle-Blanche. Comme dans tous les mariages d'inclination, ou à peu près, et ainsi qu'il était d'usage à cette époque, ils eurent beaucoup d'enfants; l'un d'eux se laissa tenter par l'appât des richesses que l'on devait trouver à Buenos-Ayres, et peu après y attira toute sa famille.

Depuis lors, je n'ai plus entendu parler d'eux.

FIN.

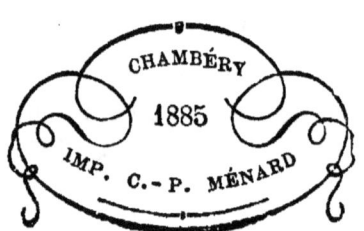

CHAMBÉRY

1885

IMP. C.-P. MÉNARD

DU MÊME AUTEUR

Poésies. 1 volume, 1 fr. 50.

A une âme sincère, poème couronné par l'Académie de Savoie en 1882, une plaquette, 0 fr. 75 c.

Le long de l'An, chansons en dialecte savoyard 1 volume, 1 fr. 50 c.

Reclans de Savoué, 1 plaquette, 0 fr. 40 c.

Lo cent ditons de Pierre d'Emo, proverbes e patois savoyard, album de 40 pages, 1 fr.